KB195481

「목표는, 루브펠러 공작가가 다스리는 왕국 서도!」

앨런의 의붓여동생

카렌

소수민족인 늑대족 소녀로
종족 차별이 여전한 가운데
실력으로 왕립 학교의
부학생회장 자리를 거머쥔 모범생.
앨런이 납치당한 뒤에도
동도의 지원 활동을 이어가던
그녀였으나──?!

공녀 전하의 가정교사

Tutor of the His Imperial Highness princess

7

「사・정・거・리・안이랍니다★」

린스터가 메이드장
안나

린스터가를 섬기는 메이드장이자
공작부인인 리사의 오른팔. 올그렌의
공격을 받은 동도에 도착해 카렌과
리처드를 구한다.

공녀 전하의 가정교사
앨런

마법 제어에 관해선 누구도 따라올 수
없는 경지에 올랐지만, 자신의 실력에
자각이 없는 청년. 성령교에게 납치당해
사영해 있는 미지의 유적에 유폐
당했다.

「먼저 목숨을 구해줬으니
이번에는 내가 어떻게든 해줘야겠지.」

정체불명의 어린 소녀
아틀라

사영해 유적에서 앨런이 만난
정체불명의 소녀. 그를 유적 깊은
곳으로 안내한다.

빛과 얼음의 복합 정화 마법—

『청정설광(清浄雪光)』을 전력 발동.

창백한 눈이 하늘에서 로스트레이로 쏟아져—

더러움을 정화한다.

「응!」

용사
앨리스

긴 백금색 머리카락에 인형 같은
미모를 지닌 소녀. 『용사』의 칭호를
계승했으며 각국 상층부의 두려움을
사고 있다. 사람 간의 다툼에는
기본적으로 관여하지 않으며 『세계』의
적에게만 그 검을 휘두른다.

「――갑니다!」

하워드 공작가 장녀

스텔라

티나의 언니이자 왕립 학교의
학생회장. 앨런의 지도 아래에서
자신감을 되찾은 차기 하워드 공작.

「후후훗, 후~ 예요오★
이때를 기다렸답니다아!
오늘이야말로 같이 목욕해요!」

멋쟁이 메이드 아가씨
릴리

린스터 공작가 메이드대 제3석.
평소에는 막 지내는 듯 보이지만
비상한 재능을 지녔다. 아무래도
「아가씨」라 불리는 신분인
듯한데……

C O N T E N T S

Tutor of the
His Imperial Highness princess

공녀 전하의 가정교사 7

인도하는 성녀와 북방 결전

Tutor of the His Imperial Highness princess

The leading saint in
the northern final battle

Character
등장인물 소개

**공녀 전하의 가정교사 /
검희의 두뇌**

앨런

티나 및 다른 소녀들의 가정
교사. 본인은 자각이 없지만
상식을 벗어난 우수한 마법
기술을 가지고 있다.

**왕립 학교 학생회
부회장**

카렌

앨런의 의붓여동생.
착실하지만 의외로 어리광
이 많다. 스텔라 및 펠리시
아와는 친한 친구 사이.

>··>··>··>··>··> 왕국 4 대 공작가 (북부) 하워드 가문 <··<··<··<··<··<

**하워드 가문
차녀**

티나 하워드

앨런의 수업으로 재능을
꽃피운 소녀.
왕립 학교에 수석 입학.

**하워드 가문 장녀 /
왕립 학교 학생회 회장**

스텔라 하워드

티나의 언니로 차기 하워드
공작. 성실하고 다른 사람
이상으로 노력가인 성격.

티나의 전속 메이드

엘리 워커

하워드 가문을 섬기는 워커
가문의 손녀딸. 자주 티격
태격하는 티나와 리네의
중재역.

>··>··>··>··>··> 왕국 4 대 공작가 (남부) 린스터 가문 <··<··<··<··<··<

**린스터 가문 장녀 /
검희**

리디야 린스터

앨런의 파트너. 자유분방한
성격이지만 마법과 검 솜씨
모두 초일류인 아가씨.

**린스터 가문
차녀**

리네 린스터

리디야의 여동생. 왕립 학
교에 차석 입학. 수석인 티
나와는 라이벌 관계.

프롤로그

"——즉, 우리는 이기고 있단 소리렷다?"

"그렇단 것이죠. 글랜트 형."

의거—— 현 웨인라이트 왕가에 모반을 일으킨 지 열흘.

동도 교외 산림 지대, 올그렌 산장의 숨겨진 방에 모인 것은 나, 글랜트 올그렌 공작과 둘째 남동생인 그렉. 그 오른팔인 레몽 디스펜서 백작. 그리고 빈약한 몸에 회색 로브를 입은 셋째 남동생 그레고리였다.

전황을 보고하기 위해 왕도에서 비룡을 타고 일시 귀환한 참인 그렉의 얼굴에선 자신감이 흘러넘쳤다. 지휘봉을 휘두르며 책상 위의 왕국 전역 지도를 가리켰다.

"우리 군은 왕도 및 왕국 중앙 지대를 확보하는 데 성공했습니다. 역시 기존 제도를 붕괴시킬지 모르는 현재 왕가의 자세를 우려한 자가 많았던 것이죠! 동도에서 왕도로 이송된 제럴드 웨인라이트도 확보했습니다. 더는 말도 할 수 없지만, 허수아비 왕으로는 쓸 수 있을 겁니다. 그리고."

지휘봉이 남쪽과 북쪽을 두드렸다.

"린스터와 하워드 쪽도 길보가 도착했습니다. 며칠 전, 국경 근처에서 양가는 후국 연합 및 유스틴 제국과 교전을 벌이기에 이르렀던 모양입니다. 첫 소식에 따르면 린스터는 첫 전투에서 패배를 맛보고 방어를 굳혔으며 하워드는 갈로아 지역에서 병사와 주민을 피난시키고 있다지 않습니까! 형, 이건 기회입니다! 어서 왕도로 진출을!!"

"그래!"

뇌리에 옥좌에 앉는 내 모습이 떠올랐다.

실제로 앉는 것은 허수아비 왕으로 세울 제럴드겠지만……

실질적인 왕은 바로 나인 것이지.

"──기다려 주세요. 글랜트 형, 그렉 형."

시선을 향하자, 셋째 동생인 그레고리가 지도를 들여다보고 있었다.

자신의 제안이 방해받은 그렉이 언짢다는 듯이 물었다.

"뭐냐? 하고 싶은 말이라도 있나?"

"네. 셋 정도."

가늘고 창백한 손가락이 왕국 서방에 닿았다.

"첫 번째. 우리는 제럴드 이외의 왕족을 잡는 데 실패했습니다. 나아가 서방에는 루브펠러와 서방 가문들, 그리고── 왕국 기사단 주력이 건재합니다."

"……쯧."

그렉이 불쾌하다는 듯이 혀를 찼다. 왕족은 왕도에서 확보하기로 되어 있었으나, 근위 기사단과 왕족 호위대의 격렬한 저항으로 실패했다.

"그런 것쯤은 이미 알고 있다! 하지만 왕에게 타격을 준 건 확실해. 더불어── 서방은 절대로 움직이지 않는다! 왕국 전쟁 이후로 200년 동안, 루브펠러 공작군과 왕국 기사단 주력 모두 움직인 적이 없어!"

"네. 맞는 말씀입니다. 서방이 함부로 움직여 방어 능력이 떨어지면."

그레고리의 손가락이 다시 지도 위를 움직여 서방 국경 근처의 커다란 강에서 멈췄다.

인간족에게 있어서 잊을 수 없는 최종 결전의 땅──『혈하』.

『성지』 탈환과 마왕 토벌이란 꿈이 사라지고 씁쓸한 패배의 기억만이 남은 곳이다.

셋째 동생이 담담히 지적했다.

"마왕이 동쪽 정벌을 재개할 가능성도 있습니다."

"그렇다면!"

그렉이 그레고리의 말을 끊기도 전에 이야기가 이어졌다.

"하지만 그것은 왕과 왕족을 붙잡았을 때 얘기입니다. 정보에 의하면 서방에 도착했다고 하더군요. 루브펠러는 둘째치고 왕국 기사단은 움직일 가능성이 있지 않을지⋯⋯."

"하지만 기사단 전부가 움직이는 것은 아닐 거다. 일부라면 어떻게든 할 수 있어!"

그렉이 짜증스럽다는 듯이 주먹으로 지도를 내려쳤다.

왕과 왕족을 붙잡지 못한 것은 오산이었다. 셋째 동생을 시선으로 재촉했다.

동도에서 이 빈약하고 천한 피가 흐르는 동생은 몇 번이나 유익한 지적을 해왔기에 전보다는 평가를 높이 쳐주고 있었다. 어떤 말이든 쓰는 자 나름인 법이지.

"두 번째. 린스터와 하워드입니다."

"둘 다 각 영지에서 도망쳐 온 여러 비룡편과 그리폰편에게서 얻은 최신 정보. 성령 기사단을 경유해 들어온 정보로도 두 가문이 전쟁을 시작한 것은 확인됐어!"

사전 정보에 의하면 『후국 연합과 유스틴 제국은 내부 동지의 책략으로 영토를 탈환하는 방향으로 방침을 바꿨다. 옛 영토를 회복하면 군을 멈출 것』이라 되어 있었다. 기만이라 생각하긴 어려웠다.

그레고리가 소심히 의문을 제기했다.

"두 공작가가 전쟁을 시작한 것은 사실 같지만…… 왕도로 정보가 도착한 것이 너무 빠른 것 같지 않습니까?"

"무슨 소리지?"

나는 지도로 시선을 내렸다. 왕국 동부 및 왕도에 이르기까지는 아군을 나타내는 보라색 말이 다수.

왕도 주변에 있는 다른 말은 여전히 방침이 명확하지 않은 크롬, 가드너 두 후작가뿐.

북, 남, 서에 있는 것은 적을 나타내는 파란색, 빨간색, 녹색

말. 세 공작가다.

나아가 북방에는 유스틴 제국, 남방에는 아틀라스, 베이젤 두후국, 서방에는 마왕군에 투명한 말이 놓여 있다. 유스틴과 두후작가와는 성령 기사단을 통해 동맹 상태라 할 수 있었다.

이 전황도만을 바라본다면 우리가 절대적 우세에 서 있다고밖엔 생각할 수 없다만. 그레고리가 말했다.

"현재 각 공작가는 연락망이 끊겼습니다. 그런 상황에서 왕도로만 빠르게 정보가 도착하는 것이 이상해서……."

그렉이 문제도 아니라는 듯 웃어넘겼다.

"고작 그것 때문이냐. 상대는 후국 연합과 제국이란 말이다. 병력 차가 몇 배는 거뜬히 넘어. 수는 모든 것을 해결한다! 그렇지? 레몽."

묵묵히 논의를 듣고 있던 레몽이 동의했다.

"네. 당연하게도 여러 루트를 통해 정보를 입수하고 있습니다. 그것들을 정리하면『하워드, 갈로아 지구 포기를 결정』,『린스터의 첫수, 패배』란 결론밖에 나올 수 없지요."

"……죄송합니다."

셋째 동생은 그렉에게 순순히 고개를 숙였다. 둘째 동생은 코웃음을 치며 의기양양해했다.

확실히 전개가 너무 빠르다.

하지만 왕국의 남과 북 그리고 서방 대부분이 움직이지 않는다면…… 나는 셋째 동생에게 물었다.

"그레고리, 세 번째는 뭐냐?"

"네. ……여전히 동도 거목 제압을 마치지 못한 점입니다."

그렉이 놀란 얼굴로 날 바라보았다.

"형, 무슨 소리죠? 동도의 적은 소수의 근위 기사단과 동도 일부 구획을 점유하고 있는 오만한 짐승들뿐이었을 터. 열흘이나 버틸 수 있을 리가!"

나는 의거 당일, 린스터의 장자와 짐승, 그리고 짐승 아닌 짐승과 검을 맞댔던 기억을 떠올렸다.

팔짱을 끼고 불쾌감을 견디면서도 동도의 전황을 설명했다.

"리처드 린스터와 근위 기사단. 적이지만 제법 대단한 것들이야. 거목 앞의 대교 중간까지는 밀었으나 여전히 완강히 저항하고 있다."

그렉이 목소리를 낮췄다.

"거목 권익의 일부 양도는 성령 기사단과의 약정입니다. 서둘러 방책을 강구하지 않으면 전후 성령교와 우리의 관계가 틀어질 가능성이 있어요……."

수인족은 오랫동안 동도의 거목을 부당히 독점하며 막대한 이익을 손에 넣었었다.

그것을 우리 인간족이 다시 회수하는 것은 물론이거니와 군세에 참여해 준 성령기사단에도 넘겨야 한다.

전황을 너무 오래 끄는 것은 좋지 않다. 나는 둘째 동생과 시선을 맞췄다.

"그렉. 왕도가 정리됐다면 『보랏빛 방벽』을 동도로 되돌려도 상관없겠지? 근위 기사단을 섬멸해 우선 성령교와의 약정을 지켜야겠다."

둘째 동생과 레몽이 우려를 표했다.

"『보랏빛 방벽』을 이끄는 허그 허클레이는 위험한 남자입니다."

"『보랏빛 방벽』도 허클레이 옹이 직접 길러낸 자들. 반기를 들고 동도에 있는 헤이그 헤이든이 이끄는 공작가 친위 기사단에 자울 자니의 군이 합쳐지면, 조금 번거로워지지 않을지……."

"허그와 헤이든에 자울까지. 그래 봤자 옛것들이다. 내가 공작가를 증명하는 『심자(深紫)』를 계승한 이상, 그 노인들은 올그렌을 배신할 수 없어."

옆 의자에 기대어 세워둔 마(魔)의 미늘창을 바라보며 자신만만하게 선언했다.

──나는 이미 공작가를 계승했다. 내가 바로 올그렌 공작이다!

의거 결행 전, 몰래 탄 독을 먹고 침대에 힘없이 드러누운 어리석은 아버지── 귀족의 기득권과 이익 삭감을 『실력주의』란 이름 아래에서 밀어붙이던 웨인라이트 왕가를 줄곧 옹호해 온 불쌍한 기드 올그렌에게 나는 최종 보고를 했다.

그러자 어리석은 아버지는 쓸쓸한 듯이 이리 말했다.

『어리석은 짓은 그만두거라, 글랜트. 그런 짓을 하면…… 우리 가문은, 은혜도 모른다며, 부끄러운 줄 모른다며 계속 비난을 받게 될 게야. 혈하의 땅에서 우리 조상이 무슨 짓을 저지르고 말았는지 떠올리거라.』

정말이지 어리석은 아비로다. 200년 전에 일어난 사건에 아직도 얽매여 있다니.

수인족에게 은혜를 갚을…… 하물며 『옛 서약』을 이행할 의무 따윈 처음부터 없었어!

자료를 읽는 한 고작해야 『첫수가 살짝 불리하다』는 정도가 아니냐!

이젠 의식도 없겠지만, 열심히 지켜보고 있으라지.

내가—— 글랜트 올그렌이 왕국을 지배하는 것을!!!

나는 그렉과 레몽 그리고 레고리에게 고했다.

"거목에서 근위 기사단과 짐승 놈들이 쓸데없이 저항을 계속하는 걸 제외하면 거의 상정한 대로다. 우선 작은 가시를 제거하고 그다음 반항하는 세력들을 각개격파하겠다."

""예!"" "글랜트 형…… 저, 저기…… 두 개만 더 말씀드려도 될까요?"

"뭐냐."

"길에 대한 것입니다만……."

"적대하지 않으면 죽이지 않겠다. 『광순』의 잔재가 담긴 단검은 회수하고 그냥 썩여두도록."

징글맞은 막내 남동생—— 아버지에게 사랑받으며 『차기 올그렌 공작 후보 필두』라 내밀한 평가마저 들어온 길 올그렌은 처음에는 의거에 관여하지 않았다. 내가 잠입시킨 첩보원, 코노하가 제안해 감금시켜 두었기 때문이다.

길과 『검희의 두뇌』는 대학교 선후배 관계.

그리고 그 짐승 아닌 짐승은 별명 그대로 『검희』리디야 린스터와 가까운 사이다.

　깊이 관여시키면 사전에 린스터로 정보가 새어 나갈 가능성마저 있었다.

　그런 막냇동생을 귀찮은 짐승 아닌 짐승과 맞붙게 한다——그리 말을 꺼낸 것은 그레고리였다.

　『길은 그 남자를 무척이나 따르는 모양이더군요. 일이 재미있게 흘러갈 것 같지 않습니까?』

　내 동생이지만 무시무시한 생각을 떠올리는군.

　길에게 어떻게 전했는진 몰라도…… 결과로써 막냇동생은 짐승 아닌 짐승을 제압했다.

　여기까지 관여한 이상, 이제 모반은 일으키지 못하리라.

　"알겠습니다. 나머지 하나는…… 디스펜서 백작."

　"왜 그러시는지요?"

　레몽이 의아하다는 듯이 그레고리에게 시선을 보냈다.

　"병참에 관해선 문제가 없나요?"

　"특별히 없습니다. 글랜트 공작 전하께서 떠올리신 철도를 이용한 병참전 유지는 훌륭하옵지요!"

　"그렇군요……."

　그렉이 그레고리를 엄하게 꾸짖었다.

　"그레고리, 네놈, 설마 병참에 문제가 있다는, 그런 말을 하고 싶은 거냐?"

　"아, 아뇨, 당치도 않습니다. 살짝 마음에 걸렸을 뿐인지라.

죄송합니다. 글랜트 형, 저는 이상입…… 별것 아니지만, 한 가
지 더 말씀 드릴 게 있습니다."

"그레고리."

셋째 동생이 허둥대며 두 손을 몇 번이나 내젓더니 빠르게 입
을 놀렸다.

"그 짐승 아닌 짐승 말입니다만, 제 쪽에서 회수했는데……
헤이든, 자울에겐 말하지 않았습니다."

"실로 별것 아니로군." "네놈 마음대로 해라."

나와 그렉은 거의 동시에 그레고리의 발언을 내쳤다.

짐승 아닌 짐승은 내 손으로 벌을 주어도 괜찮았겠지만 말이다.

명백하게 안도의 표정을 짓는 셋째 동생에게 확인했다.

"그런 자를 무엇에 쓰려는 거냐?"

"후후후…… 그야 당연한 거 아니겠습니까?"

피부에 오한이 달렸다. 뭐, 뭐지? 눈앞의 셋째 동생은 여전히
평소처럼 웃고 있다.

"짐승을 쓸 곳이야 하나밖에 없지요. ──간단한 실험 말입
니다."

*

비밀회의가 끝난 숨겨진 방으로 내가 들어가자, 그레고리 도
련님은 혼자 지도 위의 말을 오른손으로 움직이며 왼손으로는

성령교 인장을 아무렇게나 만지작거리고 계셨다. 조용히 말씀을 드렸다.

"——도련님."

"이토…… 쉰 목소리 그만 내라. 외모도 되돌려. 불쾌하다."

"죄송합니다."

방에는 우리밖에 없어 도련님의 말투도 거칠어졌다.

나는 목소리와 외모를 원래대로 되돌렸다. 얼굴과 목, 손의 주름이 사라지고 키도 더더욱 줄어들었다. 회색 후드 모자도 벗고 도련님 곁으로 다가갔다. 진한 검은 색과 회색이 뒤섞인 앞머리가 거추장스러웠다.

도련님께서는 지도로 시선을 내린 채 물으셨다.

"일은 어떻게 되어가지?"

"이쪽을 보시죠."

손에 넣은 자료—— 왕도의 반란군 병참 상황을 나타낸 것을 건네드렸다.

도련님께선 거칠게 자료를 채가시더니 내가 표시해 놓은 곳을 재빨리 확인하시곤, 뒤쪽 의자에 걸터앉아 들고 있던 투명한 유리 말을 만지작거리며 내뱉으셨다.

"이러진 않을까 싶긴 했지. 왕도 녀석들은 며칠이나 버티지?"

"지금 상황이 계속되면…… 한 달 정도이지 싶습니다."

——왕도는 식자재 생산 능력이 전혀 없는 도시다.

자급할 수 있는 것은 고작해야 물뿐. 그 밖의 식자재 공급은 다른 지역에 의지해야만 한다.

그 때문에 전쟁 전, 글랜트는 『철도를 이용한 병참 유지』를 내걸었던 것인데⋯⋯.

"그래 봤자 탁상공론이었군. 기차의 정기 운행도, 물자의 상하차도, 배분도 무엇 하나 제대로 굴러가지 않을 줄이야! 결국 동도와 왕도 역에선 식량을 쌓아만 두고 배분하지 못해 썩어가고 있단 거군. 그렉 그 멍청이는 이걸 보고하지 못하고 있던 건가."

"거상 중 대부분이 협력을 거절했습니다. 토레토 가문의 당주가 뒤에서 『반란은 반드시 실패한다』고 소문을 내고 다니는 모양입니다. 또 왕도 주변에서는 다수의 정찰 부대가 돌아오지 못하는 사태도 다발하고 있습니다. 노선, 신호 등에 대한 파괴 공작도 일어나 상황은 나날이 악화해 가고 있습니다."

"모미지 토레토를 붙잡은 폐해인가. 파괴 공작은 공작가가 잠입시킨 공작 부대의 짓이겠지. 하지만 글랜트의 머릿속에는 기차에 관련된 설비를 유지한다는 생각은 전혀 없어. 중소 상인들만으로 10만이 넘는 군대와 왕도 주민들에 대한 물자 공급은⋯⋯ 불가능해."

도련님께서 자료를 책상에 내던지셨다. 종이가 넘어가며 상인 등용 후보의 이름이 눈에 들어왔다.

루퍼드 백작 추천 『에른스트 포스』.

유리 말과 성령교 인장을 함께 만지작거리며 도련님은 초조한 듯이 다리를 꼬셨다.

"사전에 상정한 것보다 얼간이들의 패배는 이를 것 같군. 하워드와 린스터의 정보는?"

"두 가문 모두 적군과 대치하고 있는 것은 사실인 모양입니다. 루브펠러는."

"서쪽은 움직이지 않는다. 쓸데없이 내 시간을 낭비하지 마라."

"죄송합니다."

순순히 고개를 숙였다. 확실히, 단순한 반란에 루브펠러 공작가를 중심으로 한 서방 가문들이 움직이리라곤 생각할 수 없었다.

도련님이 혼잣말을 하셨다.

"『검희의 두뇌』는 레프가 『염마(炎魔)』의 열쇠 구멍으로 던져넣었다. 남은 건 열쇠가 열릴지 말지인데……. 거목도 『보랏빛 방벽』이 돌아오면 함락되겠지. 돈과 지위로 굴러가는 짐승은 다루기 쉬워서 좋군. 성령교 녀석들은 왕도의 거목과 왕궁서고를 제압했다. 얻어야 할 걸 회수했다면 더 이상 그곳에 있을 의미는 없어. 길은 재미있는 소재가 될 거다. 『심자』는 글랜트가 가지라지. 그런 장난감은 우둔한 놈에게 딱이야. 레프가 회수해 가지고 놀고 있는 그 남자의 실전 실험도 해야겠군. 만약 『염마』의 자료를 얻을 수 있다면 나는 세계 최고의 마법사가 될 수 있겠지. 레프를 다시 불러 앞으로의 일을――."

도련님은 이렇게 되면 한동안은 돌아오시지 않는다.

――왕국 동북부에 있는 대륙 최대의 소금 호수인 사영해의 작은 섬으로 향한 레프.

몇 년 전, 도련님이 성령교 교황령에 가셨을 때 만나 이번 계획에 깊이 관여한 『사도』를 자칭하는 허영심 넘치는 수상쩍은 남자다. 표면상 아군인 척하곤 있지만, 뒤에서 무슨 짓을 벌이고 있을지 알 수가 없다.

『성령교도, 꺼림칙한 성녀도, 모두 내 『말』이다! 레프는 동지지만 말이야.』

나의 귀엽디귀여운 도련님은 똑똑하시다. 어지간한 일은 꿰뚫어 보고 계신다.

그래도 도련님? 단순한 반란극이라면 서방은 움직이지 않겠죠.

하지만…….

"루브펠러와 서방 가문들도, 그리고…… 그리운 제 고향의 마족들도 『유성』을, 그와의 『옛 서약』을 잊지는 않았답니다……?"

나의 작디작은 중얼거림에 도련님은 반응하지 않고 그저 줄곧 상념에 잠겨 계셨다.

그렇게 어린 날과 전혀 변함없는 주인을, 나는 줄곧 바라보고 있었다.

제1장

"거짓말이에요!!! 선생님이…… 앨런이 사지에 남아 거목으로 돌아오지 않았다니…… 그런 건 믿을 수 없어요!!!"

왕국 북도 교외. 하워드 공작가 저택.

그 집무실에서 내 여동생인 티나 하워드의 비명이 울려 퍼졌다.

작은 몸이 떨리며 푸르스름한 색이 옅게 섞인 백금색 머리카락과 머리 뒤에 단 순백색 리본이 새어 나온 마력에 공중으로 떠올랐다.

"스텔라 언니……."

왼쪽으로 내 곁에 선 메이드복을 입은 소녀—— 티나의 전속 메이드이자 내게 있어선 여동생이나 다름없는 엘리 워커도 몸을 떨며 눈동자에 눈물을 머금고 왼팔에 매달려 왔다.

"엘리, 괜찮아. 티나도 진정하렴. 우선 얘기를 들어보자."

"……." "……네."

여동생들을 다정히 어르는 내 마음속에서도…… 커다란 폭풍이 휘몰아치고 있었다.

티나와 엘리가 없었다면 울부짖었을지도 모를 만큼.

앨런 님! ……앨런 님!! …………앨런 님!!!

의자에 앉아 있는 옅은 파란색 머리카락의 대장부── 나와 티나의 아버지인 월터 하워드 공작이 동도에서 달려와 전황을 보고해 준 여성 근위 기사, 켈레리언 케이노스를 재촉했다.

"보고를 계속해 주게."

"……예!"

한쪽 무릎을 바닥에 꿇고 고개를 숙인 상처투성이 여성 근위 기사는 눈을 감고 보고를 재개했다.

"저희는 동도 신시가지에서 귀환한 뒤, 앨런 님의 행방을 필사적으로 찾았으나 발견하지 못했고……. 그 뒤, 『천응 상회』의 그리폰을 입수해 저와 동료는 동도를 탈출, 저는 북쪽으로, 동료는 남쪽으로 향했습니다. 오는 길에 우회를 반복했기에 도착이 늦어져 송구스러울 따름입니다……."

──왕국 동방을 다스리는 올그렌 공작가를 수괴로 한 귀족 수구파의 반란이 시작된 지 이미 열흘이 지났다. 그 사이, 조금씩 정보가 모였고 그중에서도 『서도에서 폐하와 왕족분들의 무사를 확인』했다는 소식은 틀림없는 길보였다.

반란이 시작됐을 때, 왕도의 『앨런 상회』에서 일을 하고 있던 친구, 펠리시아 포스가 남도에 무사히 도착했다는 소식에도 진심으로 안도했다.

하지만…… 왕도, 동도의 상황은 여전히 알 수가 없었다.

아버지의 뒤에서 우두커니 서 있던 초로의 남성── 왕국 북방의 첩보를 관장하는 집사장, 그레이엄 워커의 분석으로 『왕도의 적군은 정체 중」이란 사실을 알 수 있는 게 고작이었다.

아버지 옆에 선 안경 낀 학자 같은 남성── 아버지의 맹우이자 왕국에서 손꼽히는 마법사 중 한 사람이기도 한 교수님이 왼손으로 이마를 짚고는 성난 목소리를 내셨다.

"역시 무모한 짓을 벌였군……. 멍청한 녀석, 앨런, 이 멍청하기 짝이 없는 녀석아!!!"

그 말에 우리는 반응하려다가── 교수님을 보고 입을 다물었다.

──그곳에는 강한 회한과 자신에 대한 분노가 있었다.

"혼자였다면 어떻게든 됐을 것을…… 이름 그대로 『유성』과 같은 짓을 벌이다니! ……켈레리언 양. 리처드는 얼마나 버틸 수 있을 것 같나?"

『유성』이란 지금으로부터 2백여 년 전, 인간족과 마족이 싸운 마왕 전쟁에서 수인족을 주체로 한 여단을 이끈 늑대족 영웅이다.

앨런 님의 이름은 그 영웅의 이름을 따서 지었다고 전에 나의 절친이자 앨런 님의 여동생이기도 한 카렌이 기쁘다는 듯이 알려주었다. 켈레리언이 입을 열었다.

"부장님은 '우리는 근위 기사단이다. 하워드 공작과 교수는 그리 말하면 알 것이다'라고 하셨습니다."

"역시 린스터 공자 전하야. 마지막 끝까지 저항하겠다라."

"훌륭한 각오이긴 하다만, 구체적인 일자를 말하지 못할 만큼 전황이 힘겨운 듯싶군."

교수님과 아버지께서 신음을 흘리셨다.

나는 왼쪽 가슴 주머니에 넣어둔 앨런 님이 보내주신 제이드 그리폰의 깃털을 만졌다. ……앨런 님. 카렌.

아버지께서 그레이엄에게 시선을 보내셨다.

"제국 남방군은 어떤가?"

"준비를 갖추고 슬슬 오려는 모양입니다. 수는 20만 정도이지 싶군요."

"2, 20만?" "너, 너무 많아요……." "! 유스틴 제국이……."

티나와 엘리가 망연해했고 켈레리언의 얼굴이 새파랗게 질렸다.

티나도 오른팔에 달라붙었다. 불안한 듯이 몸을 떨었고 앞머리도 추욱 늘어졌다.

나는 동요를 드러내지 않도록 필사적으로 견뎠다.

안 돼, 스텔라. 너까지 흐트러지면 티나와 엘리가 불안해할 거야.

……우는 건 혼자가 됐을 때면 돼. 아버지가 교수님을 바라보셨다.

"상황이 바뀌었다. 사전 계획보다 이르게 칠 필요가 있겠어."

"서둘러 정리하도록 하지. 제국군의 병참과 군기는 좋지 않아. 주민의 피난은 어떤가?"

"이미 갈로아를 다스리는 부공작가에 전달은 마쳤지. 아이, 여성, 노인은 원칙적으로 북도 교외에 수용한다. 셰리가 관리할 거다."

셰리 워커. 하워드 공작가 메이드장이며 전에는 군대에 적을 두었다고 한다. 나도 바로 얼마 전까지 모르던 사실이다. 교수님이 무릎을 치셨다.

"하! 역시 왕국 최고 병참관『통제』셰리 워커 공이로군! 본진은 맡겨두도록 할까. 그레이엄, 그쪽은?"

"시작으로『하워드는 제국군의 대군에 전율했다』는 뜬소문을 제국과의 국경선 부근에 뿌렸습니다."

"좋은 책략이군.""마지막 끝에 가서까지 달콤한 꿈을 꾸도록 만들지."

세 사람이 무척 무서운 표정을 짓고 고개를 끄덕였다. 켈레리언이 목소리를 쥐어짜 냈다.

"티나 하워드 공녀 전하께 드리라며 앨런 님께서 맡겨주신 물건이 있습니다."

"! 선생님이, 나한테……?"

티나가 눈물을 소매로 훔쳤다. 켈레리언이 접어놓은 깨끗한 흰 손수건을 품에서 꺼내 동생에게 내밀었다. 손이 떨리고 있다.

티나는 두 손으로 손수건을 받아 들었고, 풀었다. 동생들이 입을 다물지 못했다.

"이걸 왜?""그, 그건 티나 아가씨께서 앨런 선생님의 스태프에 묶으셨던……."

──감싸여 있던 물건은 파란색 리본이었다.

여동생이 켈레리언을 바라보았다. 근위 기사는 눈물을 억누르며 알려주었다.

"앨런 님이 최후미를 맡으시며 스태프의 리본을 푸시더니 이 쪽을……."

"……선생님, 이?"

방금 닦아낸 눈물이 다시 한번 흘러넘쳐 리본을 적셨다.

방 안에 얼음꽃이 춤을 추더니 작게 휘몰아치기 시작했다. 나와 엘리는 동생을 끌어안았다.

"티나. 진정하렴." "티나 아가씨……."

"왜? ……왜?? 왜!!! 선생님은…… 앨런은…… 날…… 끝까지…… 끝까지 같이 데려가 주지 않은 건데!!!"

티나가 외치며 내 가슴에 얼굴을 묻었다.

파란색 리본이 순간 빛을 발하더니 동시에 티나의 오른손 손 등에도 희미하게 대마법 『빙학(氷鶴)』의 문장이 떠올랐고 얼음 꽃을 억누르며 사라졌다.

혹시 앨런 님이 대마법의 폭주를 막으려고 마법을 담으신 걸 까?

엘리와 시선이 교차했고 서로 고개를 끄덕였다. 켈레리언의 목소리가 떨린다.

"앨런 님의 전언입니다. '티나는 울 게 뻔하니까' 라시며."

여동생은 얼굴을 엉망진창으로 구기며 켈레리언을 바라보았 다. 말없이 다음 말을 재촉했다.

근위 기사는 등을 곧추세웠다.

"『서두르지 말고, 정성껏, 차분하게. 그것만 지키면 당신은 누구에게도── 리디야에게도 지지 않아요. 저는 그렇게 믿습니다.』"

"선생님은 바보야. ……바보야…….""티나…….""티나 아가씨……."

우리는 셋이서 다시 끌어안았다.

"케이노스, 수고했다. 물러가거라. 이곳에 머무르며 부상을 치료하도록."

"예!"

아버지가 켈레리언에게 퇴실을 명하셨고 진심으로 안심한 듯한 모습으로 여성 근위 기사가 방을 나갔다.

나는 계속 울고 있는 여동생의 등을 다독이며 파란색 리본으로 시선을 떨구고, 이어서 교수님을 바라보았다.

──어렴풋이 고개를 끄덕이신다. 역시 폭주를 억누를 마법식이 담겨 있었어.

"언니, 엘리, 이제, 괜찮아요……."

티나는 읊조린 뒤 눈물을 닦고 우리에게서 떨어졌다.

그리고 오른쪽 손목에 파란색 리본을 묶고는── 결연히 제뜻을 밝혔다.

"아버지! 부탁이 있어요. 제게── 본진 사령부 일을 돕게 해주세요!"

감정에 호응해 얼음꽃이 춤추기 시작했다. 그러나 사나움은 없었고 신성함마저 느껴졌다.

"티나, 이건 전쟁이다."

"전장엔 나가지 않겠어요. 『빙설랑(氷雪狼)』을 쓸 수 있다지만, 저는 미숙해요. 선생님께 혼날 거예요."

——얼음 속성 극치 마법『빙설랑』.

비전『창권』과 나란히 하워드 공작의 무예를 상징하는 강대한 마법이다.

교수님께서 끼어드셨다.

전에 이분은 아버지께 『티나 양을 셰리 밑에서 일하도록 인사』를 제안하셨다.

"티나 양은 본진에서 무얼 하고 싶나?"

"전역 날씨 예측이요! 그리고 차를 끌어모아 병참과 행군에 활용하겠어요! 둘 다 농작물 연구를 하던 때 사전 연구는 마쳤어요!!"

"끄음." "호오오오오." "그런 연구까지?"

아버지가 신음을 흘리셨고 교수님은 감탄을, 나도 입에 손을 대며 놀랐다.

"저, 저기!"

표정을 진지하게 다잡은 엘리가 손을 들더니 깊숙이 고개를 숙였다.

"저, 저도, 메이드장님 밑에서 일을 하고 싶어요! 부탁드립니다!"

"?! ……엘리가 자기 입으로 말을 꺼낼 줄이야……."

그레이엄의 눈이 날카로워진다. 여동생들은 자세를 바로잡고 아버지의 말을 기다리고 있었다.

얼마 후── 월터 하워드 공작이 무겁게 선언했다.

"두 사람이 본진 사령부로 들어가는 것을 허락하마. 스텔라, 너도 같이."

"저는 군복을 입고 전선으로 가겠습니다."

말을 가로질러 시선을 맞추고 희망을 입에 담았다.

앨런 님께는 혼나겠지. 하지만 사령부에 있는 것보단 분명 도움이 될 거야!

──먼저 시선을 피한 것은 아버지였다.

"……안 된다."

"아버지! 왜죠?!"

하지만 아버지는 날 상대하지 않고 각자에게 결정을 통달했다.

"교수, 나와 함께 전선을 봐 주게. 그레이엄, 자세한 건 맡기마. 제국 녀석들이 달콤한 꿈을 꾸게 해줘라. 티나, 엘리, 본진으로 갈 거라면 힘이 되어주거라. ……스텔라, 넌 갈로아 남부에 있으며 피난 온 주민들을 돌보도록. 이건 하워드 공작으로서의 정식 명령이다."

*

하워드 공작가 영지와 갈로아 지방 사이를 흐르는 웅대한 리니에 강 기슭. 과거—— 왕국과 유스틴 제국의 국경이었던 땅이다. 저 멀리로 창룽 산맥의 그림자가 희미하게 보인다.

어릴 적, 아버지가 데리고 왔던 기억이 떠오른다.

『스텔라, 기억해 두어라. 약 100년 전, 침공해 온 제국군을 당시 하워드 공작가가 과감히 격퇴했고 갈로아 남부 로스트레이에서 결전에 나서—— 승리를 거머쥐었다.』

나는 하늘을 올려다보며 비옷의 후드 모자를 고쳐 쓰고 중얼거렸다.

"비가 안 멎네⋯⋯."

전방에 보이는 마왕 전쟁 이전부터 리니에 강에 걸려있던 유일한 대교——『쌍천교』도 여름이란 생각이 들지 않는 차가운 비에 흐릿하게 보였고 며칠 사이 사람들의 왕래로 심하게 상한 석조 도로에도 군데군데 물웅덩이가 생겨 있었다.

북도 본진에 도로 상태도 보고해야겠다고 생각하던 때—— 머리 위로 우산이 드리워졌다.

돌아보자, 뒤에서 대기하고 있던 금발 머리에 키가 큰, 단안경을 쓴 청년—— 여름 휴가 중 한정으로 내 전속 집사를 맡은 롤랑 워커가 우산을 씌워주고 있었다.

"스텔라 님, 마차 안에서 기다려 주십시오. 주민분들은 모두 피난을 마친 걸지도 모릅니다."

——동도에서 흉보가 도착한 지 오늘로 사흘째.

티나와 엘리는 하워드 공작가 대회의실에 설치된 본진 사령부로 들어갔다.

아버지와 교수님은 공작군과 행동을 함께하고 있기에 갈로아 북부에서 제국군과 대치 중이다.

그레이엄의 동향은 알 수 없지만, 활발히 첩보 활동에 나서고 있는 모양이다.

그런 가운데, 나는——.

"괜찮아, 고마워. 갈로아에는 기차도 최남단인 제시어까지만 뚫려있고 지금은 군용으로 쓰고 있잖아. 늦어지는 걸지도 몰라. 조금만 더 기다려 보자."

"……네."

마지못해 따르겠다는 태도로 롤랑이 물러섰다. 왼손으로 단안경을 만지작거린다.

……내 말에 그만 화가 났나?

하지만 남이 우산을 씌워주는 건…… 왕도에서 앨런 님과 함께 우산 하나에 들어갔던 날을 떠올리자 가슴이 죄어왔다.

티나와 엘리에겐 멋지게 말했지만…… 나는 그 애들보다 훨씬 약하다.

지금도 사실은 모든 걸 내팽개치고 동도로 향하고 싶은데!

앨런 님을, 날 구해주신 『마법사』 님을 구하고 싶은데!

하지만…… 그럴 수 없다. 아버지의 한마디로 전장에 나가는 것도, 군복을 입는 것도 금지당했고 지금도 비옷 밑으론 왕립학교 교복을 입었다. 고개를 숙이고 지나간 일을 후회했다.

"내가 할 수 있는 건 주민분들께 고개를 숙이고 따뜻한 식사를 나눠주거나 비옷과 우산을 나누어주고, 다친 사람에게 치유 마법을 걸어주는 정도가 다일지도 모르겠다……."

"스텔라 님." "스텔라 아가씨! 그렇지 않아요!"

롤랑의 목소리가 쾌활한 부정에 끊겼다. 나는 고개를 들었다.

"미나."

내게 주의를 준 것은 어깨까지 내려오는 황갈색 머리카락이 밖으로 삐친, 키가 엘리와 비슷한 메이드였다. 아마 나이가 올해로 스물한 살이었을 텐데, 훨씬 어려 보인다.

그녀의 이름은 미나 워커.

하워드 공작가 메이드대 차석으로 셰리가 실전 부대에서 은퇴한 지금은 부대의 장을 맡고 있었다. 현재는 열댓 명의 메이드들과 함께 내 임시 호위를 맡고 있다.

우산을 손에 든 미나가 롤랑을 밀어내듯이 내 곁으로 다가왔다.

"성가시게 굴긴. 우산 같이 쓰려고 노리지 마. 머리 모양을 바꾸신 아가씨 마음을 헤아리라고. 낙제야……." "윽!"

……지금 롤랑의 명치에 팔꿈치가 꽂힌 것 같은데.

부메이드장은 비틀거리는 집사를 무시하고 내게 만면의 미소를 향했다.

"요 며칠 사이 스텔라 아가씨께서 헌신하시는 모습은 모든 주민분께 전해졌답니다. 『공녀 전하께서 직접 살펴주시다니』 하고요! 만점이에요 ♪"

──우리의 고국인 왕국에는 동서남북에 4개의 공작가가 존재한다.

각 공작가는 건국 시 세운 공적과 왕가의 피가 흐르기도 하여 경칭도 타국에선 『각하』인 것이 『전하』가 된다. 나라면 『스텔라 하워드 공녀 전하』인 셈이다.

"누구든지 할 수 있는 일이야. 티나도 전에 각지를 돌아다녔던 모양이고."

며칠 사이 나는 갈로아 남부 각지를 돌며 많은 피난민에게 식료를 건네주고 다친 사람을 치료하며 많은 대화를 나누었다. 그러자 『티나 아가씨는 건강히 계신가요?』 『아가씨께 받은 채소와 과일의 새 품종을 기르는 게 삶의 보람이랍니다.』 『제국 녀석들이 밭을 망쳐도 금세 재건해 내겠습니다!』 하고 기운차게 말해주는 사람들을 많이 만났다.

표정에 드러났을 것이다. 미나가 격려해 주었다.

"모두 진심으로 감격하였답니다. 틀림없어요!"

"──고마워. 상황이 이렇지만, 다시 만나서 기쁘다. 이건 거짓말 아니거든?"

나는 조금 장난스럽게 부메이드장에게 미소를 돌려주었다.

미나가 황갈색 머리카락과 몸을 부르르 떨더니, 눈을 휘둥그레 뜨고 입가를 붙잡았다.

"! 스, 스텔라 아가씨, 그, 그 미소는…… 마, 만점 중의 만점……."

대기 중이던 메이드들이 눈으로도 좇기 힘든 속도로 그 몸을 떠받친다.

"부메이드장님!" "안 돼, 마음의 허용치가……." "'흥분하면 안 됩니다!' 라고 본인 입으로 말씀하셨으면서!" 오늘도 우리 집 메이드들은 기운이 넘친다. 조금 마음이 누그러졌다.

"스텔라 양, 즐거워 보여 다행이군. 월터의 기우였나?"

우리는 일제히 대교 방향으로 시선을 되돌렸다. 검은 우산을 쓰고 안경을 걸친 그 남성은.

"교수님?! 아버지와 함께 행동하고 계신 게 아니었나요?"

"그 공작 전하한테 협박을 당했거든. 『……스텔라가 어떻게 하고 있는지 보고 오라』고 말이야. 장거리 이동은 어깨가 결리건만. 미나 양, 롤랑 도령, 모두 미안하지만, 잠시 자리를 비워주게."

『예!』 "그럴 순 없겠습니다. 그리고 『도령』이…… 끅!"

롤랑의 명치에 미나의 무릎이 꽂혔다.

부메이드장과 메이드들이 롤랑을 끌고서 멀어져간다. 교수님께서 쓰게 웃으셨다.

"여전하구먼. 자, 스텔라 양. 단적으로 말하지── 고도(古都) 오인이 함락됐다."

"?!"

나는 크게 놀랐다. 오인은 갈로아 북부의 주요 도시다. 아무리 우리 군이 교전에 적극적으로 나서지 않았다지만…… 제국군의 움직임이 너무 빠르다.

교수님이 작게 긍정하셨다.

"적의 총사령관인 유진 황태자가 어지간히 의욕이 찼는지 우수한 참모라도 붙어있는 건지, 적군의 움직임이 예상보다 빠르군. 병참 면에서 보더라도 앞으로 적은 군을 선봉과 본대로 나누겠지. 다음 목표는 대규모 식량 창고가 있는 중부의 메아이려나?"

하워드는 갈로아를 덕치로 다스려 온 것도 있어 퇴각에 반발은 없었지만…… 적극적으로 싸워야 했던 게 아닐까. 교수님이 말을 이으셨다.

"월터와도 협의한 일이야. 방침에 변경은 없네. 주민을 지키며 공작군은 승기가 확실해질 때까지 후퇴한다. 이미 부공작군 절반이 로스트레이에서 진을 치며 야전 축성 중이야."

확실한 승기. ……말은 좋다. 나는 교수님의 눈을 똑바로 바라보았다.

"──솔직하게 묻겠습니다. 아버지께서 제게 전략 방침의 상세를 설명하지 않고 군복을 입는 것도, 전장에 나서는 것도 금지한 건…… 절 신뢰하시지 않아서인가요?"

"자네는 아직 열다섯 살이야. 린스터라면 전장에 나갈지도 모르겠지만……."

"티나와 엘리는 본진 사령부로 들어갔어요."

"『안전한 본진에 있어라』, 그렇게 말해도 거절했을 것 아닌가?"

……모두 꿰뚫어 보고 있었다.

티나와 엘리, 리네 씨의 급성장. 내 절친인 카렌이 가진 재능에 대한 질투.

『검희』 리디야 린스터를 실제로 봤을 때의 절망.

『약하다』고 생각하던 펠리시아가 나보다도 월등히 『강했던』 사실에 대한 초조함.

왕립 학교 진학을 말린 아버지에 대한 반감과 『차기 하워드 공작』이라는 칭호의 무게.

모든 것에 짓눌릴 것 같아 길을 잃은 나는 앨런 님과 만났고…… 구원받았다.

결국 아버지와도 어색하게나마 화해를 이루었으며 이렇게 북쪽으로 돌아왔다.

나는 전보다도 강해졌어!

……바로 얼마 전까지만 해도, 그렇게 생각하고 있었건만.

입을 다문 내게 교수님은 갑자기 다른 얘기를 시작하셨다.

"티나 하워드 공녀 전하는 『천재』다. 마법을 계속 쓸 수 없었어도 그녀는 후세의 역사서에 이름을 남겼겠지. 엘리 워커 양은 『역대 최고이자 최강의 워커』가 될 거다. 그 아이의 돌아가신 부모님은 나도 잘 알고 있거든. 리디야 린스터 공녀 전하는 말할 필요도 없겠군. 그녀는 앨런이 옆에 있는 한── 세상 누구도 비견할 자가 없지."

나는 아무 대답도 할 수 없었다. 모두 사실이니까.

"다른 아이에 대한 평가는 또 다른 기회에 하도록 하지. 자, 그럼 스텔라 하워드 공녀 전하는 어떨까. ──우수. 하지만, 『천재』라는 평가는 받지 못했지. 『빙희(氷姬)』의 칭호도 얻지 못했어. 하지만 말일세. 떠올려 보게나. 스텔라 양. 자네가 아는 가장 훌륭한 마법사는 누구지?"

"네? 그, 그건."

뇌리에 떠오른 것은—— 내가 흉보를 듣고부터 매일 밤 울며 무사를 빌고 있는, 누구보다도 다정하며 온화한 웃는 얼굴이었다.

가슴에 따뜻한 것이 차올라 이름이 새어 나왔다.

"앨런 님……."

"나는 그 이상 가는 재능을 가진 마법사를 잔뜩 봐 왔어. 하지만 그는 틀림없는 대륙 최고의 마법사 중 하나가 될 걸세. 왜인지 아나?"

이 물음에는 답할 수 있었다.

"절대로…… 절대로, 무슨 일이 있어도 멈추지 않아서……일까요?"

왕국에서 열 손가락 안에 드는 대마법사는 내 대답을 듣고 만족스럽게 고개를 끄덕였다.

"자네와 앨런은 무척 닮았네. 그에게 받은 새로운 극치 마법과 비전, 노트에 적힌 마법들을 밤낮으로 날마다 연습하고 있지? 그 시점에서—— 자네는 『하워드』로서 마땅해."

"……감사합니다."

——앨런 님과 자신이 닮았다.

반란이 일어났다는 소식이 도착한 이후로 내색하지 않으려 했지만, 그럼에도 미쳐 날뛰던 마음이 가라앉아 갔다. 나는 어찌 이리 단순한 여자일까.

이렇게 된 것도…… 전부, 전부 다 앨런 님 때문이거든요?

이 전쟁이 끝나 무사히 구출에 성공하면 잔뜩 떼쓸 거니까……
들어주셔야 해요.

"그러면 앞으로도 한 층 더 정진해야겠군요. 내년에는 카렌과
함께 교수님 연구실에 들어가 볼 생각이니 잘 부탁드릴게요."

"잠깐. 잠깐만. 기다려 보게, 스텔라 양! 구, 굳이 내, 내 연구
실로 들어올 필요는 없을 것 같은데? 그, 근사한 연구실이 그 밖
에도──."

"앨런 님이 어느 연구실 출신이셨죠? 저희는 그곳에 들어가
고 싶거든요."

교수님이 노골적으로 시선을 피하셨다.

"같은 대사를 몇 년 사이 면접에서 몇 번을 들었는지……. 우
리 연구실의 표어를 알려줌세. 『리디야 선배에겐 절대적 복종
을. 앙꼬 씨에겐 진심 어린 경애를. 앨런 선배가 부탁하면, 두말
할 것 없이, 네! 기꺼이!』 나에 대한 경의는 대체 어디로 갔단 말
인가!"

"무척 즐거워 보이는 연구실이네요. 더더욱 들어가고 싶어졌
어요."

나는 키득거리며 웃었다.

교수님은 무엇이 재미있단 건가? 하는 얼굴을 하시더니──
크게 웃으셨다.

"──앨런은 안 죽었네. 티나 양과 리디야 양에게 리본을 돌
려준 건 그녀들이 불안정하기 때문이야. 그러고 보니 스텔라 양
도 깃털과 두 권째 노트를 받았지?"

"저도 앨런 님이 안 계시면 불안하거든요. 더더욱, 그분이 오냐오냐 대해주셨으면 좋겠어요."

교수님에 대한 반격에 나섰다. 자각하고 있는 데다 고칠 생각도 없다.

분명 티나와 리디야 씨도 같을 텐데—— 그때 문득, 생각난 것을 물었다.

"며칠 전에 정보가 린스터에도 도착했다면 리디야 씨는……."

"그러니 서둘러야지. 이대로 가다간 왕도와 동도는—— 비가 그치겠군."

그리도 두껍던 구름 틈새로 빛이 새어 나오기 시작했다.

대교 건너로 주민분들이 보였다.

"그럼 나도 돌아가도록 하지. 스텔라 양, 마지막으로 마법의 말을 건네줌세."

"? 뭔가요?"

나는 살짝 고개를 갸웃거렸다. 무척 마음이 가벼워졌다. 조금만 더 있으면 결론을 낼 수 있을 것 같다.

교수님이 씨익 웃으셨다.

"망설임이 들 때는 이리 생각하면 돼. 『앨런이라면 이럴 때 어떻게 할까?』하고. 롤랑 도령! 그레이엄의 전언이다. 『스텔라 아가씨 전속 집사 임무를 지금부로 마치고 『워커』로서의 임무로 복귀하라』. 미나 양, 지금부터는 자네가 스텔라 양의 정식 호위역이다. ——모두, 더더욱 정진하도록!"

다음 날, 북도 교외의 하워드 공작가 저택. 본진 사령부가 놓인 대강당은 살기등등했다.

공작가의 집사, 메이드, 병참 사관, 각 가문에서 파견된 자들이 책상을 늘어놓고 서로 고성을 질러대며 서류와 격투를 벌였다. 그리고 각지에서 도착한 마법 통신과 문서의 내용을 확인하고는 커다랗게 설치한 중앙의 입체 전역도에 색이 들어간 말로 반영한다.

"전장이구나, 여기도. 질서는 유지되고 있는 모양이지만……."

갈로아에서 3일 만에 돌아온 나는 뒤에 미나를 데리고 중얼거렸다.

그러자 뒤쪽에서 지팡이를 짚는 소리와 정정한 목소리가 들려왔다.

"이것 참 흥미로운 광경이구먼! 북도에서 와 보길 잘했어. 오랜만에 뵙습니다, 스텔라 님."

"? 엑토르 옹!"

그곳에 있던 것은 나무 지팡이를 들고 파란색 군복을 입은 작은 몸집의 노인이었다. 머리카락에 눈썹까지 하얗게 센 그야말로 호호 할아버지 같은 인상을 주었다.

이분의 이름은 휴버트 엑토르.

하워드와 함께 왕국 북방을 오랫동안 수호해 온 엑토르 후작가의 당주이자 역전의 노장이다.

노인은 날 보고 눈웃음을 지었다.

"왕립 학교에서 활약하시는 얘기는 손주를 통해서도 듣고 있습니다. 하워드 공작도 무척 기뻐하고 계시겠지요."

"과분한 말씀이세요."

아버지는 여전히 날 어린아이 취급하신다.

짧게 깎아 정돈한 갈색 머리에 무뚝뚝한 모습이 암석 같은 거구의 남성이 방으로 들어왔다. 나와 엑토르 옹을 보자 말없이 고개를 숙인다.

나는 입가에 손을 댔고 엑토르 옹도 재주 좋게 한쪽 눈을 크게 떴다.

"브라우너 후작!" "『철완』 아닌가. 결국 왔구먼."

"군의 집결도 마쳤기에 이름 높은 『통제』께서 일하시는 모습을 구경하러 왔습니다."

남성——『철완』이란 별명을 가진 왕국에서 으뜸가는 방어전의 명수인 얍복 브라우너 후작이 담담히 우리에게 말했다. 두 후작을 눈과 손으로 이끌며 걸었다.

일하는 모두는 우리를 눈치챘지만, 손은 멈추지 않았다.

『의례는 필요 없다. 우리는 병참을 유지하며 최신 정보를 장병들에게 전달할 뿐.』

그러한 지령이 내려왔기 때문이다. 두 후작이 중앙의 입체 전역 모형을 보고 신음을 흘렸다.

"호오……." "이건……."

"동생이 발안한 거예요. '모든 걸 다 머릿속으로 생각할 순 없어요!' 라면서요."

——전역도는 유스틴 제국 남부에서 왕도 부근까지를 망라했다.

산, 강, 늪지, 호수, 계곡과 같은 지형. 그리고 알 수 있는 범위에서 현재의 날씨.

선로와 도로. 움직이고 있는 기차와 그리폰, 비룡의 수. 갈로아 최남단에는 차를 표시한 말도 있다.

각지에 있는 아군과 적군의 병사 수와 부대 지휘관의 이름.

과반수의 말에 적 지휘관의 이름이 적힌 작은 깃발이 달려 있다. 그레이엄이 이끄는 첩보부는 적군을 거의 알몸으로 만들고 있는 모양이었다. 두 후작이 감탄했다.

"알기 쉽구면." "이렇게까지 정교한 걸 용케 이런 단시간에."

"앗! 언니!! 다녀오셨어요~!!!" "스, 스텔라 아가씨!"

앞쪽에서 밝은 목소리가 울려 퍼졌다. 주변 사람들도 미소를 머금었다.

방 가장 안쪽에는 책상 셋이 늘어서 있었고 내가 보는 방향에서 양쪽 가장자리에 앉아 있던 티나와 엘리가 붕붕 손을 흔들었다.

티나의 왼쪽 손목에는 파란색 리본이 묶여 있었다. 나도 작게 손을 흔들어 대답했다.

중앙에 앉은 안경 낀 초로의 여성—— 개전 이후, 예스러운 파란색 군복을 입고 머리도 내린 하워드 공작가의 메이드장이자 왕국 최고의 병참관 『통제』 셰리 워커가 고개를 들었다.

"스텔라 아가씨, 어서 오십시오. 엑토르 각하, 브라우너 각하, 이번에 이런 예상 못 한 사정으로 임시 병참 총감을 임명받았습니다. 무슨 일이 있으면 말씀해 주십시오."

"다녀왔어, 셰리." "『통제』의 지휘에 불만이 있을 리가 있나." "감사히 받겠습니다."

우리는 각자 셰리에게 대답했다.

──책상 위에는 서류가 산더미처럼 쌓여 산을 이루었다.

만 단위의 군을 움직이는 것은 방대한 물자와 서류가 필요하기 때문이다.

셰리는 그러는 사이에도 서류에 눈을 달리며 연이어 판단하고 사인, 메모를 한 뒤 『승인』, 『기각』, 『보류』 상자로 던져넣었다.

"어어, 으음…… 이건, 이쪽……."

그 옆에서는 엘리도 새로운 서류를 계속해서 쌓았다. 두 사람의 사무 처리 속도를 그 누가 따라갈 수 있을까.

두 후작도 무척 놀랐다. 시선을 돌려 엑토르 옹이 티나에게 말을 걸었다.

"티나 님은 무엇을 하고 계신지요?"

"저는 갈로아랑 공작령의 날씨 예보와 일부 병참 업무, 그러니까 각 가문에서 차를 모으고 있어요!"

여동생은 위로 뻗은 앞머리를 좌우로 흔들며 대답했다. 노인의 눈이 날카로워진다.

"호오…… 날씨라 하시면."

날씨 예보는 마법이 보편적이 되어 기차와 차가 달리는 현대에도 어려운 기술이다.

왕국 건국 이래로 수많은 학자가 시도했으나…… 무릎을 꿇었다.

하지만 그렇게나 어려운 일을 몇 개월 전까지는 마법도 쓸 수 없던 나의 여동생이── 갈로아 지방을 포함한 하워드 공작가 영지 전체에서 완벽하게 해냈다. 결과, 갈로아의 주민 피난, 각 가문 군대의 이동, 병참 물자 운반과 같은 다방면에 양호한 영향을 미치고 있었다.

티나는 손목에 묶은 파란색 리본을 만지고 표정을 풀었다.

"왕립 학교 입학시험을 치르기 전에 제 선생님이 모의고사를 만들어주셨거든요. ──100년 단위로 과거의 시험을 거슬러 올라가면서요. 그에 비하면 수십 년 분량의 날씨 예보를 모아서 예측하는 정도는 어렵지 않아요! 예전부터 준비하면서 자료도 모았고요! 언젠가는 전역으로 넓히려고 모형도 만들어놨어요!"

두 후작이 딱딱하게 굳어 침묵했다. 티나는 자신의 상식을 벗어난 재능을 깨닫지 못한 모양이다.

과거 수십 년 분량의 날씨 기록을 이 단기간에 다시 읽어 예측을 구축하는 것.

아무리 전에 알아봤다 한들…… 틀림없는 신기였다.

여동생은 심술궂은 표정을 짓더니 자신의 전속 메이드에게 시선을 향했다.

"저보다도 엘리가 이상한 것 같거든요!"

"히윽! 티, 티나 아가씨? 그, 그렇지는……."

엘리가 깜짝 놀라면서도 산처럼 쌓인 서류를 계속해서 나누고 있다.

얼핏 보기엔 수수한 작업이다. 하지만…… 나는 책상에 다가가 서류 내용을 눈으로 훑었다.

물자량과 종류. 그 반입 장소. 철도 운행 상황. 병자, 부상자 발생 정도와 사고 상황. 병사들의 사기, 건강 상태. 제국에서 보도되고 있는 내용을 정리한 것…… 정말로 다종다양하다.

그것을 엘리는 거의 한 번 살펴보기만 하고 상자별로 나누었고 쌓이면 옆으로 넘겼다.

미나가 중얼거렸다.

"메이드장님과 나란히 달리다니…… 엘리 아가씨, 만점이에요……."

엑토르 옹이 엘리에게 물었다.

"엘리 양, 그런 기술을 어디서 익혔을꼬?"

"네, 네엣! 애, 앨런 선생님께 배운 마법 발동 방법을 응용했을 뿐이에요. 교과서에는 『마법의 복수 동시 발동은 어렵다』고 적혀 있지만, 티나 아가씨와 제게 보여주셨거든요── 아름다운 여덟 속성 꽃이 동시에 피는 걸. 그걸 응용하면 업무도 동시 병행 처리할 수 있지 않을까 싶었어요."

"! 모, 모든 속성을." "……동시에?"

두 후작이 경악했고 주변에서 일하던 저택 본관 근무가 아닌 메이드와 병참 사관들도 손을 멈추고 어안이 벙벙해졌다.

엘리는 자랑스러운 듯이 엑토르 옹에게 꽃 같은 미소를 활짝

지어 보였다.

"티나 아가씨와 저는 앨런 선생님의 제자니까요♪ 저도 일곱 개까진 피울 수 있거든요. 티나 아가씨는 아직 하나도 『꽃』을 제대로 피우지 못하시지만요."

"뭐?! 나, 나도, 하, 할 수 있거든!"

"그, 그렇게 말씀하시지만, 저번에도 온실 천장을 얼음꽃으로 날려버리실 뻔했어요!"

"끄윽!"

여동생들이 모두가 두려워하는 시선에도 아랑곳없이 손을 움직이며 언쟁을 벌였다.

"일곱 속성을." "동시 발동, 이라고?" "온실 결계는 엄청 두꺼운데요……."

두 후작과 미나의 얼굴에 경련이 일었다.

마음이 아주 조금, 정말로 아주 조금 질투로 무거워지는 것을 느꼈다.

나도 어느 정도라면 날씨 기록을 읽고 예측할 수 있을 것이다. 서류도 상당한 속도로 처리할 수 있을 것이다. 『꽃』도 다섯 개까지는 피울 수 있다.

하지만…….

『날씨 예측』을 가장 먼저 진언해 실현해 보인 티나.

자신의 능력껏 셰리를 보좌하는 엘리.

반면 나는 아버지의 명령에 따라 그저 계속 주민들을 보살피고 있을 뿐.

　여동생들과의 차이를 새삼 눈앞에 들이댄 것 같아…….

『모든 걸 스스로 하자고 생각할 필요는 없어요.』

　왕도의 하늘색 지붕 카페에서 앨런 님께 들었던 말을── 다정한 미소를 선명히 떠올렸다. ……그래. 뭐든지 나 혼자 할 필요 없어.

　이 애들은 내 적이 아니라 자랑스러운 여동생들이니까.

　티나와 엘리에게 다가가 손을 뻗어 머리를 다정히 쓰다듬었다.

　"? 어, 언니? 저, 저기…….""아으…… 스, 스텔라 언니…….""

　"제 동생들이 얼마나 대단한데요? 여러분, 이번 전쟁에서 기억하고 돌아가 주세요?"

　여기저기에서 웃음이 일었고 업무가 재개됐다. 나는 여동생들의 머리에서 손을 떼고 두 후작에게 물었다.

　"아버지는 이번 전투에서 어떤 대책으로 나서시리라 생각하세요?"

　"우리는 그저 분부에 따를 뿐이지요.""『군신』하워드에게 참견은 필요 없습니다."

　두 후작은 조금 전까지와는 다른 사람처럼 역전의 장수답게 무거운 목소리로 말했다.

아버지는 각 가문의 주된 당주들, 셰리, 주요 사관에게 작전안을 전했으리라.

스스로 유추해 판단하라는 거구나…….

나는 전역도를 바라보며 전황을 재확인했다.

교수님이 예측하셨던 대로 적군은 부대 2개로 나뉘었고 선봉이 빠른 속도로 남하하고 있었다.

──현재 갈로아에서 제국군을 상대하는 것은 공작가와 부공작가의 군대뿐.

아버지는 다른 북방 가문들에게 총동원령을 내리시긴 했지만 ── 여전히 북도 근교에 집결하라는 명령밖에 내리시지 않았다. 제국 대사에게 큰소리를 치신 것치곤 전의가 부족해 보인다.

군대의 주력도 갈로아 남부의 옛 전장인 로스트레이에 집결해 움직일 기색이 없었다.

이럴 때 앨런 님이라면…… 문득 차량이 모여 있는 곳이 신경 쓰였다.

"티나, 이 지도를 보면 아버지는 각 가문의 차량을 갈로아 최남단인 제시어로── 기차 종착점 부근으로 모으도록 지시를 내리신 거지? 그리고 네겐 주 단위로 북도에서 갈로아 남부── 로스트레이까지 특별히 꼼꼼하게 날씨를 예측하라고 시켰고."

"? 네, 맞아요. 차량에 관해선 이미 준비를 마쳤어요. 하지만…… 차는 불안정해서 집중 운용은 한 번이 고작일 거 같아요. 날씨도 아버지는 이상한 지시를 내리셨어요. '갈로아 남부 일대에 안개가 발생하며 비가 내리지 않는 날을 특정하라' 고요."

"고마워. 셰리. 병참 물자는 얼마나 북도로 모였니?"

"북방 가문들의 전군이 작전을 개시하더라도 석 달은 작전 행동이 가능하도록 이미 준비를 마쳤습니다. 명령을 내려주신다면—— 바로 운송 가능한 상태이죠."

셰리가 담담히 설명해 주었다. ……석 달? 우리 영지에서 싸우기에는 너무 많다.

아버지와 교수님, 그리고 그레이엄이 그리는 『그림』이 보이기 시작했다.

· 제국 대사에게 그렇게 큰소리를 치고서 싸우지 않고 계속 후퇴 중.

· 북방 가문들을 총동원했지만 군대는 북도 주변에서 계속 머무르는 중.

· 갈로아에 기차가 다니는 건 최남단 제시어까지.

· 이 시기의 날씨는 기본적으로 비가 내리며—— 안개의 발생도 잦다.

——그렇구나.

이건 갈로아 전체를 중심진지로 잡고 제국군을 끌어들여 결전에 들어가기 위한 책략이야!

그리고 그 장소는…… 나는 조용히 갈로아 남부의 로스트레이를 가리켰다.

셰리와 두 후작의 눈썹이 움직였고 티나와 엘리는 눈을 껌뻑거렸다.

"언니, 로스트레이에는 안개가 특히 더 짙은데……." "여, 여기라면 수가 많은 쪽이 유리한 것 같은데요……."

침공해 온 제국군은 약 20만. 이에 비해 갈로아에 있는 아군은 약 3만에 지나지 않는다.

로스트레이의 지형도 대군이 전개하기 쉬운 완만한 평원이 과반을 점하고 있으며 중앙의 언덕과 남부에 작은 강이 하나 흐를 뿐이다.

제대로 싸우면 분명 틀림없이 패배하리라.

──하지만.

나는 왼손 검지를 세워 티나와 엘리에게 선생님이 된 기분으로 말했다.

"그렇지. 하지만 아버지와 교수님의 의도가 제국군이 그렇게 생각하게 유도하려는 거라면 어떨까? 『하워드는 실제론 대단치 않다. 결전에 들어가면 이길 수 있다』고. 그레이엄도 분명 그 소문을 퍼트리고 있을 거야."

"전부 아버지와 교수님 손바닥 안……?" "하, 할아버지까지……."

여동생들이 눈을 휘둥그레 떴다. 앨런 님의 마음이 이해가 간다. 두 사람의 놀라는 표정은 무척 귀엽다.

나도 이런 표정을 그분께 잔뜩 보여드렸던 걸까?

그랬다면 부끄럽고…… 조금 기쁘다.

우리의 대화를 듣고 있던 엑토르 옹이 활짝 웃으며 브라우너 후작에게 물었다.

"훌륭하지 않나. 『군신』의 계보는 아직 끊기지 않았네!" "스텔라 님은 왕립 학교에서 군사 교육을?"

"아뇨. 다소 전쟁사를 읽은 정도예요."

"그러면── 어떻게 공작의 의도를 눈치채셨는지?"

역전의 두 후작에게 미소 지어 보였다.

"전부 제 가정교사님 덕이죠."

──둘이 함께 본 왕도의 야경을 떠올렸다.

앨런 님, 당신은 그때 티나와 리디야 님의 미래를 지켜보고 싶다고 말씀하셨죠?

그렇다면── 저는 그런 당신을 지켜보고 싶어요.

옆에서, 라고 말할 자신은 아직 없지만, 되도록 당신 곁에 다가가서…….

"으으." "아으."

티나와 엘리가 불만스럽다는 듯이 날 바라보는 것을 알 수 있었다.

일어서서 내게 다가오더니 열심히 주장한다.

"어, 언니! 서, 선생님의 첫 번째 제자는 저예요, 저라구요! 언니는 어어~…… 저랑 엘리랑 리네 다음이니까…… 네 번째! 네 번째예요!!"

"저, 저도, 애, 앨런 선생님한테, 저기, 그게…….

"후후…… 그러게. 괜찮아, 다 아니까."

티나가 살짝 난처하다는 표정을 지었다.

"윽! 그, 그런 식으로, 말씀하시면…… 저, 저희가 잘못한 것 같잖아요…….."

"──저는 스텔라 아가씨와 함께 배울 수 있어서 기쁜데요 ♪"

"?! 엘리, 배신하는 거야?!"

"처음부터, 티, 티나 아가씨만 그러셨다구요오."

여동생들이 실랑이를 벌인다. 앨런 님이 안 계시는 동안에는 내가 이 애들을 지켜야 해!

각오가── 섰다. 나는 자세를 다잡고 두 후작에게 깊숙이 고개를 숙였다.

"!" "스텔라 님?" "? 언니??" "스텔라 아가씨??"

두 후작과 여동생들의 놀라는 목소리.

내게는 이 아이들과 카렌처럼 빛나는 재능은 없다. 펠리시아처럼 강하지도 않다.

앨런 님 주변에 있는 아이 중 가장 재능이 없고 가장 약할지도 모른다.

그럼에도── 나는 그분처럼, 그저 오로지 지금 할 수 있는 최선을 쌓아서 앞으로 나아갈 것이다.

그 너머에 있는 왕도, 그리고 동도에…… 앨런 님과 카렌이 있다고 믿으며!

"엑토르 후작, 브라우너 후작. 아버지께 이렇게 조언해 주실 순 없으실까요? 『전군 사기 고양을 위해 스텔라 하워드가 전장에 나서야 할 것』이라고요. 설령 허락이 나지 않더라도 전선으로 향하겠습니다. 저는 차기 하워드 공작이 될 사람이니까요. 셰리, 군복을 준비해 줘."

*

린스터 공작가 영지에서 남동쪽에 있는 베이젤 후국, 최남단 항만 도시 폴로에.
달이 뜬 밤하늘 아래, 그 대형 창고들이 화염에 휩싸이고 있었습니다.

"어느 정도 공격은 마쳤나? 목표 이외에는 피해를 최소한으로 해야 하는데…….."
그리폰을 어두운 밤하늘 위에서 선회시키며 저—— 리네 린스터가 중얼거렸습니다.
화염과 검은 연기, 적의 섬광 마법이 오르는 가운데, 연이어 열댓 마리의 그리폰이 강하했습니다.
그리폰과 등에 올라탄 메이드들이 각종 공격 마법을 쏘며 전과를 올리고 있습니다.
——올그렌 공작가를 수괴로 한 반란이 발생해 그와 연동하듯이 후국 연합과의 전쟁이 시작된 지 벌써 열흘째.
개전 후, 아바시크 평원에서 아틀라스, 베이젤 두 후국군과 전투를 벌인 린스터 공작가를 중심으로 한 왕국 남방 가문들은 전쟁사에 남을 대승리를 거두었습니다.

그리고 현재는── 저를 향해 아래쪽 부두에서 후국군 병사들이 물 속성 초급 마법『수신시(水神矢)』를 쏘았습니다.

곧장 올라탄 그리폰이 포효합니다. 바람 마법 장벽을 둘러 물 화살을 튕겨냈습니다.

앞머리에 달아놓은 검은 바레트에서 연상의 메이드의 목소리가 울렸습니다.

『리네 아가씨, 고도를 올려 주세요오~! 지상전은 원칙적으로 금지거든요오?』

"그거, 땅에서 날뛰는 사람이 할 소리야? 릴리."

저는 그리폰의 고도를 올리며 린스터 공작가 메이드대 제3석에게 대답했습니다.

──전투 이후, 어머니는 무시무시한 작전 계획을 우리에게 피로하셨습니다.

『지금부터 북부 5후국 각지의 항구, 다리, 도로, 창고, 상선을 공중에서 습격할 거야.』

사상 첫 번째가 될 그리폰 다수를 이용한 장거리 공중 습격 작전이죠!

이후로 우리는 몇 날 며칠 동안 각지를 계속 공격하고 있는데요…… 원칙적으로 지상에 내려가는 것을 금지해 지금도 내려가 있는 사람은 두 사람뿐입니다.

아까 제게 마법을 쏜 적 병사 중 한 집단에 긴 붉은 머리를 반짝이며 릴리가 도약했습니다. 대검을 한 번 휘두르자, 전열이 날

아가 바다로 떨어집니다.

『후훗~. 저, 오늘 밤엔 진짜 열심히 일하고 있어요오~.』

릴리가 지면에 대검을 꽂고는 가슴을 활짝 폈습니다. 군장이 아니라 평소처럼 연붉은색을 기조로 한 옷과 긴 치마 조합. 흉갑조차 차지 않았습니다.

그러자, 그런 연상의 메이드를 완전 무장한 다른 부대의 기사들이 눈치채고 전진해 왔습니다.

중장갑에 장창, 대형 방패. 베이젤 후국의 정규군! 수는 50 전후쯤 될까요.

"릴리! 후퇴——." 『음~ 조금 더 날뛰고 싶은데요~』

연상의 메이드는 대검을 짊어지듯이 자세를 잡고 허리를 낮춰 기사들에게 돌격을 재개했습니다.

갑자기 갑옷도 입지 않은 소녀가 습격하리라곤 생각 못 한 적군은 보기에도 당황했습니다.

다가오는 것을 막고자 창을 겨누지도 못한 채, 제각기 물 화살을 쏩니다.

하지만 하나같이 불타는 꽃에 튕깁니다. 릴리가 자주 이용하는 마법입니다.

단숨에 사정거리로 파고든 연상의 메이드가 대검을 옆으로 휘둘렀습니다.

『?!!!』

상공에 있던 제게도 무장이 부서진 적 기사들의 동요가 전해집니다.

린스터 공작가 메이드대는 완전 실력주의. 그중 제3석쯤이나 되면…… 전투력도 가히 짐작할 수 있죠. 아래로 보이는 릴리가 대검을 한 손으로 가볍게 휘두르며 계속해서 추격합니다.

『여엉차~!』

다시 적 전열이 종잇장처럼 갈라졌습니다. ……터무니없네요.

저도 검을 뽑아 적 부대를 향해 마법을 쏘았습니다. 불타는 깃털이 흩날립니다.

"헉?!" "화화화화화." "『화염조』다아아!!!!!!"

적 부대가 비명을 지르며 내화 결계를 펼칩니다.

──그러나 불 속성 극치 마법 앞에선 무의미하죠.

결계를 연이어 잡아 찢고 적 부대에 직격하기 직전 급상승해 흩어지더니 주변 건물을 크게 불태우며 우리를 향한 재공격을 저지했습니다. 오라버니의 노트에 쓰여 있던 『화염조』의 제어 방법 중 하나입니다.

릴리가 땀을 닦는 시늉을 했습니다.

『땀 한번 잘 흘렸어요오~. 리네 아가씨, 맛있는 것만 골라 드시다니 치사해요오~.』

저는 어깨를 으쓱이고 릴리를 부르려 했으나── 부두 안쪽에서 거대한 화염 기둥이 치솟았습니다.

불타 문드러진 돛대가 몇 개나 공중을 날아가더니 부두와 바다 위로 낙하해 굉음과 화염을 흩날립니다.

"아니?!" 『헉?!』

저와 상공에 모여 있던 메이드들은 입을 다물지 못했습니다.

지, 지금 건…….

그리폰의 고삐를 끌어 저는 고도를 낮췄습니다.

『리네 아가씨! 안 돼요!! 다른 사람들도 상공에서 대기하세요!!!』

웬일로 릴리가 진지하게 지시를 내렸습니다.

하지만 저는 무시하고 지상으로 뛰어내렸습니다.

"리네 아가씨!" "릴리, 둘이 가자. 방금 그 화염은 분명."

──다시 오르는 굉음. 꺼림칙한 화염 속에서 대형 범선 몇 척이 가라앉는 모습이 보입니다.

곁으로 달려온 연상의 메이드는 저를 잠시 노려보다가──쓰게 웃었습니다.

"공녀 전하님도 참 어쩔 수가 없다니까요오~."

"어머? 너도잖아? 릴리 린스터 공녀 전하?"

이 가슴 크고 키도 큰 연상의 메이드의 성씨는 『린스터』.

바로 린스터 공작가에서 남쪽에 있는 구 에트나, 자나 후국을 다스리는 부공작가의 장녀이자 제 사촌 누이입니다. 릴리가 볼을 부루퉁 부풀렸습니다.

"으으으으~! 저는 메이드라구요, 메이드으으!!!"

"아~ 그래 그래. 자, 가자! ──언니가 있는 곳으로!"

화염 속, 부두를 질주합니다. 상공에서 확인한 것처럼 목표는 대부분 불태워 버린 모양입니다.

그나저나 『지시한 목표를 제외한 창고, 상선에는 공격을 최대한 금지』라니. 이상한 명령이네요.

　──가까이 가자 참상을 훨씬 분명하게 확인할 수 있었습니다.

　정박 중이던 범선 스물 몇 척이 한두 대만 남기고 가라앉고 있었습니다.

　그리고 그것을 고작 혼자서 해낸── 짧게 자른 너저분한 붉은 머리에 칠흑색 군장. 양손에 검을 들고 등에는 여덟 장의 검게 타오르는 날개를 두른 소녀와 적 기사단 약 100명이 해안 거리에서 대치 중이었습니다.

　소녀의 이름은 『검희』 리디야 린스터. 저의 언니입니다.

　선두에 선 적 지휘관이 절규했습니다.

　"네놈은…… 네놈은, 대체…… 대체 정체가 뭐냐?!"

　언니는 대답하지 않고 오른쪽 손목에 묶어 둔 붉은색 리본으로 시선을 떨궜습니다.

　"어때? 나, 열심히 했어. 오늘 밤은 이제 끝내도 돼……?"

　적 지휘관이 노성을 질렀습니다.

　"전군 조준! 마력 온존은 생각지 마라!!"『예!!!』

　적 전열이 앞뒤 생각하지 않고 마법을 자아내기 시작했습니다. 저는 비명을 질렀습니다.

　"안 돼!!!""쏴라!!!"

　적 지휘관이 검을 휘둘러 내립니다. 백을 넘는 공격 마법이 언니를 덮쳤고── 검붉은 검의 궤적이 수없이 빛나며 모든 것을 자르고 찢어 소멸시켰습니다.

불타는 날개가 변화해 수많은 칼날이 된 것입니다.

언니는 천천히 좌우의 검을 겨누었습니다. 칼날이 꺼림칙한 검붉은 빛을 발하고 있습니다.

하지만—— 눈앞의 적은 안중에도 없이 리본을 향해 말을 걸었습니다.

"응. 이만 끝낼게. 나중에 잔뜩 칭찬해 줘야 해? ……앨런."

"퇴, 퇴각——."

심하게 동요한 적 지휘관이 외치기 전에 언니가 검을 아무렇게나 휘둘렀습니다.

"윽?!" "리네 아가씨!"

릴리가 내 앞으로 나와 불타는 꽃으로 마법 장벽을 형성했습니다.

섬광. 굉음. 돌풍. 충격. 불꽃 섞인 흙먼지. 저는 저도 모르게 얼굴을 가리고 비명을 질렀습니다.

——간신히 잦아들기 시작했습니다. 저는 조심조심 주변을 둘러보았습니다.

"뭐, 뭐야……? 이게……."

『홍검(紅劍)』의 사선 상에 있던 상선과 창고 전부가 반으로 잘려 크게 불타오르고 있었습니다.

검붉은 화염이 불길함을 머금고 마치 가시나무로 된 뱀처럼 몸부림칩니다.

아바시크에서 언니가 사용한 금기 마법 『염마섬검(炎魔殲劍)』의 잔향처럼.

그런 참상에도 불구하고 적 기사들은 지면에 엎드려 머리를 감싸안고 부들부들 떨고 있을 뿐.

아무도 안 죽었다고?! 등에서 불꽃 날개가 사그라지고 언니가 검을 검집에 집어넣었습니다.

우리의 얼굴은 보지도 않고 멈춘 회중시계를 손에 들더니 담담히 고하십니다.

"──끝이야. 귀환할게."

저는 말을 걸려 했지만…… 용기가 나지 않았습니다. 릴리도 괴로워 보입니다.

그런 우리는 개의치 않고 언니는 길을 걷기 시작하셨습니다.

오른손 손등에서는 대마법 『염린(炎麟)』의 문장이 빛을 발했고 손목에 묶은 오라버니께서 언니께 돌려주신 붉은 리본은 며칠 전보다도 검게 탄 부분이 명백하게 늘어났습니다.

저와 릴리도 뒤돌아 언니를 따라가려 했으나── 등 뒤로 적 지휘관의 목소리가 날아왔습니다.

"……악, 마…… 이 악마야!!! 불타는 악마 놈아!!!"

그 말을 들은 적 기사들도 『이 악마야!』 하고 외치기 시작했고 온 힘을 다해 마법을 전개하기 시작했습니다.

저는 분노에 떨며 마법을 발동시키려다가── 언니의 손에 제지당했습니다.

"언니?"

"나는 『악마』가 되어도 상관없어. 그 녀석이 무사하다면 나 같은 건 어찌 되든……."

"쏴라!!! 악마를, 『염마』를 물리쳐라!!!!!!"

적 지휘관이 다시 노성을 지릅니다. 기사들이 연이어 물 마법을 발사했습니다.

언니가 작게 읊조리셨습니다.

"난 그 녀석을 구하러 가고 싶을 뿐이야. 그걸 방해한다면……."

언니가 회중시계를 품에 안으며 절규했습니다. 주변에 불타는 가시나무 뱀이 태어납니다.

"전부, 태우고, 태워서, 흔적도 없이 불살라버릴 거야!!!!!!"

——수많은 물 마법이 거짓말처럼 사라졌습니다.

길가에 현현한 것은 검붉게 타오르는 여덟 장의 날개를 가진 『화염조』.

군데군데가 불타는 가시나무 뱀으로 바뀌었고 땅에 떨어지더니 불꽃을 흩뿌립니다.

이, 이런 불길한 『화염조』는…… 언니의, 리디야 린스터의 마법이 아니야!

『?!!!』

공황 상태에 빠진 적 부대가 엉덩방아를 찧으며 꽁지가 빠져라 도망치기 시작합니다. 릴리가 언니에게 호소했습니다.

"리디야 아가씨, 마법을 해제해 주세요. 적은 이제 없습니다."

"……그래, 응."

언니는 작게 말을 흘리곤 『화염조』를 지운 뒤 다시 걸음을 옮기셨습니다.

저는 손이 아플 정도로 검을 움켜쥐고 이를 악물었습니다.

오라버니, 리네는, 리네는 대체 어떻게 해야…….

릴리가 서글픈 듯이 중얼거렸습니다.

"리디야…… 앨런 씨가 지금 널 보면, 분명 슬퍼할 거야……."

저는 하늘을 바라보았습니다.

화염과 검은 연기가 하늘을 더럽혀 별을 감추고 말았습니다.

*

항만 도시 폴로에의 공중 공격을 마친 다음 날 이른 아침, 우리는 남도의 린스터 공작가 저택, 그 현관 바로 앞에 그리폰을 착륙시켰습니다. 곧바로 사육사가 달려옵니다.

저는 며칠 동안 함께 싸워준 그리폰의 목을 부드럽게 쓰다듬으며 "고마워." 하고 말을 걸고 사육사에게 맡긴 뒤 현관으로 향하며 숨을 토해냈습니다.

"이제야 겨우…… 목욕할 수 있겠네……."

"후후홋, 후~ 예요오★ 이때를 기다렸답니다아! 오늘이야말로 같이 목욕을."

"안 할 거거든, 릴리."

뒤쫓아 온 연상의 붉은 머리 메이드를 차갑게 슬쩍 바라보았습니다.

"에이~. 같이 하자구요오. 어릴 때처럼 ♪"

릴리가 팔다리를 버둥거립니다. 무척 풍만한 가슴이 흔들리네요. ……큭!

아무래도 좋은 얘기를 나누고 있는 우리 옆을 검은 군장 차림의 미소녀가 앞질러 갔습니다.

황급히 뒷모습에 말을 겁니다.

"어, 언니! 저기…… 식사와 목욕은…… ."

언니는 감정 하나 느껴지지 않는 어조로 담담히 고하셨습니다.

"나중에 물이랑 수건만 방으로 갖고 오게 해. 식사는 필요 없어. 다음 목표가 정해지든지, 그 녀석의 새로운 정보가 들어올 때까지는 아무도 들어오게 하지 마."

"……네."

저는 걸어가는 언니의 등에 손을 뻗으려다가…… 집어넣었습니다.

현관 앞으로 밤 갈색 머리카락을 한 몸집이 작고 젊은 여성——린스터 공작가 메이드대의 옛 3석이자 유사시인 탓에 현역으로 복귀한 마야 마토가 언니를 마중 나왔기 때문입니다.

마야와 시선이 교차합니다. 저는 고개를 숙였습니다. ……언니를 부탁해.

두 사람은 한발 앞서 저택 안으로 들어갔습니다. 저와 릴리,

메이드들은 숨을 토해냈습니다.

아바시크 전투 이후로 언니와는 사무적인 대화밖에 못 나눴어요…….

풀이 죽어있자 교대하여. 갈색 머리카락을 양 갈래로 묶은 수습 메이드 소녀와 아름다운 검은색 단발머리에 안경이 잘 어울리는 갈색 피부의 메이드가 찾아왔습니다.

"리네 아가씨!"

여름휴가 한정으로 제 전속이 된 소녀가 절 껴안았습니다. 안색이 안 좋네요.

"시더…… 너. 혹시 안 자고 기다리고 있었어?"

"줄곧 월신님께 빌고 있었어요. ……무사하셔서 정말로 다행이에요……."

그렇게 말하곤 저보다 나이가 한 살 많은 소녀가 울기 시작했습니다.

검은 머리의 메이드―― 린스터 공작가 메이드대의 부메이드장인 로미가 입을 열었습니다.

"리네 아가씨, 어서 오세요. 다른 사람들도 무사해서 다행입니다."

"고마워, 로미. 그쪽도 다들 무사해?"

"네. 다들 『더 날뛰고 싶은데!』 하며 졸라대고 있답니다."

로미 일행은 어머니――『피에 젖은 공주』 리사 린스터가 직접 지휘해 아틀라스 후국의 주요 항구와 도로를 공격하고 있었거든요. 릴리가 중얼거립니다.

"그래 봤자아, 부메이드장님이 제일로 그렇게 생각했을 거면서~."

"릴리『아가씨』? 뭐라고 하셨나요?"

"! 아, 아니란 말이에요오~. 저는 메이드라구요! 메이드으으!!"

릴리가 로미에게 항의했지만── 효과는 없군요. 모두 일상 다반사라 상대도 하지 않습니다.

부메이드장이 제게 상황을 설명해 주었습니다.

"이미 사모님과 주인 어르신은 일시적으로 귀환하셨습니다. 리네 아가씨, 우선 대회의실로 가시죠. 엠마 일행이 간절히 부탁하고 있어서…… 펠리시아 아가씨 때문에요."

엠마는 우리 메이드대 제4석입니다. 린스터, 하워드 양 공작가 합동 상회『앨런 상회』근무를 임명받았죠. 며칠 전, 왕도에서 남도로의 탈출 행을 성공시킨 맹자이기도 합니다.

그리고 펠리시아 포스 씨는 왕립 학교의 옛 선배이자 지금은 『앨런 상회』직원 대표를 맡은 몸이 약한 여자아이입니다.

"알았어. 시더, 좀 떨어져. 아, 인장 돌려줄게. 고마웠어."

"네. 훌쩍……."

저는 무슨 일인지 깨닫고 수습 메이드 소녀를 나무란 뒤 빌렸던 월신교 인장을 돌려주었습니다.

저는 작전을 함께 했던 메이드들에게 미소 지었습니다.

"다들, 수고했어! 푹 쉬어. ……다음엔 릴리만 빼고 갈까?"

『그렇게 하시죠!』

"?! 리네 아가씨이?! 다른 사람들까지이! 너, 너무해요오! 시, 심했어요오오!!"

릴리가 떼를 씁니다. 이제야 모두의 얼굴에 미소가 돌아왔군요.

명랑한 이 아이에게 고마워해야겠습니다. 금세 우쭐거리니 말은 안 하겠지만요!

저는 로미에게 속삭였습니다.

"(언니 상태, 나빠졌어.)"

"(저도 어떻게 계신지 보고 오겠습니다. 사모님께서 '대회의실 다음은 리암의 집무실로 오렴. 릴리도.' 라고 말씀하셨습니다.)"

조금 떨어져선 윙크해 『알았다』고 전했습니다. 그리고 저는 여전히 울먹거리는 시더와 손가락으로 땅에 글자를 끄적이는 사촌 누이를 불렀습니다.

"자! 시더, 릴리, 가자!"

*

"열차와 집적장의 혼란은 해소됐어?! 신선 식품이 역에서 썩겠어!!"

"각 가문에서 『부디 최전선으로!』 하는 청원이 빗발치듯 오고 있어. 어떻게 좀 해 줘!"

"그리폰과 비룡은 무리를 시키면 금세 죽는다. 진짜 싸울 곳은 남방이 아니야. 조심해라!"

"최전선이라 해도 세 끼, 따뜻한 식사를! 하워드가는 세 끼에 간식에다 야식까지 준단 말야!!"

대회의실에 설치된 왕국 남방군 총사령부는 아수라장으로 변해 있었습니다.

우리 집 메이드들과 병참 담당관. 각 가문에서 파견 나온 영민한 자들이 핏발 서린 눈으로 서류와 격투를 벌이며 고래고래 지시를 주고받았고 연이어 방을 들락날락했습니다. 시장 바닥입니다.

"히익! 무, 무서워요…….""아~… 이렇게 되는 게 당연하겠네요오."

시더가 제 왼팔에 매달렸고 릴리는 재미있다는 듯이 바라보고 있습니다.

"오오, 리네야, 릴리야."

가장 안쪽 집무 책상에서 서류를 바라보시던 저와 릴리의 할아버지── 린 린스터가 우리를 깨닫고 손을 흔들어주셨습니다. 평소와 다름없이 온화하신 모습입니다.

"할아버지, 리네, 귀환했습니다.""다녀왔어요~."

"어서 오거라. 무사해서 다행이다."

"할아버지, 펠리시아 씨가 이곳에 있다고 해서 왔는데요……."

"웅? 아아, 포스 양이라면 저기에 있단다."

왼손이 가리킨 끝으로 시선을 주자── 저와 시더는 당황했고 릴리는 신음을 흘렸습니다.

"어, 어어……." "조, 종이 산……?" "으으으으으……."

조금 떨어진 커다란 집무 책상 위에는 방대한 종이 산이 형성되어 있었습니다.

간신히 그 사이로 엿보이는 모습은…….

""앞머리?""

종이로 묶인 연한 밤색 머리카락과 연한 붉은 머리카락이 나란히 흔들리고 있었습니다. 저와 시더는 동시에 고개를 살짝 갸웃거렸습니다. 대체 무슨 일이……. 할아버지께 시선을 돌리자 부드럽게 지시하십니다.

"자세한 건 엠마에게 물어보렴. 리네만 할 수 있는 일이 있다더구나."

"네, 네에……."

저는 고개를 끄덕이고 집무 책상으로 다가갔고, 종이 산 옆을 지나가 그 너머를 슬쩍 들여다본 뒤 탄식했습니다.

이어서 시더는 순수하게 놀랐고 릴리는 이 이상 없을 만큼 볼을 부루퉁 부풀렸습니다.

"펠리시아 씨, 뭐 하고 계신 거예요…… 사샤까지…….."

"우와! 와아!! 와아아!!!" "으으으으으으!!!!!!"

"? 아…… 리네 씨……." "리네 아가씨, 어서 오세요…….."

펠리시아 씨와 사샤가 서류에서 고개를 들었습니다.

둘 다 얼굴이 새파란 걸 보니 잠을 안 잔 모양입니다. 시더가 신기하다는 표정을 지었습니다.

"월신님, 왜 두 분 다 메이드복을 입고 계신 걸까요?"

——펠리시아 씨와 리처드 오라버니의 약혼자이자 린스터 공작가 휘하에서 첩보를 통괄하는 사익스 백작가의 차녀, 사샤 사익스는 무슨 일인지 린스터가의 메이드복을 입고 앞머리를 끈으로 묶어 이마를 드러내고 있었습니다.

"펠리시아 씨, 물어봐도 돼요?"

"——네……?"

졸려 보이는 연상의 안경 소녀가 고개를 살포시 갸웃거렸습니다.

……큭! 대체 뭐죠, 이 가슴 큰 귀여운 생물은! 반칙이에요!!

질문을 주춤거리는 틈을 타 릴리가 흥분했습니다.

"왜 메이드복을 입고 있는 건데요오! 설명해 달라구요오오오!!!"

"?! 저, 저기…… 그, 그게, 저, 저어…… 끄응."

펠리시아 씨는 허둥지둥거리다 눈을 팽글팽글 돌렸습니다.

"! 펠리시아 아가씨!" "그래서 쉬시라고 말씀드렸건만……."

근처에서 서류를 필사적으로 분류하고 있던 두 메이드——검은 머리카락이 아름다운 미녀, 린스터가 메이드대 제4석인 엠마와 귀까지 내려오는 금발에 안경을 쓴 하워드 공작가의 메이드인 샐리 워커 씨가 펠리시아 씨에게 달려왔습니다.

저는 까치발로 딛고 서서 릴리의 머리에 수도를 날렸습니다.

"아윽! 폭력은 반대라구요오~."

"펠리시아 씨는 낯을 가린단 말야! 처음 보는데 겁주지 마!"

하여간, 이 나이 많은 메이드는! 펠리시아 씨를 간호하는 엠마와 샐리 씨도 릴리에게 차가운 시선을 던졌지만, 효과는 없는 모양이군요.

저는 어깨를 으쓱이고 백작가 아가씨에게 물었습니다.

"사샤, 이게 대체 어떻게 된 거야?"

"──현재 펠리시아 씨와 저는 린 린스터 님 직속으로 들어가 후국 연합의 내부 분석 및 여러 공작의 입안을 담당하고 있어요."

"! 그런 일까지…… 『오라버니의 모든 권한을 일시적으로 양도』한다고 안나가 그랬는데."

"그렇게 된 셈이죠. 『린스터 공작가의 재산이 기울기 직전』쯤 되는 돈을 움직일 수 있답니다."

저는 왕도, 그리고 동도로 선행 정찰을 나간 메이드장을 떠올렸습니다.

아무리 안나라도 동도에 잠입하기는 어려울 터. 무사하다면 좋을 텐데요.

빈 의자에 앉은 사샤에게 질문을 계속했습니다.

"메이드복은?"

"갈아입었죠! 그리고 리처드 님이 좋아하신다고 코델리아 씨가!"

저는 백작가 아가씨의 왼쪽 옆에 앉은 긴 금발 머리에 보석 같은 금은색 눈동자를 가진 눈처럼 하얀 피부의 미녀── 메이드대 제8석인 코델리아에게 시선을 향했습니다.

그러자 미녀 메이드는 조금 난처한 표정을 지었습니다.

"아가씨분들이 업무를 우선하시고 휴식은커녕 옷도 갈아입지 않으시길래 어쩔 수 없이 거짓말을……."

"?! 코델리아 씨?! 리처드 님께선 메이드복을 좋아하시는 게 아니란 건가요?!!!"

미녀 메이드는 고귀함마저 느껴지는 동작으로 우아하게 미소 지었습니다.

"때로는 거짓말도 필요한 법이지요. 무척 귀여우시고요 ♪"

"코~델~리~아~…… 저도 메이드복이 갖고 싶단 말이에요오!!!"

입을 다물고 있던 릴리가 원한에 찬 목소리를 냈습니다. 무서 워라! 시더가 제 등 뒤로 숨습니다.

하지만 정작 코델리아는 진지한 표정으로 반론했습니다.

"릴리, 그 옷은 먼 동쪽 땅에선 정식 『메이드복』이거든요?"

"……정말요? 거짓말하는 거 아니에요?"

"전 릴리한테 거짓말한 적이 한 번도 없다고요!"

"으으음~……."

릴리가 고민하는 가운데, 코델리아는 제게만 보이도록 작게 혀를 내밀었습니다. 사이가 좋네요.

바람 마법을 쐬고 있던 펠리시아 씨가 의식을 되찾았습니다.

"으~음."

"안녕히 주무셨어요── 펠리시아 씨, 엠마네한테 무슨 말을 듣고 메이드복을 입은 거예요?"

"네?"

"대답하세요!"

"! 엠마 씨가 '앨런 님은 메이드복을 좋아하신답니다?' 라고 하셔서…… 헉!"

"흐~음……."

저는 펠리시아 씨를 흘겨보았습니다. 직원 대표님이 허둥지둥 변명합니다.

"오, 오해예요. 저, 저는, 갈아입을 옷도 없어서, 어, 어쩔 수 없이 메이드복을 있죠……."

"전황이 진정되면 여기에 동물 귀와 폭신폭신 꼬리를 더할 생각이랍니다!"

"그러면 앨런 님은 필시 함락될 것! 그렇게 판단했지요."

"~~~~~으으으!!!!!"

엠마와 샐리 씨가 진심으로 즐겁다는 듯이 앞으로를 이야기했고 펠리시아 씨는 새빨개져 두 손으로 얼굴을 덮었습니다. ……역시 이 사람, 귀엽네요.

그리고 『전쟁이 끝난 뒤』를 바라보고 있어요.

저는 빈 의자에 앉아 『앨런 상회』의 직원 대표님과 시선을 맞추었습니다.

"펠리시아 씨, 상황을 알려주세요."

"──네. 엠마 씨, 샐리 씨, 일으켜 주세요."

""알겠습니다.""

펠리시아 씨가 두 사람에게 안겨 자리에서 일어섰습니다. 자력으로 일어서기도 힘들다 이거군요.

──순간, 두 메이드와 시선이 교차했습니다. 『아무튼 쉬게
해주고 싶다』.

눈치 못 챈 직원 대표님은 책상에 다가가더니 중앙에 놓인 전
역도를 손가락으로 가리켰습니다.

──오라버니가 동도로 향하기 전, 왕도에서 우리에게 보여
주신 것과 닮았어.

시더가 눈을 동그랗게 떴습니다.

"하얀 핀이 아군. 검은 핀이 적. 붉은 핀이 공격을 마친 도시와
도로, 다리이고 파란 핀이 아직 남아있는 공격 목표……가 되
려나요? 하, 한눈에 파악할 수 있다니…….."

펠리시아 씨는 조금 자랑스러운 듯이 얼굴에 웃음을 지었습니
다.

"앨런 씨의 지도를 흉내 낸 거예요. ……사실은 입체 투영을
하고 싶었지만요."

엠마와 샐리 씨가 말을 보탭니다.

"상시 투영은 난이도가 있어서…… 메이드장님 말고는 할 수
있는 사람도 적고요."

"언젠가는 모형 등으로 어느 정도는 비슷하게 만들 수 있지 않
을까 싶긴 한데요……."

펠리시아 씨가 절 진지하게 바라보았습니다.

"저는 군사에 관한 것은 몰라요. 제가 조금 아는 건."

주머니를 뒤적거려 책상 위에 금화를 떨어뜨렸습니다. ──

후국 연합의 금화.

"이것뿐이에요. 사샤 씨가 후국 연합이 현재 사용하는 마법 통신 암호, 그 거의 전부를 해독하는 데 성공했어요. 전투 이후로도 후국의 전의는 꺾이지 않았죠. 그래서."

"항만과 도로, 창고, 상선을 그리폰으로 집요하게 때린 거군요오~. 게다가, 일부러 거상, 지식인, 후국 중 일부에는 손을 대지 않고서~."

릴리가 지도를 들여다보며 짓궂은 미소를 지었습니다. 저도 전역도를 확인했습니다.

파란색 핀이 부자연스럽게 남아있네요.

후국 연합 안의 물류를 차단하며 내부에서 시기와 의심이 발생하는 것도 노렸단 건가요?!

펠리시아 씨의 얼굴에 굳센 각오가 떠올랐습니다.

"저는 전장에는 나갈 수 없어요. 하지만 이런 저를 그분은 추천해 주셨어요. 그렇다면 기대에 보답해야죠! 그래서 하루라도 빨리 앨런 씨를 구할 거예요!"

이 사람은…… 어쩌면 우리 중 가장 『강할』지도 모르겠어요…….

엠마가 이야기를 받아 설명을 계속했습니다.

"아틀라스, 베이젤 두 후국 주변에서 밀의 매점매석은 거의 완료했습니다. 나머지는 북부의 일부 거상이 안고 있는 재고량 뿐. 공격 대상에서도 빼놓았죠. 정보에 따르면 두 후국의 밀 시세는 천정을 돌파한 모양입니다. 펠리시아 아가씨, 어떻게 할까요?"

"?! 그, 그런 짓까지 하고 있어요?!!!"

"오히려 이게 본업인걸요?"

펠리시아 씨가 이상하다는 듯한 표정을 짓고는 엠마에게 지시를 내렸습니다.

"물론—— 팔아야죠. 표준 시세보다 싸게. 그리고."

펠리시아 씨가 안경을 손가락으로 살짝 움직이곤 미소를 지었습니다.

표정이 짓궂네요. 무척 짓궂어요. 어딘지 모르게…… 장난칠 때 오라버니와 닮았어요.

"가격에도 차이를 둘 겁니다. 베이젤 후국에는 아틀라스 후국보다 조금 싸게. 원칙적으로 시민분께만. 그러면…… 재고를 쌓아두고만 있는 거상분들의 이름이 새어 나갈지도 모르겠군요."

"아하……. 그렇게 되면 연합 내부의 밀 시세에 혼란을 줄 거고 재고를 쌓아두고 있는 거상은 비명을 지르며 두 후국 사이에도 불신을 야기할 수 있겠죠. 서둘러 준비하도록 하겠습니다."

릴리가 고개를 끄덕입니다. "앨런 씨한테 물들었네요~★"

얘는 재미있어하고 있군요.

사샤는 "펠리시아 님도 참 무서우셔라……."라고 하지만 당신도 충분히 무섭거든요.

시더에게 시선을 향하자 "……." 얼이 빠져 있네요. 마음이 놓입니다.

호탕하게 웃는 소리가 들려왔습니다.

어느새 턱에 손을 둔 할아버지가 우리 옆에 서 계셨습니다.

"──재미있구먼. 포스 양, 지혜를 빌리고 싶네. 이번 전투는 어느 지점에서 타협해야 한다 보는가?"

"네? 네에?! 저, 저어……."

펠리시아 씨가 허둥지둥거립니다. 사샤를 바라보았습니다. 하지만 그녀는 사익스 백작가 아가씨.

"자아, 미해독 동방계 암호를 오늘에야말로 풀어야겠네요☆ 아버지도 참, 전선에서 첩보 활동만 하시구, 정말~. 『심연』 워커를 너무 동경하신다니까요~."

일하는 중이에요! 라고 온몸으로 주장하며 회피했습니다.

안경 낀 직원 대표님이 엠마와 샐리 씨에게 시선을 향하지만, 서류로 방어합니다.

궁지에 몰린 펠리시아 씨는 "리, 리네 씨……." 하고 결국 제게 도움을 요청했습니다.

물론 저는── 두 주먹을 불끈 쥐었습니다. 『힘내세요』!

안경 낀 직원 대표님은 마지막 저항을 할아버지께 시도해 봅니다.

"저, 저 같은 게 주제넘은 소릴 할 수는……."

"자네는 앨런 군이 인정했다고 들었네. 그렇다면 그 의견은 그가 말하는 것과 동등하지."

"……요구할 것은 딱 하나예요. 상대는 베이젤 후국."

"아틀라스 후국은? 우리는 이기고 있네. 영토 병합마저 요구할 수 있을 게야."

"아무것도 요구하지 않을 겁니다."

정신을 차리자── 소란스러운 실내가 조용해지며 모두가 귀를 기울이고 있었습니다.

할아버지가 펠리시아 씨에게 다음 말을 재촉하셨습니다.

"──요구 내용은?"

"베이젤 후국에서 그리폰편의 사용 허락을."

"『후국 내』가 아니라?"

"『후국』으로 하겠습니다. 후국 연합 내에는 아직 『공로』라는 개념마저 없는 모양이니까요."

모두가 숨을 삼켰습니다. 베이젤을 기점으로 한 후국 연합 내 공로 독점을 꾀하겠다고?!

할아버지가 미소를 지으십니다.

"그래. 고맙네. 엠마, 포스 양과 사샤 양이 지친 모양이다. 쉬게 해드리거라."

""네?!"" "네, 큰 어르신!"

할아버지의 한마디에 펠리시아 씨와 사샤 씨가 놀랐고 엠마가 곧바로 대답했습니다.

저를 향해── 윙크하며 신호를 보냅니다. 이제 그만 이 두 사람을 쉬게 해야겠군요.

우선 혼란에 빠진 펠리시아 씨가 엠마 씨와 샐리 씨에게 포획당했습니다.

사샤는 릴리에게 구속당했군요. "리처드 님의 진짜 취향, 알고 싶지 않으세요오?" "?!" ……뭐라고 바람을 불어넣는 거야?

펠리시아 씨가 심하게 동요했습니다.

"에, 엠마 씨?! 새, 샐리 씨?! 저, 전, 아직 일이 남았는데……."

"안 됩니다. 우선 목욕을!" "그리고 나서 내일까지 쉬어 주세요."

"이, 일을 다 하면 천천히 씻을게요!"

엠마와 샐리 씨가 다시 신호를 보내왔습니다.

저는 일부러 그러듯이── 마법의 말을 읊었습니다.

"무리하는 펠리시아 씨를 본다면 오라버니가 슬퍼하시겠네요……."

"?!!! 그, 그렇지는, 않지 않을까, 싶은데…… 저기, 정말로 그럴까요?"

펠리시아 씨가 불안한 듯이 물어왔습니다.

"그럼요. 혹시…… 펠리시아 씨는 오라버니를 곤란하게 만들고 싶으세요?"

"?! 아, 아니에요! 저, 저는── 저는 앨런 씨를 제 방식대로 구한 다음 잔소리를 잔뜩 해주고 싶을 뿐이에요. 『무모한 짓 좀 벌이지 마세요!』하고!"

아아, 역시 이 사람은 강하다.

……『검희』 리디야 린스터보다, 훨씬 더.

가슴이 욱신거리는 것을 느끼며 연상의 옛 선배에게 미소 지었습니다.

"그러면 쉴 때는 쉬어 주세요."

"윽! ……아, 알았어요……."

""그럼, 바로!"" "사샤 아가씨도랍니다 ♪"

엠마와 샐리 씨가 펠리시아 씨를, 코델리아가 힘없이 고개를 떨군 사샤를 확보했습니다.

백작가 아가씨는 "방심했어요…… 사익스 백작의 딸인 제가 정보에서 뒤처질 줄이야……." 하고 중얼중얼하고 있네요.

릴리가 되지도 않는 휘파람을 불고 있습니다. ……그러니까 뭐라고 바람을 집어넣은 거냐구.

"으으, 일이……." "해도옥……."

메이드들은 여전히 끙끙거리는 두 사람을 안고 방을 나갔습니다.

그것을 배웅한 뒤, 할아버지가 실내에 있는 자들에게 말씀하셨습니다.

"──모두, 그녀의 이름을 기억해 두도록. 『검희의 두뇌』의 추천을 받은 펠리시아 포스 양이다. 언젠가 온 대륙에 이름을 알릴 것이야."

*

엠마 일행에게 끌려가는 펠리시아 씨와 사샤 씨를 배웅하고 우리는 할아버지와 함께 저택 3층 안쪽에 있는 아버지의 집무

실로 향했습니다.

저는 입구 앞에서 뒤따라온 수습 메이드 소녀에게 지시를 내렸습니다.

"시더, 여기까지면 돼. 기다려 줘서 고마워. 먼저 쉬고 있어."

"아뇨! 리네 아가씨를 기다릴게요! 그러고 나서 욕실에서 등을 씻겨드리겠어요!! 월신님께도 그렇게 맹세했어요!!"

"같이 안 들어갈 거거든? 자, 어서 가."

"?! 그, 그럴 수가…… 리, 리네 아가씨이…… ."

시더가 울먹거리며 제게 애원합니다. ……하아, 저도 마음이 약하다니까요.

시선을 피하며 잘라 말했습니다.

"그런 표정 지어도 안 돼. ……목욕하고 나서 홍차 우려줬으면 좋겠다."

"! 네, 넷! 아, 알겠어요! 와아~! 릴리 님이 말씀하신 대로였어요…… ."

수습 메이드 소녀가 의욕에 불타며 기쁜 듯이 몸을 흔들고 제자리에서 폴짝 뛰었습니다.

지금 릴리라고 한 거야?

"뭐 물었나요오?? 어서 목욕하고 나서 홍차 마시고 싶네요오…… ."

제 시선을 눈치챈 연상의 메이드가 일부러 그러듯이 자신의 볼을 만졌습니다.

시더를 릴리의 후계자로 키우는 것만은 막아야 해!

속으로 결의를 굳히고 기다려 주신 할아버지께 시선을 보냈습니다.

다정히 고개를 끄덕여 주시길래 저는 문을 열고 집무실 안으로 나아갔습니다.

그러자 중앙 책상 위의 전역도를 바라보시던 군복 차림의 어머니와 아버지——선대『검희』리사 린스터와 리암 린스터가 눈치채고 고개를 들었습니다.

"둘 다 피곤한데 미안하구나." "아버님, 본진 사령부 지휘, 정말로 감사합니다."

"" 괜찮아요!"" "뭘, 나는 그냥 앉아 있는 게 다지."

제각기 대답하고 아버지와 어머니 곁으로 다가갔습니다.

"다녀왔단다~♪"

문이 열리고 천 모자를 쓴 여행 복장 차림의 할머니——린지 린스터가 방긋방긋 웃으며 들어왔습니다. 지금은 적지인 후국 연합의 물의 도시로 다녀오신 것이죠.

뒤에는 더러워진 군복 차림의 붉은 머리 대장부——뤼카 린스터 부공작의 모습도 보입니다.

숙부님은 저와 릴리를 보고 미소 짓고는 할머니를 뒤따라오셨습니다.

아버지께서 심각하게 물으셨습니다.

"어머님, 남부 6후국과 물의 도시의 반응은 어땠습니까? 우리는 아바시크에서 대승을 거두었습니다. 이 이상 전선을 확대하는 건 우리도, 후국 연합 측에도 득이 없어요."

"물의 도시는 여전히 아름답더구나~. 아, 켈레브림은 마야한 테 갔단다~."

물의 도시에는 전 부메이드장인 켈레브림 케이노스가 따라갔던 모양입니다.

할아버지께서 의자를 들고 오시더니 책상 앞에 놓았습니다. 할머니는 자연스러운 동작으로 그곳에 앉으셨고 다리를 파닥거리며 담담히 교섭 내용을 말씀하셨습니다.

"남부 6후국 중 4후국은 조용히 지켜보겠대~. 다만…… 조금 정세가 이상하더라구~."

할머니의 눈동자가 깊은 지성의 빛을 발했습니다. 지도 위에 가느다란 손가락을 미끄러뜨리십니다.

"북부 5후국은 역사적으로 우리와 적대하고 있었지. 거꾸로 물의 도시와 남부 6후국은 전쟁을 기피하고 있었는데…… 레지나 말로는 이번에 단결이 깨진 모양이야."

저는 왼쪽 옆에 있는 연상의 메이드의 소매를 당겨 작은 목소리로 물었습니다.

"(릴리, 『레지나』가 누구야?)"

"(후국 연합 남부, 론도이로 후국을 다스리는 여걸이에요~.)"

할머니의 인맥도 알 수가 없네요.

어머니가 길고 아름다운 붉은 머리카락을 쓸어올리곤 아버지께 결단을 재촉하셨습니다.

"왕족분들은 서도로 탈출해 무사하다고 앙꼬의 사자가 알려왔어. 안나의 보고로는 왕도의 적은 병참으로 고생하고 있고,

그럼에도 『보랏빛 방벽』을 동도로 물렸지. 즉, 여전히 거목은 함락하지 않은 거야. 리암, 판단할 재료는 대부분 나왔어. 어떻게 할 거야?"

모두의 시선이 아버지에게 집중됩니다.

팔짱을 끼고 눈을 감고 계시던 아버지가 천천히 눈을 뜨시더니 우렁차게 선언하셨습니다.

"어쩔 수 없지. 군을 둘로 나눠―― 주력은 왕도로 향한다!"

물론 전력 분산은 어리석은 계책입니다. 전력으로 분산된 상대를 때리는 게 당연히 좋으니까요.

하지만…… 현재 상황이 그것을 허락해 주지 않습니다.

왕도를 제압한 역적들의 움직임은 정체된 모양이지만, 언제 남도로 쳐들어와도 이상하지 않기 때문입니다. 그 전에 왕도, 이어서 동도를 탈환해 내란을 진정시키는 것이 최선의 선택입니다.

물론 오라버니와 리처드 오라버니의 구출도 염두에 두셨을 게 분명합니다.

할아버지가 한 손을 가볍게 드셨습니다.

"후국 연합은 나와 린지 그리고 뤼카가 대처하지. 펠리시아 양과 사샤, 부공작군의 절반을 받아 가마. 남방 가문 중에는 『북부 5후국 병합』이라 외치는 혈기 왕성한 자들도 있어. 그들을 이곳에 둘 수야 없지."

"너무 이겨도 일이 번거로워지는군요…… 번거롭게 해드릴 것 같습니다. 뤼카도 미안하지만."

아버지가 할아버지와 할머니께 깊이 고개를 숙이셨고 이어서 뤼카 숙부님의 왼쪽 가슴에 주먹을 가볍게 갖다 대셨습니다. 숙부님이 씨익 웃으십니다.

"맡겨주십시오! 형님과 형수님은 용맹하게 싸우시길! 린스터의 무명을 드높여 주시기를 바랍니다."

아버지가 깊숙이 고개를 끄덕이고 최신 정보를 공유하셨습니다.

"하워드도 유스틴과 한 차례 전투를 벌인다는 정보가 들어왔다. 우리가 주력을 왕도로 보내는 건 마침 좋은 기회야. 월터는 제국 따위에게 뒤처지진 않을 거다. 교수도 있는 모양이니."

저는 북도에 있는 친구들—— 티나 하워드와 엘리 워커를 떠올렸습니다.

오라버니에 대한 것. 언니에 대한 것. 이번 반란에 대한 것…….
두 사람과 지금 당장에라도 얘기하고 싶은 것이 산더미처럼 쌓였습니다. ……제가 이렇게 약한 아이였던가요?

『아하…… 리네는 생각보다 훨씬 절 의지해 주고 있었군요? 그럼 어쩔 수 없네요. 들어드리도록 하죠. 제가 또, 수석이기도 하고?』

『리, 리네 아가씨, 하고 싶은 얘기가 많아요. ……들어 주실래요?』

허리에 두 손을 얹고 납작한 가슴을 활짝 편 수석님과 부끄러워하면서도 기뻐 보이는 언니 같기도, 동생 같기도 한 메이드 아가씨가 뇌리에 떠올랐습니다.

아까 한 말은 취소하겠어요.

티나 얘기는 안 들어줄 거예요! 저는 엘리랑만 사이좋게 얘기할 거라구요!!

수석님이 사과하지 않는 한, 절대로, 절대로 물러서지 않겠어요!

언니도 분명 제 편을 들어줄──

『날, 방해하지 마!!!!!!』

헉!!! 전장에서 본⋯⋯『무서운』언니를 떠올리자 몸이 얼어붙었습니다.

"리네, 릴리, 수고했다. 나머지는 우리끼리 상세한 계획을 짜마."

아버지가 우리의 퇴실을 지시하셨습니다. 심장이 꽉 죄어옵니다.

물어보는 게⋯⋯. 두려워요. 그래도! 그래도!! 저는 결심하고 ── 입을 열었습니다.

"아버지, 어머니⋯⋯ 언니를 어떻게 하실 생각이세요?"

지금의 언니는 명백하게 위태롭습니다.

그저 계속 검을 휘두르며 불길한 화염으로 모든 것을 불태워 버리는 광전사.

언제…… 실이 끊어진 것처럼 폭발해도 이상하지 않아 보입니다.

이마를 짚고 아버지가 신음을 흘리셨습니다.

"남도에 머무르게 하고 싶지." "하지만 그 애는 분명 가만히 있지 않을 거야. 그렇게 말했다간……."

언니는 모든 걸 내던지고 오라버니의 곁으로 향하시겠죠.

그 결과…… 자신이 목숨을 잃을지라도. 어머니가 결론을 말씀하셨습니다.

"리디야도 데리고 가자. 리네, 릴리, 앨런이 없는 동안에는 너희가 그 애의 『검집』이 되어주렴."

"네, 알고 있어요." "네."

저와 릴리는 마음이 무거워지면서도 고개를 끄덕였습니다.

제가 할 수 있을까요?

언니를, 검붉게 타오르는 날개를 두른 『검희』를 무섭다고 느끼고 만 제가…….

"──리네 아가씨."

릴리가 제 두 손을 상냥히 감싸 쥐었습니다.

이 사촌 누이는 이런 점이 치사해요. 아버지가 손을 마주치셨습니다.

"그러면 리네와 릴리는 이제 정말로 여기까지다. ──둘 다, 정말 잘해줬다."

칭찬에 제 가슴이 뜨거워집니다.

"감사합니다." "리네 아가씨랑 목욕이에요오 ♪"

"?! 가, 같이 안 할 거거든? 안 할 거야!"

"에이~ 아까 시더가 얼마나 서운해 보였는데요오오? 『리네 아가씨는 절 싫어하시는 걸까요…….』하고 눈으로 말하고 있었다구요오."

"윽! ……그, 그렇게 날 뒤흔들려는 거지…… 내가 시더를 싫어할 이유가 어디에 있다고──. 릴리, 그 손에 든 작은 보주는 뭐야?"

"『내가 시더를 싫어할 이유가』."

"아아아아아악!!!!!"

저는 큰 소리를 지르며 릴리에게서 녹음 보주를 빼앗으려 했습니다.

이에는 역시나 린스터 공작가 메이드대 제3석. 마치 춤을 추듯이 우아한 동작으로 문을 향해 물러섭니다. 쟤가! 쟤가!! 쟤가 진짜아아!!!

그럼에도 회의를 계속하시는 아버지와 다른 분들께 고개를 숙이고 저와 릴리는 방을 뒤로했습니다.

문이 닫히기 직전, 찰나의 순간── 어머니가 여태껏 본 적 없는 비통한 표정을 지으시더니 아버지를 돌아보고 읊조리시는 것이 눈에 들어왔습니다.

"만에 하나, 리디야가."

뭐……?

저는 무심코 그 자리에 멈춰 서고 말았습니다. 지, 지금…… 어머니가 뭐라고……. 뭐라고 하신 거야?

"리네 아가씨~. 가자구요~."

복도에서 앞길을 성큼성큼 나아가던 릴리가 돌아보더니 저를 불렀습니다.

어색하게 고개를 끄덕이고 생각을 떨쳐내며 연상의 메이드를 따라갔습니다.

맞아요, 분명 잘못 들은 걸 거예요. 당연히 그래야 해요.

왜냐하면…… 그런 건, 그런 건, 있을 수 없으니까!

언니가 『악마』로 타락하고 만 그때는, 어머니가 자기 손으로 죽이겠다니…….

제2장

"카렌아, 아직도 족장 회의는 정리가 안 된 모양이다. 요 며칠 은 우리도 안으로 들어갈 수 없어서 자세한 것도 알 수가 없어. ……변한 게 있으면 바로 알려주마."

"그런, 가요……."

동도 거목 안 1층. 수많은 부상자가 실려와 소란스러움에 휩 싸인 가운데, 나는 전 수달족 부족장인 더그 씨에게 힘없이 대 답했다.

동도, 수인족 신시가지에 사는 여우족 족장의 여동생인 미즈 호 씨를 통해 족장 회의에서 루브펠러 공작가에게 『옛 서약』이 행 제안이 나온 지 나흘째. 그 사이, 움직임은 없었다.

옛날에 오빠가 읽어줬던 늑대족 대영웅 『유성』과 동료들이 활약하는 이야기를 떠올렸다.

지금 족장 중에 영웅은 없는 모양이야…….

백의 차림의 다람쥐족, 표범족 소녀——— 소꿉친구인 카야와 코코가 조금 떨어진 곳에서 내 이름을 불렀다.

"카렌! 와 줘!" "카렌~ 중상자야~."

"알았어!"

자리에서 일어나 더그 씨에게 감사를 전했다.

"상황을 알려 주셔서 감사합니다."

"미안하다…… 너희까지 중상자를 치료하고 있는데, 이 멍청한 족장 놈들은 뭘 하는지! 최상층 회의실에 틀어박혀 코빼기도 보이질 않으니……."

──나는 지금 카야, 코코와 함께 거목 하층에 실려 온 부상자를 치료하고 있었다.

사실은 나도 전선에서 싸우고 싶었다. 싸워서 조금이라도 빨리 오빠를 구하러 가고 싶어!

하지만…… 근위 기사단 부장, 리처드 린스터 공자 전하와 수인족 자경단 단장이자 코코의 아버지이기도 한 롤로 씨가 허락해 주지 않았고 아버지와 어머니에게도 반대당했다.

결국…… 족장 회의가 끝나길 계속 기다리고 있었다.

루브펠러와의 서약은 『수인족이 바라는 것을 가능한 한 이루어 준다』는 것.

지금 상황을 생각해 보면 동도로 파병을 요청하게 되겠지만…… 족장들은 결단을 내리고 있지 않다.

"펠리시아였다면 바로 결정을 내렸겠지."

"? 카렌아?"

"아뇨, 아무것도 아니에요. 그럼 전 갈게요."

"오냐……."

수달 노인이 떠나갔다. 꼬리의 흰 털이 며칠 사이 늘었고 등도 무척 작아졌다. 신시가지에서 오빠를 억지로 곤돌라에 태우지 않았던 것을 후회하고 계신 것이다.

"! 허, 헉…… 거, 거짓말……." "아, 안 돼애애애애!!!"

소꿉친구들의 비명이 들려왔다. 의식을 되돌려 시선을 향하자, 카야의 얼굴이 창백하게 질렸고 코코는 실려 온 들것에 매달려 있었다. 주변 사람들도 안색이 심상치 않았다.

인파를 헤치고 간신히 근처로 가 들것에 실린 사람을 보고는 —— 숨을 삼켰다.

"! 롤로 씨……?!"

피에 젖어 누워있던 것은 수인족 자경단 단장을 맡은 표범족 롤로 씨였다.

가까이서 백의를 입은 어머니—— 늑대족 엘린이 상처를 확인하고 있었다.

여기까지 롤로 씨를 데리고 온 고양이족, 산양족 청년이 필사적인 모습으로 어머니에게 호소했다.

"부탁입니다! 제발 단장님을!" "우리를 감싸다가……."

"괜찮단다. 카렌, 도와주렴."

"네, 네!"

어머니가 미지의 증폭 마법을 롤로 씨에게 걸어주었다. 눈부신 초록빛.

나도 손을 들어 광속성 중급 마법 『광신쾌유(光神快癒)』를 발동했다. 본래 이상 가는 힘이 발휘된다.

——오빠가 귀환하지 않은 뒤로 어머니는 줄곧 울음을 멈추

지 않았다.

하지만 4일 전, "울고 있을 때가 아니구나. 나도 힘내야지!" 그렇게 말하고는 중상자 치료반에 지원했다.

이후로 어머니는 치유 마법은 쓸 수 없었지만, 치유 마법을 증폭시켜 수많은 사람의 부상을 치유하며 활약 중이었다. ……이런 마법을 쓸 수 있었다니, 몰랐다.

내 시선을 눈치채고 어머니는 난처한 표정을 지었다.

"옛날에 방랑하던 시절에 어떤 사람한테 배웠단다. 거목 안에서만 쓸 수 있고 나탄도 싫어했거든……."

"이 전쟁이 끝나면 가르쳐 주세요. 오빠랑 같이 얘기도 듣고 싶어요."

"그, 래…… 앨런이랑 같이, 응…… 아, 미, 미안해라. 집중해야지……."

오빠의 이름이 나온 순간, 어머니의 눈동자에 눈물이 그렁그렁 맺혀 떨어졌다.

눈을 굳게 감고 있던 롤로 씨가 조용히 눈을 열고 쥐고 있던 손을 펼쳤다.

안에는 부서진 금속제 갑찰.

"고맙소…… 덕택에, 계속, 싸울 수 있겠어. 나탄 공의 마도구 덕에 살았네, 큭……."

"아빠! 안 돼!!"

코코가 울며 롤로 씨를 껴안고 몇 번이나 고개를 저었다.

목숨에 지장은 없더라도 이렇게 다쳤으면 더 이상 전투는.

하지만 자경단 단장은 상반신을 일으켜 외쳤다.

"이 정도 상처는, 앨런에 비하면, 아무것도 아니야! 내게는, 녀석을…… 수인족의 미래를 바꿔주었을 남자를 신시가지로 보낸 책임이 있어!! 난 어찌 이리…… 어찌 이리 어리석은지…… 엘린 공, 미안하오…… 미안해……!"

피에 젖은 손으로 롤로 씨가 어머니의 손을 쥐고는 몇 번이고, 몇 번이고 고개를 숙였다.

어머니는 눈물을 닦고―― 억지로 미소를 지었다.

"롤로 씨, 코코가 걱정하잖아~. 지금은 쉬고 있어."

"미안하오…… 미안해…… 미안해…….."

――치유 마법의 발동이 끝났다. 어머니가 자경단 단원들에게 지시를 내렸다.

"롤로 씨를 옮겨줘. 금방 다른 부상자가 올 거야."

""예, 옛!""

롤로 씨를 실은 들것이 지금은 절반을 병동으로 쓰는 도서관으로 옮겨졌고 코코도 그 뒤를 따랐다. 카야가 날 보길래 작게 고개를 끄덕였다. 다람쥐족 소꿉친구는 들것을 뒤쫓아갔다.

도서관 중 절반에는 피난 온 아이들이 있었다. 다른 사람도 아닌 카야다. 저번에 알게 된 어린아이들―― 여우족 롯타, 이네, 치호가 어쩌고 있는지도 보고 와 줄 것이다.

롯타는 수인족의 규정을 알아보고 있었지. 저 애는 머리가 좋다.

다른 부상자를 치료하던 자경단 분단장으로서 치료반을 지휘하는 토끼족 시마 씨가 다가와 주변을 둘러보았다.

"여기에 있는 모두만이라도 들어줘~……. 우리는 앨런을 신시가지로 보냈어. 그리고 신시가지에서 포위당해 있던 사람 중 많은 이가 무사히 거목으로 돌아올 수 있었지. ……하지만 그는 돌아오지 않았어. 우리는 대단한 마법사가 아니야. 하지만 포기하면 안 돼. 그런 건 허락되지 않아. 그는——『가족』을 구하기 위해 목숨을 걸었으니까!"

주변에 있던 사람들이 일제히 고개를 끄덕이고 움직이기 시작했다.

그곳에는 수인족, 인간족, 엘프, 드워프…… 인종의 구별은 없었다.

나는 눈물을 닦고 있는 어머니의 손을 굳게 쥐었다. ……차갑다.

시선을 맞추고 격려했다.

"어머니, 괜찮아요. 오빠는 분명, 분명 살아있어요!"

"카렌……."

"괜찮아요. ……괜찮아."

나는 몇 번이고, 몇 번이고 말을 되풀이하며 거목 상층부를 올려다보았다.

——여전히 족장들은 내려올 기색이 없었다.

*

"지금, 뭐라고 한 거냐, 코노하."

　동도, 올그렌 공작가 별채 안에 있는 어느 방.
　첫 전투를 마치고 다시 유폐된 나의 주인── 길 올그렌 공자 전하는 창문 밖을 바라보며 차가운 어조로 물으셨다.
　13일 만에 뵈었으나 그곳에 따뜻함은 전혀 없었다. ……당연하다.
　내 크나큰 추태로 인해 길 님은 존경해 마지않는 『검희의 두뇌』와 싸우는 처지가 되셨으니까……. 이를 악물며 전달했다.
　"『검희의 두뇌』 님의 모습은 동도 어디에도 없습니다. ……납치당한 것이 아닐까 싶습니다."
　"납치를, 당해……? 헤이든과 자울은 뭘 하고 있던 거냐!!!"
　처음 듣는 진짜 노성.
　헤이든, 자울이란 올그렌의 노장인 대기사 헤이그 헤이든과 명 마법사 자울 자니 백작이다.
　두 사람은 청년을 살아남은 근위 기사들과 함께 포로로 삼았다.
　길 님이 다가오신다.
　"──코노하."
　나는 고개를 들었다. 그곳에 있던 것은── 차가운 눈동자를 한 길 님이었다.
　마치 심장이 멎을 것처럼 아프다. 이런 표정을 짓게 한 것은, 다름 아닌 나다…….

"네가 날 터무니없는 이번 모반극에 참가시키지 않고자 저택 본관에 감금시키려 했던 건 이해가 간다. 하지만, 혼자선 무리야. 얘기해. 아는 걸 전부 다!"

나는 눈물을 참았다. 아아…… 길 님께…… 언니인 모미지와 나를 성령교 노예에서 해방해주신 이분께, 이런 표정을 짓게 만들다니…….

──내 심장에는 그레고리 올그렌의 저주의 인장이 새겨져 있다.

멋대로 정보를 얘기하면 죽는다. 하지만…… 이제 와서 그것이 무슨 상관이란 말인가?

──모반 첫날. 마법으로 잠에 빠진 생이별한 언니, 모미지를 보여주며 그레고리 올그렌은 내게 이렇게 말했다.

『──『검희의 두뇌』와 길을 싸우게 해주길 바라거든요. 아아, 거절해도 괜찮습니다. 하지만 적인지 아군인지 확실한 태도를 보이지 않는 길을 글랜트 형이 어떻게 생각할지…… 여기서 한 차례 싸움을 벌이면 당신은 언니분과 다시 만나 좋고 길도 별일 없어 좋은데! 뭘 망설일 필요가 있나요?』

나는 번민했다. 길 님에게 그런 짓을 시킬 수는…… 그리고 결국 정하지 못하고 붙잡혔다.

결과…… 그레고리는 우리 자매를 보여주며 길 님께 진실을 전한 것이다.

『이 자매는 네가 어릴 적에 노예라는 멍에에서 풀어준 자들이다. 자, 길, 어떻게 할래? 한 번 구한 목숨을 이번엔 죽일 거냐?

아니면⋯⋯ 앨런 선배를 해치울 거냐?』

그레고리 올그렌은 상상 이상으로 사악했다.

길 님이 재촉하셨다.

"왜 그러지? 말을 해야 알 것 아니냐."

"길 님. 저는⋯⋯."

심장에 격통이 달렸다. 도저히 서 있을 수 없어 몸을 굽히며 무릎을 꿇었다. 이마에 진땀이 흐른다.

아직이다⋯⋯ 아직, 모든 걸, 얘기할 때까진──.

"마법에 묶여 있었군. 얼굴을 들어라."

"⋯⋯네, 에."

나는 거친 숨을 내쉬며 길 님의 명령을 따랐다.

그리고──.

"?!!?!!"

길 님께 입술을 빼앗겼다. 심장의 통증이 사라진다. ⋯⋯어?

입술이⋯⋯ 떨어졌다. 너무 놀라 나의 주인을 바라보았다.

"저주는 내게 옮겼다. 어서 얘기해."

"길, 님⋯⋯? 왜, 왜⋯⋯ 왜 이런 짓을!"

"내가 어떻게 알아! 그러고 싶어서 그렇게 했을 뿐이야! ⋯⋯난 널 이해할 수 없었어. 지금도 믿고 있지 않아. 그런데⋯⋯ 왜, 이런⋯⋯."

더 솔직하게 정체를 밝혔다면 미래가 바뀌었을까.

『저는 그때 당신이 구해주신 성령교의 노예입니다.』

그렇게 말할 수 있었다면⋯⋯ 망상을 떨쳐냈다. 쓸데없는 생각이다.

"처음에, 저는 글랜트 올그렌이 보낸 첩자였습니다. 당신을 감시하고 동시에 『검희』, 그리고 린스터 공작가의 정보를 수집하라는 명을 받은. ……예정대로 흘러가긴 했습니다만."

"! 첩보부에 들어간 건 내게 다가가기 가장 쉽다고 생각했기 때문이냐……? 저주를 건 주인은 중간부터 그레고리로 바뀌었던 거지?"

──글랜트 올그렌은 소심한 사람이었다. 게다가 실전 경험마저 거의 없었다.

그런 자의 계획이 성공할 거라곤…… 도저히 생각할 수 없었다.

그레고리 올그렌은 정체를 알 수 없었다.

우리를 노예로 추락시키고 어머니의 목숨을 앗아간 사악한 성령교와 친한 사이라는 것은 알았으나…… 무엇이 목표인지 보이지 않았다. 하지만 얻은 여러 정보를 가미시켜도 길 님을 얼토당토않은 이번 의거에 적극적으로 관여시키리라곤 생각하지 못했던 것이다.

이 때문에 나는 그레고리의 밀정이 되었다.

"그레고리의 지시도 거의 같았습니다. 『검희의 두뇌』의 정보도 추가됐지만요. 지금 저는 이른바 이중 밀정입니다. ……말씀드리지 못해, 죄송합."

"사과했다간 난 널 평생…… 아니, 몇 번을 다시 태어나더라도 용서 안 할 거다. ……네 예측대로 그레고리는 날 해치려 하

지 않았어. 앨런 선배와 싸운 뒤로도 저자세로 나왔지. 단검도 회수하지 않았다. 무슨 꿍꿍이인지는 몰라도 여전히 네가 어느 정도 자유롭게 움직일 수 있는 건 그 녀석이 지시를 내려서야. ……앨런 선배가 어디에 있는지는 아나?"

"정체불명의 마차가 행렬을 이루며 동북쪽으로 향했다는 모양입니다."

"동북쪽? 거기에 뭐가 있다고…… 사영해. 마왕 전쟁 이전의 유적인가……."

대륙 최대의 소금 호수인 사영해에 있는 작은 섬 몇 개에는 올그렌이 오랫동안 숨겨 온 유적이 존재한다. 그중에는 답파가 아직인 유적마저 존재하는 모양이다.

──별채 안에 펼쳐놓은 감지 마법이 반응했다.

길 님의 표정이 험악해졌다.

"노인들이 왔군. 좋다. 얘기를 들어주마."

말을 내뱉으시곤 날 개의치 않고 방을 나가셨다.

콰앙, 거칠게 문이 닫힌다.

심장이 삐걱거리며 날카로운 통증이 인다. 저주는 사라졌을 터인데.

나의 첫 입맞춤은, 너무나도 씁쓸했다.

*

길 님의 뒤를 따라 다른 방으로 향했다.

복도에는 남자 기사와 여자 마법사가 있었다. 호위일 것이다.

경례를 무시하고 길 님이 문을 열자, 두 노인이 기다리고 있었다.

『대기사』 헤이그 헤이든 백작과 자울 자니 백작.

모두 반란군 주력을 이끄는 역전의 맹자다.

둘 다 전장의 먼지로 지저분했다. 몰래 전선을 빠져나왔을 것이다.

그 자리에 선 채 날카로운 시선을 보내온다.

"길 님, 메이드는 밖으로." "얘기를 할 수 없습니다."

하지만── 길 님은 별일 아니라는 듯이 말씀하셨다.

"코노하는 아군이다. 앨런 선배도 그렇게 말했지. 앉아라."

나는 입가를 붙잡고 떨었다.

이런 저를…… 아직도…… 아직도, 『아군』이라고 불러 주시는 건가요?

노인들은 마지못해 고개를 끄덕이곤 의자에 앉아 얘기를 시작했다.

"앨런 공에 대한 건 진심으로 송구스럽습니다……."

"여러 방면으로 수색을 시키곤 있습니다만, 누가 납치한 것인지는…… 거목도 여전히 확보하지 못하고 있습니다."

"고전하는 모양이지. 성령 기사단도 움직임이 없고. 동쪽 가문들만 소모하고 있을 뿐인가……."

노 대기사가 험악한 표정 그대로 현재 전황을 밝혔다.

"글랜트 도련님은 왕도에서 『보랏빛 방벽』을 되돌리시려는 모양입니다."

"이후 기차로 왕도의 병사를 동도로 되돌리는 건 불가능하게 되겠죠. 군수용과 민간용 동시 운용이 운행에 커다란 혼란을 빚었습니다. 전쟁 전에 세운 작전 계획은 이미 파탄 났습니다."

"올그렌은 왕국 동방을 지키는 가문이다. 본거지를 떠나 싸우는 건 상정한 적 없어. 기차를 이용한 병참 유지…… 우리 병참 부문에는 짐이 너무나도 무겁다. 탁상공론이야."

길 님이 모반 작전 계획을 혹평하셨다. 기차를 이용한 물자 운송이 근사해 보이는 것은 사실이다.

하지만…… 그것을 상시 혼란과 과부족이 없도록 지속해서 운행하는 것은 지극히 어려운 일이다.

기차를 달리게 하려면 방대한 인원의 후방 지원이 필수——이런 단순한 사실을 글랜트 올그렌과 그렉 올그렌은 깨닫지 못한 것이다.

두 노장이 화제를 전환했다.

"거목 공략은 이제 한 걸음 앞까지 다가왔습니다. 며칠 전에는 자경단 단장에게 타격을 준 듯하더군요. 『검희의 두뇌』가 없는 것도 우리에게 유리하게 작용하고 있습니다."

"이것도 앨런 공을 이기신 길 도련님의 공적이지요."

"……뭐라고?"

두 노인의 어설픈 아부에 길 님의 어조가 갑자기 가열차게 변했다.

"내가 그 사람을 이겼다고? 멍청한 소리 하지 마!!!"

길 님이 감정을 노골적으로 드러내며 눈앞의 책상을 두 주먹으로 내리치셨다.

두꺼운 목제 책상에 균열이 갔다.

"그 사람은 한 번 가족이라 정한 자에게 진심으로 검을 휘두르지 않아. ……아무리 부탁해도 휘둘러주질 않는다고! 앨런 선배는 들고 있던 검을…… 마지막까지 방어에밖에 쓰지 않았다! 스태프로 때린 일격마저 대학교 시절 훈련 때와 완전히 똑같았어…… 내가 『광순』까지 썼는데도!"

"! 설마요…….", "그는 마법사입니다. 접근전에서 길 도련님이 뒤처질 리가."

두 노인의 얼굴에는 놀라움이 역력했다.

길 님이 떨리는 목소리로 말을 이으셨다.

"그 사람의 검술 스승은 『검희』 리디야 린스터다……. 컨디션이 완벽했다면 몇 합만에 내 목 같은 건 날아갔어! 마지막으로 내가 쏜 번개 속성 상급 마법은 말이다…… 앨런 선배가 날 위해서 만들어 준 거다. 원래 그렇게 쉽게 맞힐 수 있는 게 아니야!!!"

──『검희의 두뇌』와 고참 근위 기사들, 수인 노병들이 보여 준 저항은 장렬했다.

절대적 다수의 파상 공세를 받으면서도 도망치는 이는 한 사람도 없었고 쓰러지는 자는 모두 앞으로 고꾸라졌다. 자폭을 감행하는 이마저 있었다.

그럼에도 수는 이기지 못했다. 한 사람…… 또 한 사람, 쓰러져 갔으나 저항을 계속했다.

결국 거목에서 『수용 완료』를 뜻하는 신호탄이 오를 때까지 끝까지 싸웠다.

피투성이가 되면서도 마지막 끝까지 서 있던 것은—— 검은 머리의 청년이었다.

길 님이 오열을 흘리셨다.

"살아남은 근위 기사들을 바람 마법으로 수로에 날려버린 앨런 선배는 온화하게 웃고 있었지…… 그 사람이 항복을 애원하는 나한테 뭐라고 말한 줄 알아? '울지 마, 길. 훌륭한 결단이야. 코노하 씨는 아군이다. 그레고리를 조심해라' !! 마지막 끝까지…… 이렇게, 이렇게 한심한 날 걱정해 줬는데…… 그런 사람을 내가 이겼다고? 웃기지 마!!! 난 진 거다. 철저하게 진 거야! 연이은 연전으로 완전히 소모해 마력도 거의 남아있지 않던 그 사람에게. 이런, 저주받은 단검까지 뽑아가면서! 나는 앨런 선배를…… 언젠가 때가 오면 가장 먼저 검을 바치려 했던 사람을 끝까지 믿을 수 없었다. 어딘가에서, 불가능한 건 아닐까, 그렇게 의심했어. 그 결과가…… 이 꼴이다……."

길 님이 통곡하신다.

나는 가슴을 쥐어뜯고 싶어지는 것을 입술을 깨물어 필사적으로 참았다.

길 님이 덧없는 미소를 노인들에게 향하셨다.

"하지만 현실은 기다려 주지 않지. 앞일을 이야기하자. 가장 큰 전제로서—— 이 바보 같은 짓에 관여한 올그렌과 동방 가문들은 끝이다. 앞으로는 피해를 얼마나 줄일 수 있을지만 생각해라."

"! 길 님?!" "아직, 졌다고는."

길 님의 눈이 날카로워진다. 그 안쪽으로 보이는 것은—— 연민.

"왕국 동방 방어밖에 생각하지 않던 올그렌과 마왕과 다시 싸우기 위해 2백 년을 준비하던 『린스터』, 『하워드』, 『루브펠러』가 동격이라 인식하고 있는 건 아니냐? 만약 그렇다면."

시선을 돌리고 탄식하셨다.

"올그렌은 동방에서 너무 편하게 살아온 거야……."

"‶…….″"

길 님의 통렬한 지적에 노인들이 입을 다물었다.

"린스터는 『검신』. 하워드는 『군신』. 루브펠러는 『전신(戰神)』. ……이번에 우리와 동방 가문들이 싸움을 건 것은 그런 가문들이다. 거기다…… 앨런 선배를 다치게 했지. ……『검희』는 용서해 주지 않을 거다. 절대로 용서하지 않을 거야. 앨런 선배가 없을 때 대학교 연구실에서 우리는 이런 말을 들었지."

두 손을 들고 울음 섞인 미소를 지으셨다.

"『나는 너희한테 그렇게까지 관심은 없지만, 시간이 비면 도와줄 수도 있어. 하지만…… 그 녀석의 신뢰를 저버리거나, 다치게 한다면 절대 용서 안 할 줄 알아.』"

——나는 『검희』와 『검희의 두뇌』의 전투 경력을 샅샅이 조사하고 그 사람됨도 알아보았다.

그때 깨달았다. 그 청년은 『검희』라는 세계 최고의 검의 검집인 것이다.

"『검희』의 무훈담은 모두 사실이다. 흑룡을 격퇴하고 날개 두 쌍의 악마와 흡혈귀 진조를 토벌한 것도, 천 년을 살아온 무시무시한 마수, 준동하는 『침해(針海)』를 해치운 것도……. 앞으로 우리가 상대해야 하는 건——."

나의 주인께서는 진심 어린 두려움을 토해냈다.

"진짜 살아있는, 성난 영웅이야."

"하오나 저희라 해도.""제아무리 『검희』가 상대일지언정."

길 님이 가볍게 왼손을 휘둘러 제지하셨다. ……피가 나고 있다.

곁으로 달려가 치료하고 싶은 마음을 필사적으로 억눌렀다.

"누님이 『검희』인 건 앨런 선배 옆에 있을 때뿐이다. 그렇지 않다면, 모든 걸 불태워 버리는——『염희(炎姬)』가 되고 말지. 『화염조』를 맞아본 적은 있나? 많이 아플 거다. 이렇게 된 이상, 왕도와 동도 주요부가 흔적도 없이 잿더미가 될 것도 각오하고 있는 거겠지?"

"……그 정도란 말입니까?""……정말로 사람이 맞습니까?"

노인들의 이마에 식은땀이 배어 나온다.

——전력 상정의 크나큰 착오.

기드 올그렌 노공과 그가 길러낸 노인들은 글랜트와 그레고리와는 다른 목적이 있다고 나는 추측하고 있었지만…… 이렇게까지 인식에 차이가 있어서야.

길 님이 무겁게 고하셨다.

"앨런 선배가 동도에 있을 때 일을 벌인 게 가장 큰 졸책이었군. ……지켜야 할 백성을 다치게 한 시점에서 졸책 중의 졸책이다만. 수인족과의 융화는 이젠 아예 불가능할 거다."

"……수인족에 대해서는 드릴 말씀조차 없습니다……."

"……책임은, 언젠가 저희가 모두 짊어질 생각입니다……."

노인들이 깊숙이 고개를 숙였다. 수인족 습격을 고집한 건 그 사람의 가죽을 뒤집어쓴 악마인 성령 기사단과 그에 감화된 부대일 것이다.

신시가지 전투 이후로 이 두 노인은 수인족을 최대한 보호하기도 했다.

하지만…… 아무리 설명해도 수인족과의 신뢰 관계가 무너진 사실은 뒤집을 수 없다.

길 님이 자조하셨다.

"허그는 내게 '올그렌의 명예를' 이라 말하며 이런 단검까지 건넸지…… 과대평가야. 나는 검을 바쳐야 할 상대를 끝까지 믿지 못하고, 더군다나 검까지 향한 어리석은 놈이다. 명예고 뭐고 없어."

마음이 갈가리 찢긴다.

내가 그레고리의 사악함을 과소평가하지 않았다면. 속죄하려야 속죄할 수가 없다.

길 님이 믿을 수 없을 만큼 차가운 어조로 노 대기사와 노 마법사에게 물었다.

 "아버지는, 기드 올그렌은 왜 이런 멍청한 짓을 막지 않았지? 그 『취풍(翠風)』 레티시아 루브펠러 님이 직접 기사로서의 마음가짐을 철저히 가르친 그 사람과 너희가 이렇게 생각 없이 명령하는 대로…… 말해라. 아버지는 뭘 꾸미고 있는 거냐. 만약, 그것이 얼토당토않은 내용이라면."

 아아…… 이럴 리가…… 이럴 리가 없었는데…….

 내 목숨과 바꿔서라도 지켜야만 했던 분께서 결정적인 말을 쏟아내셨다.

 "──내가, 이 손으로 끝을 내겠다."

 ""…….""

 노인들의 침통한 표정. 그들에게 있어서도 연이은 오산이긴 했으리라.

 얼마 지나── 노 기사와 노 마법사는 무거운 입을 열었다.

 『올그렌이 해야 할 일』에 대한 이야기를 듣고 나자, 길 님이 머리를 쥐어 싸맸다.

 "바보야. 바보라고…… 그래서 허그가 이런 단검을 내게 떠넘긴 거냐. 모든 일이 끝나면 『뒤처리』를 하라고? 제멋대로인 것에도 정도가 있지!!!!!!"

노인들은 깊숙이 고개를 숙일 뿐이다. 나는 그날―― 우리 자매를 해방해 준 작은 길 님을 질책하던 올그렌 노공을 떠올렸다.

어찌 이리도 가열찬 분이신지. 나라를 지키기 위해서라면 자식분께 이런 짓까지…….

작은 노크 소리가 울리고 밖에서 남성과 여성의 목소리가 들려왔다.

조금 전 복도에 있던 호위일 것이다.

"헤이든 경, 거목 총공격 명령이 내려졌습니다." "사부님, 우리도입니다."

"지금 가지, 유그몬트." "샌드라, 알고 있다."

노 대기사와 노 대마법사는 눈동자에 비장한 결의를 새기며 자리에서 일어나 문으로 향했다.

길 님이 읊조리셨다.

"……무운은 빌지 않으마. 하지만…… 아직 죽지 마라."

""예.""

두 사람이 나간 뒤, 우리는 방으로 돌아왔다.

길 님은 의자에 앉지 않고 집무 책상 서랍을 열어―― 천으로 된 작은 주머니를 던져 건네주셨다. 당황해 받아 드니―― 무겁다. 금화다.

"당분간의 노잣돈이다. 언니를 어떻게든 구해내서 탈출해. 이제…… 그리 시간이 남지 않았어. 각 공작가의 반격이 더더욱 격해질 거다. ……날 지켜주려 했던 것은 고맙다."

마지막 다정한 말이…… 마음을 깊게 할퀴었다.

"길 님!!!!!!"

나는 가슴을 부여잡으며 바닥에 무릎을 꿇고 애원했다. 천 주머니에서 흘러나온 금화가 떨어진다.

"이런 말을 할 처지가 아니란 것은 충분히 알고 있습니다. 하지만, 부탁드립니다. 제발, 제발! 절 마지막까지 곁에 두어 주세요!!!"

"내가 너희 자매를 구한 건 변덕이야. 이번 건도 이렇게 된 건 내가 어리석었던 탓이지. 하여간, 나는 대학교에서 그 사람에게 뭘 배운 건지……."

여전히 피를 흘리는 길 님의 손을 살포시 쥐어 치유 마법을 걸었다. 걸고, 또 건다.

몇 번이고 고개를 크게 저었다.

"아뇨! 아뇨!! 아뇨!!! ──그날, 교황령 비밀 노예 시장에서 절망의 구렁텅이에 빠져 있던 저는…… 저희는, 다른 누구도 아닌 당신께서 구해주신 겁니다! 남방 도서 제국 출신이라 아무도 구해주지 않았던 제 손을 잡아준 사람이 있었습니다……. 그 마음이 있었기에…… 저는, 오늘까지 살아올 수 있었습니다. 제발…… 제발…… 부탁입니다……. 마지막까지…… 곁에……!"

눈물로 시야가 흐려진다. ……나는 실패했다. 어쩔 도리가 없는 실수를 저질렀다.

하지만── 아직 살아있다.

그렇다면! 적어도…… 이번에야말로 길 님의 목숨만은 끝까지 지켜내겠다!

　살아오며 가장 길게 느껴진 침묵이 이어진 뒤, 길 님은 조용히 이렇게 말씀하셨다.

　"우선 언니를 찾아 탈출시켜라. 그런 다음, 여전히 그럴 생각이 든다면── 돌아와 줘. 난 이래 봬도 『올그렌』이야. ……해야 할 일이 있어."

*

　거목 앞 대교는 지금에 이르러선 격전지와 다름없었다.

　"근위 기사단 부장, 리처드 린스터, 각오하라!!!!!"
　날 향해 적측의 젊은 기사가 창을 내질렀다. 전투가 연일 이어져 얼굴을 외운 것이다. 적측의 후방 전열도 번개 화살을 준비해 일제히 발사했다.
　내 전방으로 돌아 들어온 작은 그림자── 경갑옷을 입은 작은 곰족 남성이 든 대형 방패에 적측 기사의 창이 막혔다. 수인족 자경단 분대장인 토마다.
　"그렇게 둘 줄 알고! 스이!!" "그래!!!"
　이름을 불린 너덜너덜한 파란색 도복을 입은 여우족 청년──
신시가지 전투에서 살아남은 스이가 거목 안에서 즉석 제작한 금속제 갑찰을 던져 간이 내뢰 결계를 전개했다. 번개 화살을 막고 도약한다.

"크헉!"

적측 기사를 있는 힘껏 걷어차 전열로 날려 보냈다.

스이가 착지하더니 돌아보고 씨익 웃는다.

"토마 형님, 몸이 굼뜬데? 이제 나이 생각해서——."

"이놈이! 죽어라!"

돌격해 온 중갑 기사 여럿이 전투 도끼를 스이에게 휘둘러 내렸다.

이에 토마가 즉시 반응해 대형 방패로 받아내곤,

"으랏차!!!"

한 손에 들고 있던 전투 망치로 내려찍었다.

『윽?!!!』

중갑 기사들이 놀라 후퇴한다. ……근력이 터무니없군.

"누가 나이라고? 집사람한테 바람맞은 스이?" "힘만 센 게!"

사이도 좋지. 나는 검을 높이 치켜들어 불 속성 상급 마법 『작열 대화구(灼熱大火球)』를 적 전열에 발사했다. 내화 결계를 찢어발기고 착탄. 적 전열에 커다란 구멍을 뚫었다.

"부장님에 이어서—— 발사!"

후방에서 젊은 소녀 근위 기사—— 발레리 록하트의 호령이 들려왔고 각종 속성 공격 마법이 뒤따랐다. 더더욱 혼란에 휩싸인 적 부대가 물러간다.

군기를 보아하니 일선이 아니라 남작, 준작이 이끄는 이선급 부대뿐. 전의는 낮다.

"이겼나."

숨을 내쉬고—— 검을 집어넣었다. 앨런이 빼앗아 간 애검이 아니라 그런지 아무래도 위화감이 들었지만, 이제야 손에 익기 시작했다. 토마와 스이가 명령을 내렸다.

"부상자는 거목으로 빠져라!" "교대로 쉬어! 시즈쿠, 부상자를 선별해!"

자경단원들이 각각 대답하고 움직이기 시작했다.

롤로 공이 다쳤을 때는 어찌 되나 싶었는데…… 믿음직스러울 따름이다.

"베르트랑, 우리도—— ……아~ 그랬지."

저도 모르게 앨런과 함께 신시가지에 남은 부관의 이름을 부르곤 머리를 긁적였다.

며칠을 연이은 격전으로 피로가 쌓였다.

"부장님도 휴식을 취해 주세요. 진지 구축은 저희가 하겠습니다!"

몹시 연한 녹색의 긴 머리카락을 대충 하나로 묶은 발레리가 기운차게 의견을 말했다.

근위 기사단 최연소인 이 아이와 자경단 최연소인 시즈쿠 양을 전장에 내보내야 할 정도로 우리는 궁지에 몰려 있었다.

후방의 근위 기사들, 그리고 토마와 스이도 시선을 보낸다. 『쉬라』고.

"맡기마. 적진이 움직이면 곧바로 알려줘."

나는 대교에서 내려와 거목 앞까지 돌아왔다.

주변에는 빽빽하게 사람이 오갔지만…… 모두 여유가 없었다.

이번 반란이 시작됐을 때, 우리는 거목 앞에 있는 대교를 건넌 대광장을 진지로 삼았다.

그러나…… 현재는 대교의 절반을 넘겨 부르면 들릴 만큼 거목과 가까운 거리까지 밀려나 있었다.

근위 기사단과 자경단 모두 부상자가 속출했고 부대 지휘관도 많은 이가 빠졌다. 전력이 반감했다.

하지만 거목 안에서 부상자 치료를 통괄하는 토끼족 시마 공을 전선으로 되돌리는 것은 최후의 수단이다.

그녀가 없었다면 진작에 전선은 붕괴했으리라.

그렇다고 해서 카렌 양을 전선에 내보낼 수도 없다. 그녀는 발레리보다도 나이가 어리다.

위기 상황인데도 불구하고 족장 회의는 여전히 침묵 중이다.

다른 지역의 정보도 들어오지 않았다. 그런 데다 적은 주력을 온존하고 있으며 며칠을 연속으로 잡다하게 병력을 부딪쳐 소모를 강요했다. 앨런 일행이 어떻게 됐는지도 알 수 없었다. 식료, 물은 비축한 것이 있지만, 수로의 확보도 힘들어지고 있었다.

길을 벗어나 곤돌라의 잔해가 떠다니는 대수로를 바라보며 담뱃갑을 꺼냈다가── 집어넣었다. 한 개비밖에 남지 않았다.

"크하하…… 표정이 우울하구먼, 붉은 공자 전하. 여기에 있을 거라고 들었지."

"더그 공."

날 발견하고 다가온 것은 전 수달족 부족장인 더그 공이었다.

손짓하길래 그쪽으로 이동했다.

우리는 소란스러운 가운데, 구석에서 의자와 작은 테이블을 확보하고 마주 앉았다.

곰방대를 물고 있는 수달 노인이 체념을 전했다.

"이제 글렀는지도 모름세……. 현역 족장 중 잠깐이라도 거목 하층까지 내려온 건 원숭이족 족장뿐이었어. 모습이 좀 묘했는데……. 내 자네한테 부탁이 있네."

"우연이군요. 저도 부탁드리고 싶은 게 있습니다. ……어이쿠, 그 전에."

서투르지만 방음 마법을 발동시켰다. 우리의 목소리를 들리지 않게 하고 수달 노인을 바라보았다.

"당신께 숨길 수는 없죠. 전황은 절망적입니다. 거목이 함락되기 전에 여성, 아이, 노인, 부상자만이라도 도망치게 해야 해요. ……최후미는 저희가 맡겠습니다."

"배는 긁어 모아두마. ……다만, 조건이 있어. 이게 내가 하려던 얘기다."

더그 공이 곰방대로 책상을 두드렸다. 그 눈동자에는 깊은 슬픔이 서렸다.

"도망치게 하는 건 부상자, 여자, 아이, 그리고── 거목으로 도망쳐 온 다른 종족 녀석들로 하마. 전 족장 및 부족장, 주요 유력자 모두 동의를 마쳤어. 자네들에게는 그 호위를 부탁하고 싶네."

"?! 그, 그건."

"……앨런은 말이다, 옛날에 요만~한 꼬맹이였거든. 크하하…… 키도 카렌과 비슷한 정도였지……."

수달 노인이 손가락으로 표현하며 혼잣말을 흘렸다.

──곰방대를 쥔 손을 떨고 있다.

"마력도 적고…… 신체 능력도 대단치 않았어…… 겉모습 때문에 수인 거리에 있으면 제아무리 애를 써도 눈에 밟혔지. 곤돌라에 태우면 내 무릎 위에서 자주 울었더랬다. '나한테 동물 귀랑 꼬리가 있었으면 좋았을 텐데……' 하고 말이야. ……나탄과 엘린, 카렌에게도 말한 적 없어. 어디 가서 말하지 말게."

나는 작게 끄덕였다. 제럴드 사건 이후로 알아본 앨런의 내력에는 『수인족 안에서 일시적으로 배척당하고 있었다』고 적혀 있었다.

더그 공이 시선을 움직여 저 멀리 바라보았다.

──신시가지 쪽.

"하지만 그 녀석은 포기하지 않았지. 노력하고 노력하고 노력해서! ……아무런 뒷배도 없이 왕립 학교에 붙어버렸다. ……합격이 정해지고 편지가 왔어. 뭐라고 쓰여 있었는지 아나?"

"……."

나는 침묵으로 다음 말을 재촉했다.

" '더그 씨께는 소중한 것들을 수없이 배웠습니다. 정말로 감사합니다. 또 곤돌라에 태워주셨으면 좋겠어요. 다녀오겠습니다── 더그 할아버지!', ……나는 아무것도 안 했다……. 그저 곤돌라에 태워줬을 뿐이야……. 나는…… 그 녀석에게, 아무것도, 아무것도, 해주지 못했는데…… 그 녀석은…… 그 녀석은……."

수달 노인의 볼에 눈물이 흐른다.

"그날 밤, 나는 울었다. 그 꼬맹이가! 내 무릎 위에 올라 재미도 없는 옛날이야기를 줄곧 듣고 있던, 그…… 그 앨런이! 그리도! 그리도 장하게!!"

더그 공이 떨리는 손으로 얼굴을 덮었다.

"입 밖엔 내지 않더라도…… 진짜, 진짜…… 손주처럼, 여겼다……. 그랬는데…… 나는, 그 녀석을 죽게 놔두고 말았어…… 이보게, 붉은 공자 전하."

손을 뗀 수달 노인의 새빨간 눈에 서린 것은 각오다. ……이 사람도 앨런을 몹시 사랑해 주었구나.

그리고 물론── 앨런도.

"아이를…… 손주를 방패 삼아, 살길도 얼마 남지 않은 우리가 살아남았네. ……그런 짓은, 더 이상 질색이야. 넌더리가 난단 말일세! 이번에는 우리가 나서는 게 맞아. ──리처드 린스터 공자 전하, 때가 되면 우리의 처와 아들, 딸, 손주, 그리고 다른 종족 녀석들을 부탁함세."

*

더그 공과 헤어져 나는 대교 앞으로 향했다. 슬슬 진지로——
그때, 갑자기 이름이 불렸다.

"리처드 님."

돌아보자, 그곳에는 작은 골동품 안경을 끼고 볼을 쇠 찌꺼기
로 더럽힌 늑대족 남성이 있었다. 앨런의 양아버지인 나탄 공이
다. 피로와 근심의 색이 짙다.

나는 깊이 고개를 숙였다. ——그것 말고는 다른 선택지가 없
었다.

"이러지 말아 주십시오. 당신은 『공자 전하』시잖습니까."

한숨이 들려온 뒤 정밀한 각인이 새겨진 금속 갑찰이 내밀어
졌다.

"이걸 드리러 온 겁니다."

"제게요? 이건 간발의 차이로 롤로 공의 목숨을 구했던 마도
구 아닙니까?"

고개를 들고 갑찰을 받아 들었다. 나탄 공이 작게 고개를 끄덕
였다.

"마법 방어용 마도구 시작품입니다. 한 번뿐이지만, 치명상
은 피할 수 있을 겁니다. ……거목으로 들고 온 재료로 만들 수
있는 건, 그게 마지막 한 장이겠죠."

"! 받을 수 없습니다. ……제게는 그럴 자격이."

"오늘까지 거목을 지켜준 것은 당신과 근위 기사단입니다. 당

신이 지금 쓰러지면── 모든 게 끝나요. 남은 건 처와 딸에게 들려줬습니다."

다시 고개를 숙였다. ……『처와 딸』. 즉, 본인 몫은 없었다.

"만약 납득이 가지 않으신다면…… 조금 제 푸념을 들어주시죠."

"물론입니다."

안경을 벗고 거목을 바라본다. 반란이 시작된 뒤로 상공을 나는 제이드 그리폰의 수가 묘하게 늘었다고 들었다. 나탄 공이 읊조렸다.

"앨런은…… 우리에겐 과분한 아이였습니다……."

"? 그게 무슨?"

"린스터 공작가 분들이라면 알아보셨겠죠. 리디야 공녀 전하 곁에 있는 늑대족 양자의 신원을 알아보지 않았을 리가 없으니."

나탄 공이 담담히 말을 늘어놓았다. 눈동자에는 깊은 지성의 빛. 이 사람은 동도에서 손꼽히는 마도구 장인이다.

"우리 부부와 앨런은 피가 이어지지 않았습니다. 당시에 고향을 나와 대륙 곳곳을 방랑하던 저와 엘린은 한곳에 정착하고 싶다고 생각했죠. 그때 주운 것이 그 아이였습니다."

『진짜 부모에 관해선 일절 불명』. 보고서에는 그리 적혀 있었다.

"동도에서 지내던 나날은 우리에게 평온과 안식을 주었습니다. 딸인 카렌도 태어났고요. 다만…… 그렇기에 앨런이 배척당하고 있다는 사실을 깨닫는 것이 늦었습니다."

『신시가지에서 벌어진 여우족 소녀의 죽음. 그 이후로 배척 당하던 시기 있음』. 단, 일부 조사가 불분명한 항목이 있었다. ……여우족 소녀의 죽음이 왜 국가 기밀로 지정됐지?

"저와 엘린은 고민했습니다……. 앨런을 생각한다면 동도를 떠나야 했겠죠. 하지만 카렌도 아직 어렸고 결국 그 선택을 하지 않았어요……."

나탄 공이 눈을 감았다. 어깨를 떨고 있다.

"하지만…… 일이 이렇게 될 바에야, 왕도로든 북도로든 남도로든 서도로든…… 갔으면 좋았을 것을! 저는 잘못을 저질렀습니다……."

작지만 맑은 목소리를 듣고 사람들이 멈춰 섰다.

"왕립 학교 때도 그래요. 그 애의 성적이라면 더 빨리 진학도할 수 있었습니다. 서도 쪽 학교라면 입학 연령도 낮으니까요. 다만 우리는 그 애가 웃는 얼굴을 곁에서 조금이라도 더 오래 보고 싶은 마음에 그 선택지를 포기하고 말았습니다……. 날아갈 날개가 있음에도, 말입니다."

즉, 리디야와 만나지 않았을 가능성도 있었다는 소리다.

종이 한 장 차이였구나, 모든 것이. 아니…… 운명인가.

"제게는 선조들이 가졌던 것과 같은 힘은 없습니다. 하지만…… 저와 엘린이 오늘까지 걸어올 수 있었던 것은, 틀림없이 그 아이가 있어 준 덕입니다. 이 몸으로 그 아이의 방패가 되어주지 않으면 균형이 맞질 않아요. 그랬는데, 저는……."

"앨런은 그러길 바라지 않을 겁니다. 그리고 당신도 수많은 병사의 목숨을 구했어요."

　나는 부끄러운 마음에 짓눌릴 듯한 남성을 가만히 바라보았다.

　간이 내뢰 결계는 나탄 공이 고안해 즉석에서 제작한 것이다.

　문득 미소가 인다. ……앨런과 무척 닮았다.

　"아이를 『방패』 삼아 살아남은 부모의 목숨에 가치 따윈 없습니다. 물론 이 세상에는 여러 가지 사고방식이 있겠죠. 하지만 —— 저는 부정할 겁니다. 부모는 아이를 지키고 소중히 하기 위해 존재해요! ……적어도 그래 주길, 바라고 있습니다."

　귀를 기울이던 사람들이 조용히 고개를 끄덕였다. 나는 내 생각을 전했다.

　"이건 추측입니다만…… 그는 받은 은혜를 순수하게 돌려주고 싶었던 게 전부가 아닐까요."

　"돌려주고 싶었다고요?"

　"네. 진심으로 사랑해 준 부모님과 여동생, 그리고 수인족 『가족』에게 —— 그저, 그저 자신이 받아온 것을 조금이라도 돌려주고 싶어서. 제 여동생에게도 분명 그럴 겁니다. 왕도에서는 여전히 수인 차별의 뿌리가 깊습니다. 하지만 왕립 학교 입학시험 이래로 여동생은 그의 곁을 떠나지 않았죠. ——그는 틀림없이 당신들의 등을 바라보며 자라 온 겁니다."

　그래도 전쟁이 끝나면 용서 안 할 거다…… 앨런.

　넌 높은 곳으로 가야 해. 죽는 건…… 허락하지 않을 거다.

　나탄 공의 어깨에 손을 올렸다.

"가슴을 펴세요. 당신들은 무엇 하나 틀리지 않았습니다! 분명 그는, 당신들이 있어 줬기에 앞을 바라보며 여기까지 걸어올 수 있었겠죠. 리처드 린스터는, 이 땅에서 늑대족 앨런과 함께 싸운 것을 평생의 영광으로 여길 겁니다."

"감사, 합니다."

나탄 공이 눈물을 흘린다.

──대교 쪽에서 발레리가 크게 외쳤다. 강한 절박감이 배어나온다.

"부장님! 적진이 움직입니다!! 전열 안에── 올그렌 공작가 친위 기사단, 자니 백작가의 군기를 확인했습니다!!! 글랜트 올그렌도 도착한 모양입니다!"

"그래. 발레리, 시마 씨에게도 연락해!"

"네!"

나는 평정을 가장하며 대답하고 지시를 내렸다.

아마도 진짜 공세가 시작되리라. 시마 씨 일행을 빼고선…… 더 이상 버틸 수 없다.

이렇게까지 전력이 깎였는데 과연 막아낼 수 있을까.

아니── 할 수 있고 없고의 문제가 아니다. 하느냐 마느냐의 문제다.

앨런은 포기하지 않았다, 내가 우는소릴 하는 건…… 허락되지 않는다. 나는 그의 친구니까.

나탄 공에게 인사를 했다.

"──이 싸움이 끝나면 앨런의 이야기를 들어 주십시오. 가능하면 더그 씨도 불러서, 맛있는 술이라도 한잔 나누며."

*

밖에서 며칠 느끼지 못했던 규모의 격렬한 마력이 방출되고 있었다.

거목 2층 도서관에서 필요 없는 옷을 찢어 간이 붕대를 만들고 있던 나는 무심코 중얼거렸다.

"이 마력은⋯⋯."

"카렌⋯⋯." "카, 카렌⋯⋯."

의자에 앉아 함께 작업하고 있던 소꿉친구 카야와 코코도 불안한 듯이 날 바라보았다.

조금 전까지 근처에서 『은혜 갚은 그리폰』이란 그림책을 즐겁게 읽고 있던 여우족 이네와 치호도 동물 귀와 꼬리를 떨었고 동도 고아원 출신이자 오빠를 존경한다는 롯타에게 달라붙었다.

어린 소녀들의 어머니인 미즈호 씨와 어머니 엘린은 없었다. 치료반 회의에 나갔기 때문이다.

도서관을 나가 보니, 거대한 거목 정면의 문이 열려 있었다. 연이어 중상자를 실은 들것이 들어온다.

고전, 중인가? 저도 모르게 걸치고 있던 백의를 벗어버렸다.

"카야, 코코── 나, 갈게! 롯타와 애들을 부탁해!"

며칠 전에는 날 말리던 소꿉친구들도 오늘은 말없이 고개를 떨궜다.

왕립 학교 교복 모자를 깊숙이 고쳐 쓰고 거목 입구로 향했다.

가세를 각오한 사람은 나뿐만이 아니었는지 무기를 든 사람들이 속속 모여들었다. 거목의 출입구 앞에는 지팡이 창을 들고 선 토끼족 시마 씨와 자경단원들이 있었다.

시마 씨가 비장함이 가득 찬 얼굴로 고했다.

"여러분, 적의 총공격이 개시됐습니다. 우리도 도우러 갑니다! 거목 안을 잘 부탁해요. 유사시에는 부디 아이들과 함께 도망쳐 주세요."

깊숙이 고개를 숙이고 전장으로 향한다. ……저런 얼굴은 처음 봤다.

나도 가세해야── 그때, 누군가 뒤에서 강하게 껴안았다.

"! ……어머니……."

"안 돼, 카렌! ……안 돼! 제발…… 부탁이니까, 가지 마……."

눈에는 커다란 눈물방울. 야윈 몸을 다시 느끼자, 가슴이 꽉 조였다.

"어머니…… 저는 왕도로 가서 강해졌어요. 모두를 지켜야 해요!"

"카렌…… 너까지 잃으면…… 엄마는, 어떻게 하라고……?"

"……윽."

몸이 공포로 떨린다. 조금…… 오빠의 마음을 이해할 수 있었다.

하지만── 어머니의 두 손을 감싸 쥐었다.

"꼭 돌아올게요. 오빠를 구하러 가야 하니까!"

"⋯⋯."

비통한 표정의 어머니가 천천히 떨어진다. 시야 끝, 인파 속에서 아버지가 보였다. 일그러진 표정, 그런데도 희미하게 고개를 끄덕여 주었다. 나는 등을 곧추세우고 입구로 향했다.

"카렌!"

어머니가 외친다. 하지만⋯⋯ 돌아보지 않았다.

그야, 돌아봤다간⋯⋯ 눈물을 참을 수 없을 테니까.

어머니를 뿌리치고 거목 문을 지나 오랜만에 바깥 공기를 들이켰다.

──피와 무언가가 타는 불쾌한 냄새.

"최전선이 가깝나⋯⋯?"

오빠가 신시가지 사람들을 구하러 갔을 때, 근위 기사단과 자경단은 대교 너머 대광장을 확보 중이었다. 하지만 지금은⋯⋯ 아군 전열이 거목 근처까지 밀려 나와 있었다.

상공에는 수많은 제이드 그리폰들. 아까 어린 소녀들이 읽었던 그림책이 떠오른다.

"오빠가 있어 줬다면 저번에 그 아이가 도와줬을지도 모르겠다⋯⋯."

헛된 희망을 읊조리며 대교로 향했다.

거목으로 실려 온 부상자들과 전선으로 향하려는 사람들의 줄 때문에 좀처럼 나아갈 수 없었다.

──점점 가까워지며 전황이 파악되기 시작했다.

적과 아군의 전열이 서로 격렬한 마법을 쏘아댔고 그중에서도 적 부대 중 하나가 무척이나 빠른 속도로 초급 마법을 발사하고 있었다.

들고 있는 것은 기묘한 형태의 나무 봉…… 라라노어 공화국의 마총?

며칠 전, 내가 거목 밖에 나가는 것을 말린 근위 기사, 발레리 록하트 씨와 산양족 자경단원인 시즈쿠 씨가 필사적으로 치유 마법을 발동시키는 것이 보였다.

──최전선에서는 주전력끼리 맞붙고 있었다.

적장은 둘.

외날 창을 든 노 대기사 헤이그 헤이든과 지팡이 창을 들고 모자를 쓴 노 마법사.

전열 최후방으로는 말에 오른 적의 총대장, 글랜트 올그렌의 모습도 보였다.

아군은 리처드 님과 롤로 씨가 다친 뒤 자경단 지휘를 맡은 작은곰족 토마 씨, 신시가지 자경단을 이끄는 여우족 스이 씨, 그리고 한발 앞서 나갔던 시마 씨도 있었다.

나는 혼란 속으로 빠져들고 있는 근위 기사단 전열로 발길을 서둘렀다. 발레리 씨의 절박한 외침.

"대기사 헤이그 헤이든! 자울 자니 백작……!"

후자의 이름도 알고 있다. 강적이다!

헤이든이 창을 옆으로 크게 휘둘러 바람 속성 상급 마법 『풍제 용권(嵐帝龍卷)』 다섯 개를 연속으로 발동시켰다.

나아가 자니 옹이 지팡이 창을 높게 치켜들어 번개 속성 상급 마법 『뇌제굉창(雷帝轟槍)』을 3연속 발동.

소용돌이와 합쳐져 다섯 개의 번개 폭풍으로 변했다. 상급 마법을 합쳐서 여덟 발이나?!

노 대기사와 노 마법사가 외쳤다.

"받아보거라!" "막을 수 있다면 막아보라!"

마법이 해방되며 리처드 님 일행에게 몰려든다. 피하면 아군 전열이 날아가겠어!

"이건…… 나부터군!!!!!!"

토마 씨가 외치며 모두의 선두로. 대형 방패를 들어 첫 발째 번개 폭풍을 막으러 나섰다.

"혼자 싸우지 마, 토마! 나도 있으니까!"

뒤에서 전개한 시마 씨의 강대한 마법 장벽이 기세를 죽였다. 토마 씨도 대형 방패로 계속 막아내며 한 발…… 두 발, 그렇게 소실시켰지만, 세 발째를 받기 전에 한계가 찾아왔다. 대형 방패가 부서지며,

"크악!"

토마 씨가 쓰러졌다. 감싸듯이 한 손에 마력을 전부 끌어모은 스이 씨가 돌아 들어왔다.

"으랴아아아아아아!!!!!!!!!!"

온 힘을 담은 정권 찌르기를 세 발째 번개 폭풍에 때려 박아——

관통!

거기서 스이 씨도 앞으로 고꾸라지듯 쓰러졌다. 시마 씨는 마법 장벽을 유지하며 두 사람에게 치유 마법을 날리고 있지만…… 마력이 점점 줄어들고 있다.

하지만 번개 폭풍은 아직 두 발이 남았다.

"──셋 다 고맙다! 나머지는 내가!!"

리처드 님이 검을 양손으로 잡더니 돌격을 감행했다.

전방에 불 속성 상급 마법 『작열 대화구』를 두 발 발동시켜 네 발째, 다섯 발째 번개 폭풍을 상쇄했다.

드디어 노 대기사와 노 마법사에게 향하는 길이 열렸고──.

"죽어라앗!!!!!"

적 전열 최후방에 있던 글랜트 올그렌이 마의 미늘창을 휘둘러내려 번개 속성 상급 마법 『뇌제난무(雷帝亂舞)』두 발을 쓰러진 토마 씨와 스이 씨를 향해 쐈다. 여기서 끼어든다고?!

근위 기사단과 자경단은 적 부대와 맞붙고 있어 대응할 수 없다.

나도── 이 거리론 안 돼! 늦겠어!!

시마 씨가 비명을 질렀고── 리처드 님이 억지로 돌진 방향을 바꾸는 모습이 보였다.

"우오오오오오오!!!!!!"

토마 씨 일행을 지키고자 날카로운 기합을 뿜어내며 『뇌제난무』를 향해 검을 휘두른다. 한 번, 두 번.

해냈다! 다 막아냈…… 올그렌 공작가 친위 기사단 선두에 있는 남성 기사와 자니 백작의 부대를 이끄는 여성 마법사가 각자 억지로 부대의 공격 방향을 리처드 님에게 바꿨다.

"일제 사격!" "쏴라!"

"큭!!!!!!!!!!"

수많은 번개 창과 번개 탄환이 리처드 님에게 쏟아졌다. 열심히 검을 휘둘러 두 사람을 지킨다.

후방의 시마 씨, 근위 기사, 자경단원, 의용병들도 전력을 다해 마법 장벽을 펼쳤지만…… 수로 밀어붙이는 폭력에 깎여나가 결국 착탄하고 말았다. 커다란 섬광과 충격. 내 귀가 금속이 깨지는 소리를 포착했다.

순간 손으로 가렸다. 빛이 잦아들고…… 조심조심 눈을 떴다.

전열이 직접적인 타격을 입진 않았다. 그러나…….

"감히, 이런 짓을……. 또 나탄 공에게 빚이 생겼군…….."

리처드 님은 엉망이 됐으면서도 대기사와 노 마법사를 노려보았다. 전신에서 피를 뿜어냈고 갑옷도 피에 젖었다. 아버지께 빚이라니…… 나는 들고 있던 갑찰을 떠올렸다.

붉은 머리 근위 기사단 부장은 자신도 피투성이가 됐음에도 불구하고 검을 옆으로 휘둘렀다.

화염 창을 날려 노 대기사와 노 마법사를 견제하며 외쳤다.

"토마와 스이를 빨리!" 『예!』

근위 기사와 자경단원이 엉망이 된 두 사람을 데리고 전열로 빠졌다. 질척하게 남은 핏자국.

피의 양을 보아하니, 앞으로 전투는 불가능하다.

맞붙어 싸우던 적과 아군도 거리를 두고 서로 전열을 정비했다.

시마 씨, 발레리 씨, 시즈쿠 씨가 두 사람에게 달려와 치유 마법을 걸기 시작했다.

노 대기사와 노 마법사가 후방의 글랜트와 자신의 부하들에게 노성을 내질렀다.

"유그몬트, 왜 손을 댔느냐! ……글랜트 님, 참견하실 필요 없습니다!"

"샌드라, 싸움의 명예를 더럽히지 마라! ……글랜트 님, 나중에 설명을 들려주셔야겠습니다."

"! 죄, 죄송합니다……." "사, 사부님, 하, 하지만……."

"그, 그런 건 아무래도 좋다! 공격을 재개하라!"

남자 기사와 여자 마법사가 질책에 동요했고 글랜트가 당황하면서도 명령을 내렸다.

하지만 병사들은 망설이며 움직이지 않았다.

그 사이 리처드 님께 연이어 치유 마법의 빛이 반짝였지만…… 부족하다. 아군의 마력도 고갈 직전이다. 헤이든과 자니가 입을 열었다.

"실례했군……. 하지만 그렇게 다치고 지친 귀공은 우리 두 사람을 이길 수 없다."

"귀공들은 분투했어. 그만 발을 빼도록. 신시가지에서 싸운 분들도 우리가 포로로 삼았다."

"……."

리처드 님은 제안을 받고 입을 다물었다. 포로라니…… 오빠도?

붉은 머리 근위 기사단 부장은 볼의 피를 천천히 닦더니 품에서 담뱃갑을 꺼내 자연스럽게 한 개비에 불을 붙여 입에 물었다.

보라색 연기를 뿜어내곤—— 허공으로 던져 불 마법으로 태워버린다.

그리고 검을 대교에 찌르곤 부르짖었다.

"무슨 소릴 하나 했더니…… 거절하마. 단연코, 단연코 거절하마!!!"

날카로운 기합에 반응해 불타는 깃털이 주변을 날았다.

리처드 린스터 공자 전하가 조용히 두 사람에게 물었다.

"헤이그 헤이든. 자울 자니. 지금 말은 대륙 서방에 그 이름을 알린 대기사와 명 마법사답지 못한 어리석은 질문이었다. 왕국 건국 이래로 내려온 전통마저 잊었나?"

전열을 형성하는 근위 기사들의 사기가 고양되는 것이 느껴졌다.

붉은 머리 근위 기사단 부장이 단언했다.

"제아무리 가혹한 전장, 곤경, 사지에 몸을 두더라도…… 근위 기사단은 항복하지 않는다!!!"

금속을 두드리는 소리가 울려 퍼졌다. 주변 근위 기사들이 일제히 흉갑을 두드리며 수긍하는 뜻을 내비친 것이다.

리처드 님의 눈동자에 격정의 불꽃이 떠올랐다.

"하물며 나는 앨런이 뒤를 맡기고 갔다! ……뒤를 맡겼단 말이다!!! 같은 전장에서 생사를 함께한 친구와의 약속을 이루지 않고 무엇이 기사고!!! 무엇이 차기 공작이란 말이냐!!! ……이 자리에서 계속 문답을 주고받을 필요가 있나?"

"의미 없는 질문이었군." "우리가 노망이 들었던 듯하오."
노 대기사와 노 마법사가 사죄를 표하고── 각자의 무기를 들었다. 다시 그 끝에 상급 마법이 전개된다. 나는 단검의 검집을 만졌다. 이 거리라면!
결심하고 리처드 님 앞으로 움직이려 한── 그때였다.
상공에서 날갯짓 소리와 함께 칭찬의 목소리가 내려왔다.

"훌륭한 각오이십니다! 리처드 도련님, 그래야 『린스터』이옵지요!"

! 이, 이 소리는?! 하, 하지만, 그 사람은 남도에 있을 텐데…….
나는 황급히 상공을 올려다보았다. 그리폰 네 마리가 날고 있다.
올라탄 것은── 린스터의 메이드 분들!
리처드 님이 검을 빼 들어 어깨에 걸쳤다.
"어머니에겐 지겠지만 말이야. 합격점은 땄으려나? ──안나."

소리도 없이 사뿐히 리처드 님 앞에 내려선 것은 밤갈색 머리
카락의 몸집이 작은 메이드장이었다. 낯익은 메이드복에 흉갑
을 달았다. 무기는 들고 있지 않아 맨손이다.

윙크하며 밝은 목소리로 대답했다.

"네에 ♪ 물론이지요☆ 나머지는—— 저희에게 맡겨주시기
바랍니다★"

*

안나 씨에 이어 세 명의 메이드들도 지면으로 내려섰다. 그리
폰들이 고도를 올린다.

한 사람은 몹시 연한 붉은 머리를 뒤로 간결하게 묶었으며 귀
가 살짝 길었고 피부는 살짝 갈색에 가까웠다.

늘씬한 장신. 오른손에는 칠흑색 대형 낫을 들었다. ……가슴
이 무척 풍만하다.

대형 낫을 든 메이드의 오른쪽에 선 몸집이 작고 연한 하늘색
머리카락을 양 갈래로 묶은 분은 짙어지고 있던 스태프를 거머
쥐며 마법식을 구축하기 시작했다. 아마도…… 물 속성 상급
마법.

마지막으로 멋들어진 은발 머리를 한 메이드는 입가로 송곳니
가 엿보였고 보기에도 의욕이 충만한 모습이었다.

허리에 찬 곡검 두 자루를 뽑더니 강대한 신체 강화 마법을 발동시킨다.

자니 백작이 명령을 내렸다.

"전장에 메이드라니. 하지만 봐주진 않겠다! 마법, 일제 사격 준비!"

『예!!!』

노 마법사의 명령이 울려 퍼졌고 백작군이 마법과 마총을 쏘려 했다.

안나 씨가 지시를 내렸다.

"리처드 도련님, 여기는 제가. 인사도 드리고 싶사오니★"

"그래. 너무 심하겐 하지 마."

그렇게 말을 남기고 리처드 님이 전열 안으로 퇴각했다. 근위 기사와 자경단 사람들이 달려와 치유 마법을 걸기 시작한다. 안나 씨는 조금 불만스러워 보였다.

"어머나! 도련님은 제 걱정이 아니라 역적놈들의 걱정을 하시는 건가요? 언제부터 그런 냉혈하고 무도한 분이 되신 것인지…… 흑흑흑…… 안나는 슬프옵니다."

"쏴라!!!"

자니 백작이 기세 좋게 지팡이 창을 휘둘러 내렸다. 백작군 전열이 번개 속성 마법을 발동시켰고——.

『헉?!!!』

연이어 마총이 폭발하며 갑옷을 입은 적병이 하늘을 날았다.

노성과 비명이 뒤섞이며 적군 안에 심한 동요가 퍼졌다. 대,

대체, 무슨 일이 벌어진 거야?

메이드장은 양 치맛자락을 잡더니 우아하게 인사했다.

"저는 린스터 공작가 메이드장을 맡고 있는 안나라고 합니다. 이름을 기억하실 필요는 없습니다. 기사 나부랭이가 기억한들 불쾌할 따름이오니★"

갑작스러운 도발에 적군 안에서 분노가 일었다. 자니 노백작의 표정도 험악해졌다.

"우리가…… 기사 나부랭이라고?"

"음~? ……아앗! 이것 참, 실례를 저질렀군요."

안나 씨가 적 전열의 분노 따윈 개의치 않고 고개를 살짝 갸웃거리더니── 손뼉을 쳤다.

그리고 만면의 미소를 향하며 조소했다.

"애당초── 혈하 이래로 기본적으론 줄곧 패배자인 채였지요. 그리고 이번 건에선 더더욱 바닥에 바닥까지 내려가시고자 쓸데없는 방향으로 노력하시기까지! 저는 감탄을 금치 못했답니다★"

"닥쳐라! 우리는 지지 않았다!! 200년 전, 혈하를 잊을쏘냐!!! 우리의 선조는 용맹하게 싸웠지만 무운이 따르지 않아 조금 못 미쳤을 뿐이야!!!"

여성 마법사 샌드라가 격앙했다. 스태프에 전개해 둔 번개 속성 상급 마법을 발동시키려 한다.

저 사람, 혈하에서 무슨 일이 있었는지 모르는구나.

"아무리 그래도 그런 말까지 들어서야!" "자울, 기다려라!"

노 마법사도 헤이든의 제지를 개의치 않고 다시 지팡이 창에 번개 속성 상급 마법 『뇌제굉창』 세 발을 중첩 전개했다. 돌아본 안나 씨와 시선이 맞았다.

"카렌 아가씨, 걱정하지 않으셔도 돼요. 이래 봬도, 저는———."

노 마법사 측이 상급 마법을 해방! 여기에 안나 씨가 왼손을 가볍게 휘둘렀다.

찰나―― 내 눈은 공간을 달리는 『선』을 포착했다.

"아니?! 이, 이럴 수가!" 『?!』

――발동 직전, 상급 마법이 조각조각 분해되어 허공으로 사라졌다.

안나 씨가 윙크했다.

"나름대로 강하답니다☆"

자니 노백작과 샌드라가 신음을 흘렸고 글랜트의 얼굴은 새파랗게 질렸다.

"상급 마법을, 잘랐, 다, 고?!" "이, 이럴 수가?!" "~~~헉!"

"이쯤이야 어린애 장난이지요. 리처드 도련님이라면 저의 열 배는 거뜬하게!"

출혈이 심했는지 얼굴이 창백해진 리처드 님이 결국 주저앉아 쓰게 웃었다.

"아니, 못하거든."

"도련님, 역시 쌀쌀맞으세요…… 흑흑흑."

안나 씨가 우는 척하며 오른손을 아주 살짝 휘둘렀다.

"윽?! 크헉!!!" "자울!!!" 『헉?!!!』

노 마법사의 지팡이 창과 마법 장벽이 종잇장처럼 수십 조각으로 절단되었고 쓰고 있던 모자가 하늘을 날았다.

"사부님!!!"

샌드라의 비명. 본인은 눈을 휘둥그레 뜬 채 온몸이 수많은 『선』에 잘릴 뻔하다가, 노 대기사가 목덜미를 잡아 강제로 퇴각시켰다. 피를 흘리며 마법사들의 품에 안긴다.

적 전열까지 덮쳐든 『선』은 사나운 위세로 마총, 미늘창, 스태프, 대형 방패, 갑옷과 투구를 두부처럼 절단했다. 적병들이 비명과 고통에 찬 소리를 지르며 공포가 전염된다.

그런 가운데 유일하게 혼자 온몸에서 피를 흘리면서도 공격을 버텨내고 치유 마법을 발동시키고 있는 헤이든이 안나 씨를 노려보았다.

"……이 기술은, 제국의."

"저는 유스틴 제국의 암부가 전직이며 최고위 『사신』을 임명받았었답니다 ♪"

『?!!!』

안나 씨의 고백에 적 전열이 얼어붙었다.

유스틴의 『사신』이란 칭호가 그렇게나 무서운 거야?

노 대기사가 왼손을 들었다.

"전군, 다리 중앙까지 퇴각. 유그몬트, 지휘해라. 글랜트 님, 물러나시길!"

"예!" "……그, 그래."

조금 침착함을 되찾은 적 전열이 대교에서 후퇴한다.

웃는 얼굴인 안나 씨, 험악한 얼굴의 헤이든이 대치하고 있다. 표정은 대조적이다.

"흠!"

노 대기사가 창의 물미로 땅을 찧어 물 마법을 발동시켰다. 흐릿한 하얀 안개가 대교 위에 생겨났다.

"네놈의 기술은 확실히 포착하기 어렵지. 하지만 간파할 수 없는 것도 아니다."

"흠흠. 역시 대응이 빠르시군요. 하지만—— 한마디만 드려도 될까요?"

안나 씨가 양손을 가볍게 털었다. 노 대기사가 기합을 내뿜으며 돌진을 개시했다.

"소용없다! 보이기만 하면—— 아니……?!"

——들려온 비명은 후퇴하고 있는 적 전열에서였다.

무기, 방어구가 잘리며 피가 뿜어져 나오고 고기 조각이 하늘을 난다.

글랜트도 말에서 떨어졌다. "컥! 나, 날 구해——." 전열에 삼켜져 보이지 않게 됐다.

메이드장이 조소했다.

"사 · 정 · 거 · 리 · 안이랍니다★"

적군의 병사들이 계속해서 외치고 있다. "뭐냐?! 대, 대체, 뭐가 공격하는 거야?!!!" "『현』이다! 보이지 않는 현이 공격하고 있는 거야!!!" "마법 장벽을 전력으로 전개해라! 돌벽으로 주변을 둘러싸! 치유 마법이 끊기게 하지 마라!"

안나 씨가 대기하고 있는 세 메이드들의 이름을 불렀다.

"켈레니사, 니코, 진, 잡병은 적당히 흩어버리세요. 이 대교는 오래된 거목의 가지를 이용한 것이어서 쉽게 부서지지 않아요. 전력으로 날뛰는 걸 허락합니다."

"예!" "네~에." "좋았어!"

메이드들이 무기를 들고 노 대기사 옆을 빠져나가 다리 위를 질주했다.

헤이든은 장창을 겨눈 채 움직이지 못했다. 안나 씨에게서 눈을 뗄 수 없었기 때문이다.

선두를 달리는 켈레니사라 불린 메이드가 대형 방패를 든 중갑 기사들에게 칠흑색 양손 낫을 휘둘렀다.

두텁디두터운 대형 방패 여러 장이 잘렸고 후위의 마법사들까지 온몸에서 피를 흘리며 쓰러졌다.

"수많은 바람 칼날을 낫으로 발생시킨 거야?"

나는 전율했다. 현실이라곤 생각 못 할 마법 제어 기술이다.

연한 하늘색 머리카락의 메이드—— 니코 씨가 도중에 멈춰서더니 스태프를 높이 치켜들었다.

미지의 거대한 마법식이 공중을 뒤덮었고 다리 밑 대수로에서 대량의 물이 소용돌이치며 솟구쳐 올랐다. 시즈쿠 씨가 망연히 중얼거린다.

"저건, 물로 만든 사자? 게다가 저렇게나 잔뜩……."

나타난 것은 수많은 마법 생물이었다. 수는 최소—— 수백 마리!

니코 씨가 지팡이의 물미로 바닥을 찧자, 사자들이 적 전열을 향해 돌진했다.

은색 머리카락의 메이드—— 진 씨는 전열 근처에 다다르자 높이 도약했다.

당연히 보기 좋게 과녁이 되어 차례차례 공격 마법이 날아왔다.

하지만. 본인은 강대한 마법 장벽과 채 세지 못할 수많은 치유 마법을 발동시키며 요격을 돌파. 위로 치켜든 곡검 두 자루를 온 힘을 다해 휘둘렀다.

"으랴아아아아아아압!!!!!!"

우리가 있는 곳까지 충격이 도달했고 휩쓸려 날아간 다수의 적병이 대수로로 떨어지는 것이 보였다. 진 씨는 다친 곳 하나 없다.

안나 씨는 그 광경을 보고 노 대기사에게 논평했다.

"우리 같은 연약한 소녀에게 유린당해서야, 왕국 동방의 방어는 도저히 맡길 수 없겠는데요? 올그렌은 『당해낼 수 없다 해도 죽어서까지 그 임무를 다할 것』으로 유명한 가문이 아니었나요?"

"……네놈, 그 기술. 현이 아니로군?"

"우후후…… ♪ 무슨 일인지 다들 제 무기를 현으로 착각하시더군요. ……앨런 님께는 첫눈에 간파당한 데다 상세하게 분석까지 당하고 말았지만요! 흑흑흑…… 그분은 저래 보여도 심술궂으시답니다. 리디야 아가씨는 앨런 님이 괴롭혀 주시면 중얼

중얼 불평하면서도 기뻐하시지만, 저는 괴롭힘 당한들 별로 기쁘진…… 헉!"

안나 씨가 인생의 진리를 발견한 양 몸을 떨더니 양 볼에 손을 올렸다.

메이드장은 몸을 비비 꼬며 헛소리를 입에 담았다.

"호, 혹시, 이게 소문으로 듣던『좋아하는 여자아이를 괴롭히고 싶어 하는 남자아이』란 걸까요? 그, 그런 건, 아, 안 되는데…… 제게는 사모님과 리디야 아가씨와 리네 아가씨가…… 쇼핑과 식사와 야경을 바라보는 정도라면……."

"안 돼요! 각하예요! 여동생으로서 단호히 반대하겠어요!"

"안나, 나이를 생각해야지……."

메이드장님이 입술을 비죽이고 나와 리처드 님을 힐끗 바라보았다.

"카렌 아가씨도 야박하셔라. 리처드 도련님은…… 나중에 할 말이 있습니다. 아아── 기다리셨죠. 당신께 묻고 싶은 게 있답니다."

메이드 장의 눈이 날카로워지며 노 대기사를 바라보았다.

──오싹.

피부에 소름이 돋으며 주변 온도가 명백하게 낮아졌다.

"──앨런 님은 무사하실까요? 대답에는 신중하셔야 할 겁니다. 잘못했다간 왕국 동방 가문 중 이번 어리석은 사건에 가담한 자, 모두가 살아남을 수 없을 테니까요."

"그것을 확인하기 위해 남도에서 이곳까지? 귀공 정도 되는 실력자가 빠져서 후국 연합과의 전쟁에서 밀리면 어쩔 셈이냐? 북방의 하워드도 제국을 상대하며 움직일 수 없는데?"

노 대기사의 하얀 눈썹이 치켜 올라가며 의문을 입에 담았다. 동시에 내 심장이 죄었다.

동도뿐만 아니라 남도와 북도도 공격받고 있다니!

──쿡쿡쿡.

안나 씨가 웃고 있다. 노 대기사가 장창을 들이대며 성을 냈다.

"무엇이 우습단 말이냐!"

"아뇨…… 설마 올그렌의 『쌍익』이라 칭송받는 대기사 헤이 그 헤이든 경이나 되는 분께 그런 말씀을 듣게 될 줄이야── 연세인가 봅니다?"

표정은 웃는 얼굴 그대로다. 하지만…… 목소리는 마치 얼음 칼날 같다.

"──우리 린스터 공작가가 패배를? 후국 연합 따위에게?? 하물며 하워드가 유스틴 제국의 일개 방면군 정도로 밀린다고요? 말도 안 되죠."

안나 씨가 두 손을 움직였다. 노 대기사의 뒤로 세 메이드가 내려섰다.

후방의 적군은…… 전열이 엉망진창으로 찢겨나갔고 물로 만든 사자와 악전고투 중이다.

"하워드는 『군신』. 그 가문이 역사의 바깥 무대로 나온 지 벌써 수백 년이 흘렀지만── 글자 그대로 전장에서는 『불패』이옵니다. 더불어 하워드의 반신인 그 무시무시한 워커 가문도 여전히 건재하죠. 게다가 이번에는 진심인 교수님까지 붙어 계십니다. 승산 하나 없지요."

메이드장이 노 기사에게 물었다.

"하나만 더 묻겠습니다…… 정말로 노공과 당신들까지 혈하에서 받은 오욕을 잊으셨습니까?"

"기드 님은 변하지 않으셨다. 앨런 공은 한 번, 포로로 잡았지. 하지만…… 그 후 납치당했다. 끌려간 곳은 아마도 사영해. 생사는 불명이다."

헤이든이 안나 씨의 첫 질문에 답했다.

나는 무심코 두 손으로 입을 틀어막았다. 몸이 덜덜 떨리기 시작한다.

납치를 당해? 왜 사영해 같은 곳에? 게다가…… 생사 불명?

"카렌 님." "카렌."

발레리 씨와 시즈쿠 씨가 달려와 양어깨를 안아주었다.

헤이든이 장창을 겨눈다.

"우리는 이미 발을 내디디고 말았다. 그렇다면── 내 이름에 걸고 임무를 다할 것이다! 『사신』이라 해도, 무찔러 주마!"

안나 씨가 고개를 수그린 채 중얼거렸다.

"……절, 무찔러요? 대단히 오해하고 계신 듯합니다만."

바람이 멎고 소리가 사라지며 주변에 칠흑색 빛이 흩날리며 춤추기 시작했다.

"──저는 무척, 무척…… 무척 화가 났거든요?"

『윽!!!』

메이드장이 천천히 고개를 들었다. 그 눈동자에 서린 것은──
깊은 슬픔.

"지금 이 순간도 리디야 아가씨는 검을 휘두르고 계시겠지요.
자신이 있어야 할 유일한 장소로…… 앨런 님의 곁으로 서두르
기 위해 모든 걸 버리겠다는 각오를 다지시고서. 그리고 그 모
습을 보고 사모님, 리네 아가씨, 릴리 아가씨는 마음 아파하고
계십니다……"

리디야 씨……! 하지만…… 마음은 이해가 간다. 이해가 가고
만다.

그 사람의 중심점은 언제나 오빠이다.

"──앨런 님과 만나신 이후부터 리디야 아가씨는 자주 웃
게…… 정말로 자주 웃게 되셨죠. 철들 무렵부터『린스터의 저
주받은 아이』같은 말을 들으며 멸시당하고 매일 밤을 침대에
서 울며 웃는 얼굴을 오랫동안 잊으셨던 그 아가씨께서! ……
그것이 얼마나 큰 기적이었는지! 당신은 알고 계십니까?"

오빠의 편지에 적혀 있었다.

『짧고 아름다운 붉은 머리. 검술이 정말 대단해! 제멋대로지만,
실은 울보에 외로움도 잘 타는…… 무척 다정한 여자아이야.』

직접 만났을 때 확신했다.

이 사람은 오빠가 없었다면, 분명 진작에…….

안나 씨가 두 팔을 좌우로 휘둘렀다.

칠흑색으로 빛나는 마력이 노 대기사를 완전히 포위했다. 도 망칠 길은 없다.

"왕립 학교 입학시험을 치르신 뒤, 왕도 저택으로 앨런 님을 데리고 돌아오셔선 온 저택의 드레스를 끌어모아 필사적으로 고르고 계시던 리디야 아가씨의 부끄러운 듯, 행복해 보이는 미소! 그리고── 그것을 몰래 지켜보시던 사모님께선 얼마나 기뻐하시던지! 제가 린스터를 섬긴 이래로 그날 밤만큼 울었던 기억도 없습니다. 당신들이 해친 분은 그런 분이었단 말입니다."

헤이든은 목소리도 내지 못했다.

──살기가…… 너무 짙다.

"당신들이 어떤 사정으로 이번에 이 어리석은 짓을 결행했는지는 모르겠습니다만, 제게 있어선 『리디야 아가씨가 울고 계시는 것』이 전부입니다. 드릴 수 있는 말은 딱 하나뿐이지요."

안나 씨가 왼손을 하늘로 치켜들었다. 칠흑색 소용돌이가 네 개 솟아나 헤이든을 완전히 포위했다.

"저의 아가씨를 울린 죗값은 몇 번을 죽어도 갚을 수 없을 겁니다. 앨런 님의 몸에 만에 하나 무슨 일이라도 생겨 리디야 아가씨의 마음이 부서지는 일이 생긴다면……"

안나 씨의 눈동자에서 빛이 사라지고 칠흑색으로 물들더니,

──이곳에 『사신』이 강림했다.

고요하며 절대적인 살기와 검은 마력을 흩뿌리며 성대한 미소를 짓는다.

"──편하게 죽을 수 있으리란 어설픈 생각을 품지 못하시도록, 고기 조각 하나 남지 않게 다지고 다지고 다져드리도록 하지요."

"비난은 받으마, 『사신』이여. ──하지만, 나도 물러설 수 없다! 물러설 수 없단 말이다!!!"

헤이그 헤이든은 그럼에도 꺾이지 않았다. 장창을 굳게 쥐고 요격할 자세를 보인다.

"그렇다면…… 여기서 퇴장을."

그때── 머리 위로 녹색 빛이 달리더니 한 노 기사가 급강하했다.

"──아직 그 녀석을 죽게 할 순 없다!"

"안나 님!" "메이드장님!" "여기서 기습이냐!"

세 메이드들이 즉각 반응했다.

안나 씨를 꿰뚫으려는 장창을 대형 낫, 물로 만든 사자, 쌍곡검이 받아내 튕겨냈다.

메이드장이 눈을 날카롭게 떴다.

"올그렌의 『쌍익』 중 또 다른 대기사로서 『보랏빛 방벽』을 이끄는 허그 허클레이 님. 기차가 오도 가도 못하는 상황에도 꺾이지 않고 왕도에서 돌아오셨군요."

"왕도, 동도 간 선로의 파괴 공작은 네놈들 짓이었나. 미안하지만 우리에게도 주인께서 내리신 명령이 있다. 아직 죽을 순 없다는 것이지. 헤이그! 얼빠져 있지 마라!"

"알고 있다!"

헤이든이 대답했고——『쌍익』이 나란히 섰다.

근사한 백발을 뒤로 간단히 묶은 허클레이가 장창을 크게 휘둘렀다.

바람 속성 상급 마법『풍제용권』다섯 개를 중첩 발동. 헤이든도 뒤를 이었고 열 개의 소용돌이가 미친 듯이 휘몰아쳤다.

폭풍을 피부로 느끼며 나는 검집을 만지고 단검을 뽑아 들어—— 전력을 다해『뇌신화(雷神化)』를 발동했다.

오빠의 보조 마법식이 칠흑색 검신을 달리며 자줏빛으로 바뀌었고 손에 현현시킨 번개 창이 거대한 십자 창이 되었다. 지금까지와는 전혀 다른 고양감.

오빠가 날 지켜주고 있어!

고속 이동해 안나 씨와 나란히 섰다.

"어머나~ 카렌 아가씨…… 그 단검은…….""카렌 양, 와버렸나……."

메이드장의 눈이 날카로워졌고 붉은 머리 근위 기사단 부장은 치료를 받으며 탄식을 흘렸다.

더더욱 번개의 출력을 올리고 번개 창을 들이대며 이름을 댔다.

"나는 늑대족 앨런의 여동생, 카렌! 당신들께선 몇 가지 답해 주셔야겠습니다!!"

"『격세유전』…….""『유성』과 똑같나……."

대기사들은 얼굴을 찡그리면서도 물러설 기색이 없었다.

대격돌이 시작되려는 그 순간──.

『?!』

열 개의 소용돌이와 빛나는 마력이 모두 갑자기 사라졌고.

대교 주변을 제이드 그리폰 무리가 둘러쌌다.

"어?" "호오~~~~." "……."

나는 당황했고 안나 씨는 깊은 관심을 보였다. 리처드 님은 한 곳을 응시했다.

상공에서 내 앞으로 내려선 것은 나이 든 순백색 제이드 그리폰이었다.

몹시 오래된 목줄을 매고 등에는 "♪" 즐거워 보이는 어린 짐승이. 오빠가 구해준 아이다. 『은혜 갚은 그리폰』이 뇌리를 스쳤다. 기척을 느끼고 시선을 상공으로 향하자, 어미 그리폰을 발견했다.

순백색 그리폰은 노 대기사를 무시하고 내게 다가오더니── 매개로 사용 중인 단검을 바라보았다.

내가 번개 창을 풀자, 긴 목을 뻗어오길래, 만졌다.

──선명한 영상.

피투성이 늑대족 마법사가 단검을 쥐곤 등을 돌린 채 얘기하고 있다.

이건 내가 들고 있는 것과 똑같은 단검? 전방에 닥쳐온 것은 ── 마족의 대군세.

『지금까지 정말로 고맙다. 내가 너와 만난 건 행운이었어. 틀림없는 행운이었어. 자…… 이만 가렴. 이런 곳에서…… 이런 얼토당토않은 일로 죽는 건, 나 혼자만으로 족해!』

『나』와 내 등에 탄 존재가 울며 외쳤다. ……젊은 여자아이?

적군의 선두에서 가장자리가 심홍색인 후드 모자를 쓴 마법사가 다가왔다.

『가!!! 어서 가!!! 다음 생이 있다면── 또 네 등에 태워주렴. 거목을, 모두를 부탁해──.』

나는 이름을 읊조렸다.

"루체……."

"──────────!!!!!!!!!!!!!!!!!!!!!"

순백색 제이드 그리폰은 환희에 찬 울부짖음을 사방에 울리며 보석 같은 금색 눈동자에서 눈물을 흘리기 시작했다. 주변을 날아다니던 그리폰들이 일제히 바람 마법을 노 대기사들에게 전개하기 시작한다.

『유성』과 약속을 나눈 건…… 사람만이 아니었던 거야…….

"나는 네 소중한 사람이 다시 태어난 게 아니야. 그래도 내게 힘을 빌려줄래?"

루체는 눈웃음을 짓더니 하얀 날개를 펼쳐 노래하기 시작했다.

목줄에 그려진 문장이 똑똑히 보인다──『유성』.

다시 번개 창을 현현시켰다. 노 대기사들에게 통고했다.

"——이 마법, 정면에서 받지 않는 게 좋을걸요?"

오빠가 날 위해 만들어 준 시제 번개 속성 상급 마법 『신뢰아 창(迅雷牙槍)』을 여덟 개 연속 발동!

낮인데도 확실하게 보일 정도로 자줏빛 백색 마력광이 무수히 흩날렸다.

헤이든과 허클레이는 얼굴에 험악함을 더했다.

"증폭 마법이라고?" "영웅의 여동생 또한 영웅인가."

"갑니다!!!!!!"

상공에서 소용돌이를 그리는 거대한 여덟 개의 번개 창을 아래로 발사!

리처드 님과 안나 씨가 호령을 내렸다.

"모두 퇴각!" "켈레니사, 니코, 진, 빠집시다!"

——지금까지 경험해 본 적 없는 파괴음이 울려 퍼졌다. 거대한 물체가 대수로로 떨어져 간다.

『뇌신화』를 풀자, 어린 짐승이 가슴으로 뛰어들었다. "♪". 무척 기뻐 보인다.

노 대기사 둘의 모습은 없었다. 퇴각한 것이리라. 붉은 머리 근위 기사단 부장의 쓴웃음이 들려왔다.

"터무니없군. 카렌 양, 근위 기사가 될 생각은 없나?"

"저는 대학교에 갈 거예요. 오빠랑 스텔라랑 약속했거든요."

"그건 아쉬운걸—— 거목 앞 대교를 함락시킬 만한 인재는 좀 처럼 손에 넣기 어렵거든."

──조금 전까지 우리 눈앞에 있던 대교는 흔적도 없이 사라졌다.

나는 단검을 집어넣고 루체에게 어린 짐승을 돌려주었다.

"고마워. 진짜 살았어."

순백색 그리폰은 골골거리더니 날아올랐다. 환희의 노래를 계속 부르고 있다.

──앞으로도 도와주려는 모양이다.

리처드 님이 손뼉을 쳤다.

"좋아! 부상자 치료를 서두르자. 시마 공, 토마와 스이는 괜찮나?"

"괜찮답니다~…… 리처드 린스터 공자 전하. 제 소중한 이와 남동생이나 다름없는 아이를 구해주셔서 감사합니다. ……정말로, 정말로…… 감사합니다……."

두 사람을 보고 있던 시마 씨가 깊숙이 고개를 숙였다. 자경단 사람들도 마찬가지다.

리처드 님이 코끝을 긁적였다.

"신경 쓰지 말았으면 좋겠는데. 전우를 지키는 건 당연한 일이니까."

"리처드 도련님, 성장하셨군요…… 안나는 기쁘답니다♪ 니코, 진은 여기서 부상자의 치료를. 켈레니사는 카렌 아가씨를 호위하세요."

"네~에." "그래!" "네."

"자 그럼…… 카렌 양, 안나, 갈까. 족장들을 만나야지."

"네!" "저는 엘린 님께 인사를. 사모님께서 맡겨주신 편지가 있어서요."

거목 입구를 향해 걸어가기 시작한 리처드 님의 뒤를 따랐다. 안나 씨가 작은 목소리로 물었다.

"……리처드 도련님, 혹시 목숨을 거실 생각이셨나요?"

"아니야. 난 앨런이 뒤를 맡겨줬어. 무슨 일이 있어도 끝까지 모두를 지킬 거다."

조용한, 하지만 단호한 결의. 그대로 대교의 건너편── 신시가지로 시선을 보냈다.

"『안이한 죽음은 허락하지 않는다. 그 어떤 곤경에 처하더라도 각자의 삶을 완수할 것』. 혈하의 기슭에서 『유성』에게 그리 듣고 살아남은 사람들도 우리와 같은 심경이었겠지. 쉽게 죽는 것조차 허락해 주지 않다니…… 하여간, 난처한 남자야, 앨런은."

*

나는 리처드 님, 다른 사람들과 함께 거목으로 향했다.

안나 씨는 어머니를 발견하곤 곁으로 달려갔다. 근처에는 미즈호 씨도 있다.

대신 더그 씨와 수달족 전 족장인 데그 씨가 달려왔다.

"붉은 공자, 카렌아, 왔구나." "최상층에 갈 거지? 따라와라."

고개를 끄덕이고 원형 대광장 중앙으로 나아갔다. 주위로 사람들이 잔뜩 모여들었다.

더그 씨, 데그 씨가 위로 뻥 뚫린 중앙 공간 바로 아래에 서더니 두 손을 마주쳤다.

"좋았어!" "가 보자고!"

두 사람이 동시에 식물 마법을 발동시키자, 지면에서 굵은 덩굴이 뻗어 나오더니 우리를 태우고 위로 올라갔다.

최상층—— 대회의실 앞에 도착했다. 눈앞의 광경을 보고 나는 숨을 삼켰다.

"! 이, 이건…… 대체. 무슨 일이."

문에는 수많은 덩굴이 얽혀있었고 그 앞쪽으로는 다수의 마법 장벽이 설치되어 있었다. 식물 마법!

더그 씨와 데그 씨는 눈을 매섭게 뜨며 욕설을 내질렀다.

"무슨 짓거리들이냐!" "이러니 족장 놈들을 한 놈도 못 봤지!"

나는 팔짱을 끼고 있는 붉은 머리 근위 기사단 부장에게 시선을 향했다.

그러자, 리처드 님은 쓰게 웃었다. 가볍게 왼손을 휘두르신다.

"켈레니사." "네."

옅은 붉은색 머리카락의 메이드가 우리 앞으로 나서자——
빛나는 궤적을 그리는 칠흑색 대형 낫!

모든 장벽과 덩굴이 잘리자, 이어서 켈레니사 씨가 문을 걸어 찬다!

꽹음과 함께 문이 경첩 채로 날아가자── 안이 보였다.

현역 족장들과 부족장. 그리고 늑대족 족장이자 수인족 총대인 오우기 씨가 있었다.

……왜 토넬리 패거리가 이런 곳에? 여전히 쥐족인 쿠메는 없었다.

마음에 걸리는 것을 느끼며 잔뜩 초췌한 모습으로 놀란 족장들을 세었다.

구시가지의 늑대, 표범, 작은곰, 토끼, 수달, 고양이, 다람쥐.

신시가지의 여우, 족제비, 산양, 소.

……원숭이족과 쥐족 족장이 없잖아? 더그 씨 일행도 의아한 표정을 짓고 있었다.

의문을 느끼고 있는 우리와 달리 리처드 님과 켈레니사 씨는 아무런 거리낌 없이 그대로 방에 들어갔다. 황급히 우리도 그 뒤를 따랐다. 책상 앞에서 멈추더니, 인사한다.

"──실례. 근위 기사단 부장 리처드 린스터다. 기다리는 것도 질려서 직접 물으러 왔다. 오우기 공, 루브펠러에게 『옛 서약』의 이행을 요구하자는 건은 결론이 어떻게 나왔지?"

어안이 벙벙하던 족장들의 얼굴이 새빨갛게 물든다. 입을 모아 호통을 친다.

"아무리 공자 전하라 하여도 너무한 것 아니오!" "옳소!" "전례 없는 제안 아닌가…… 그리 쉽게 결정할 수 없는 것이 당연하지!" "애당초, 어떻게 서도까지 간단 말인가?" "이따위 난동을 부리다니, 린스터 공작가에 보고하겠소!" "올그렌과의 교섭도 고려 중이오."

마음이 급속히 식는다.

이 사람들은…… 이 사람들은, 뭐라는 거야? 대체 무슨 소릴 하고 있는 거야?

"하아…… 그래, 그렇단 말이군……."

붉은 머리 공자 전하가 한숨을 내쉬고 족장들 앞의 커다란 목제 테이블을── 두 손으로 있는 힘껏 내려치며 매섭게 쏘아보았다. 무시무시한 기세로 불타는 깃털이 세차게 춤을 춘다.

"네놈들, 지금까지 뭘 하고 있던 거냐……? 뭘 하고 있는 거야!!!"

족장들이 창백한 얼굴로 시선을 피했고 입을 다물었다. 방구석으로 이동한 토넬리와 패거리들은 몸을 떨며 귀를 막았다. 여전한 것은 명백히 기진맥진한 모습인 오우기 씨와 볼이 핼쑥한 여우족 족장 하츠호 씨뿐이었다. 리처드 님이 사납게 외쳤다.

"회의실에 틀어박혀 아래층의 부상자들도 돌보지 않고, 진두지휘도 잡지 않은 채 결단도 내리지 못하고서 변명만 지껄여……? 오우기, 이게 수인족 족장이라고? 웃기지 마라!!! 너희는 거목이 불타더라도 회의 중이라고 지껄일 셈이냐!!!"

"린스터 공자 전하, 조금 진정해 주시길 바랍니다."

오우기 씨는 간신히 목소리를 쥐어짜 냈다. 고뇌에 가득한 표정.

리처드 님은 허풍스럽게 고개를 갸우뚱거렸다.

"진정하라고? 『이 절망적 상황에서 어떻게 할 것인가?』를 묻고 있는 것뿐이다만?"

"올그렌은 『옛 서약』을 파기했습니다. 루브펠러가 지킨다는 보장이 어디에 있단 말입니까? 더불어 서도는 멀어요. 도착하지 못해선 의미가 없습니다. 아직 올그렌과의 교섭도——."

"——리처드 도련님, 이제 그만 하셔도 괜찮지 않겠어요? 헛수고인 줄로 압니다."

뒤에서 들리는 상쾌한 목소리. 돌아보자, 안나 씨가 서 있었다.

메이드장님이 우아하게 인사하셨다.

"린스터 공작가 메이드장 안나라고 합니다. ……과거에도 이랬겠구나, 싶네요. 200여 년 전의 마왕 전쟁, 그 마지막 결전 전야 때도 당신들의 선조가 쓸데없는 논의를 거듭 반복한 덕에 혈로로 수인족 본대가 나아갈 수 없었고, 덕분에 도착이 늦어서 『유성』이 죽게 내버려 뒀고 말이죠?"

『윽?!!!』

안나 씨의 말에 족장들의 몸이 얼어붙었다.

——수인족이 『유성』을 죽게 내버려 뒀다고?

나는 더그 씨와 데그 씨를 바라보았다. 씁쓸한 얼굴. 메이드장이 이야기를 계속했다.

"『수인 녀석들은 동도 출신이 아닌 『유성』이 전쟁이 끝나도 살아있으면 방해가 되리라 생각했다. 그래서 합의해 결정적인 하루를 날렸고 결과, 드워프, 거인족에게 보낼 전령도 늦어져 결전에 도착하는 것이 늦어졌다』. 결전 이후, 살아남은 병사들

사이에서 소문이 자자하더군요? 그리고."

실내를 둘러보고 보란 듯이 사람 수를 세었다.

"족장분들의 수가 모자란 것 같은데, 이건 어떻게 된 건지요?"

다시 족장들이 무겁게 입을 다물었다. 대체, 어떻게 된…….

『신시가지에 남겨진 주민들은『거목』에서 내린 지시를 듣고 수로에 가지 않았다.』

설마…… 그, 그럴 수가…… 그럴 수가?! 안나 씨가 결정적인 지적을 내놨다.

"──내통자가 구시가지, 신시가지 족장 모두에서 나온 거군요? 그리고 그곳에 계신 도련님들도 관여하고 계시고."

『윽!!!!!!』

족장들의 얼굴에 절망이 떠오르며 토넬리 패거리가 몸을 크게 떨었다.

잠깐 기다려 봐.

"반란이 터지고 나서 당신들이 최상층에서 내려오지 않은 건…… 배신자가 나온 걸…… 그리고 그게 족장이었단 말을 꺼내지 못해서예요?! 그사이에 얼마나 많은 사람이 죽고 다쳤는데…… 오빠는…… 우리 오빠는…… 뭘, 뭘 위해서…… 용서 못 해……."

단검 자루를 굳게 쥐며 뽑아 들려다가── 검집의 보조 마법 식을 느꼈다. ……오빠.

리처드 님이 차갑게 물으셨다.

"오우기, 내통자가 있다는 건 사실이냐."

"원숭이족 족장 니시키, 쥐족 족장 요노가 내통하고 있었습니다. 둘 다 며칠 전부터 모습이 보이지 않았고 동시에 엄중히 보관하던 고문서 몇 권이 사라졌습니다. 그리고 제 아들놈인 토넬리를 포함해 족장의 자식들도 반란 첫날, 거짓 정보를 신시가지 일부 주민들에게 흘렸던 모양입니다……."

오우기 씨가 두 손으로 얼굴을 덮었다.

족장들 대부분의 얼굴이 흙빛으로 물들었고 토넬리 패거리는 무릎을 안고 몸을 동그랗게 말았다.

안나 씨가 손을 젓고는 오우기 씨를 바라보았다.

"저는 여러분을 탓할 생각은 없습니다. 하지만, 200년 전과 똑같은 짓을 반복하면 후세의 역사서에서 혹평을 듣는 건 감수해야만 하겠지요. 혈하의 전투가 벌어지기 전, 당신들의 선조 중 일부가 배반해 마족 측에 붙은 결과, 의심암귀에 빠져 전투에 늦게 도착했던 것을 잊었습니까?"

족장들이 고개를 떨구며 몸을 떨었다.

배반해 마족에 붙은 일족이 있었다고? 수인족 안에?

안나 씨가 탄식했다.

"『『유성』이 살아만 있어 줬다면!』 이 말을 전쟁이 끝나고 몇 번을 들었는지 모릅니다. 이 세상이 계속되는 한 영웅은 수없이 나타나는 법이지요. 하지만—— 세상에 좋은 영향을 끼칠만한 영웅 중의 영웅은 그리 자주 나타나지 않아요. 앨런 님이 붙잡혔다는 소식은 들으셨겠죠? 그분은 그야말로 새로운 『유성』! 과거의 『유성』과 지금의 『유성』. 두 번이나 죽게 내버려 두는 것은…… 수인에게 있어서 수치가 될 겁니다."

"거기 계신 메이드 분은 마치 200년 전을 보고 온 것처럼 말씀하시는군."

족제비족 남성 족장이 씁쓸히 지적했다.

안나 씨는 오른손 검지를 턱에 대더니 고개를 살짝 갸웃거렸다.

"──그야 그렇죠. 전 마왕 전쟁 때 종군해 혈하 전투에도 참가했으니까요. 『유성』 님과 직접 대화를 나눠본 적은 없지만."

『?!!!!!!』

오늘 하루 중 가장 큰 경악이 회의실 안을 감쌌다. 아, 안나 씨는, 대체 몇 살── 메이드장이 미소진 얼굴 그대로 돌아보더니 "카렌 아가씨~? 소녀의 비밀이옵지요~★"……옙.

리처드 님이 입을 열려 한── 그때였다.

"총대님께 드리고 싶은 얘기가, 있습니다."

그렇게 말하며 오래된 책을 품에 안은 흑회색 머리카락의 여우족 소녀── 롯타가 방으로 들어왔다.

입구에는 여우족 미즈호 씨. 그리고 어린 자매인 이네와 치호.

미즈호 씨가 안나 씨를 보더니 보일 듯 말듯 인사했다.

소녀는 당당히 테이블 앞으로 나아가── 똑바로 오우기 씨를 보고 고했다.

"거목 고아원에 있는 여우족 롯타라고 합니다. 총대님, 이 애들이 당신께 꼭 드리고 싶은 말이 있다고 합니다. 부디 들어주시겠어요? 『수인족 총대는 모든 수인의 이야기에 귀를 기울일 것』. 그렇죠?"

"……듣도록 하지."

오우기 씨가 진중하게 수긍했다. 이 아이…… 계속 그걸 알아보고 있던 거야?

"감사합니다. 자, 얘들아, 말하자."

""응!""

어린 소녀들은 고개를 끄덕이고 어머니를 바라본 뒤, 곁을 떠나 롯타에게 다가가 손을 잡았다.

그리고── 오우기 씨에게 전하는 부탁을 입에 담았다.

"부탁이에요. 날 배에 태워준 착한 오빠를 구해주세요!"

"언니를 데려와 준 착한 오빠를 제발 구해주세요."

회의실 안을 침묵이 완전히 지배했다.

얼마 지나── 말없이 오우기 씨가 자리에서 일어섰다. 뒤에 있는 금고를 열어 작은 상자를 들더니 테이블 위에 올렸다. 족장들이 숨을 삼켰다.

"우리는 틀렸다. 어린아이에게 이런 짓을 시키다니…… 용서받을 짓이 아니야!!! 루브펠러 공작가에 『옛 서약』 이행을 요청한다!!!"

"동의합니다!" "동의한다." "오우기 공에게 일임하겠네." "이제부터는 목숨을 걸어야만 해."

썬 것이 사라진 것처럼 족장들이 차례차례 동의를 외쳤다.

──오우기 씨가 상자를 열었다.

안에서 나온 것은 작고 오래된 검은 천이었다.

『유성』이 죽기 직전, 자신의 보좌였던 인물에게 맡겼다는…… 정말로 존재했구나.

"문제는 어떻게 서도로 들고 갈지인데…… 린스터 공자 전하, 안나 공. 당신들이라면── 이걸 누구에게 맡기겠습니까?"

"카렌 양이지." "카렌 아가씨 말고는 없지요."

"!"

갑작스러운 지명에 놀라 당황했다. 나는 거목에서 싸울 생각이었는데.

방구석에 있던 토넬리가 비틀거리며 일어섰다.

"아버지…… 내가 가게 해줘……. 그러지 않으면…… 나는, 나는……."

"토넬리."

오우기 씨가 얼굴을 일그러뜨렸다. 이 소년은 좋게 말해도 올곧은 성격을 갖고 있다곤 말할 수 없었다.

하지만, 천성이 나쁜 사람도 아니었다. ……대체 왜.

리처드 님이 토넬리에게 다가가더니──.

"?!"

갑자기 검을 뽑았다. 앞머리가 몇 가닥 잘려 떨어진다. 소년은 다리가 풀려 주저앉았다.

"실격이다. 너에 대한 건 토마와 스이에게 조금 들었지. '재능은 있었다. 어릴 적엔 앨런보다도.', '하지만 그 녀석은 노력을 그만뒀어.' 라고 말야. 그 평가는 맞았던 모양이군."

"윽! 다, 당신이 나…… 나를 뭘 안다고 그래!!!"

"난 몰라. 자기 일족을 적에게 바치는 놈은 알고 싶지도 않다."

통렬하기 짝이 없는 비난. 롯타와 치호. 이네가 내게 달라붙었다.

이 사람도 『린스터』였지. 리처드 님이 토넬리를 내려다보았다.

"지금 일격은 카렌 양이라면 막아냈을 뿐만 아니라 상급 마법을 즉시 발동할 수 있도록 반응했을 거다. 앨런이라면 움직이지도 않고 『살기가 하나도 없네요』 하고 말했겠지. 넌 승부의 무대에조차 오르지 못했어. 우리 단장이라면 이렇게 말할 거다. 『시작부터 다시 하라』고 말이야."

토넬리는 이를 악물고 고개를 수그리더니── 오열을 흘리기 시작했다.

붉은 머리 공자 전하가 오우기 씨에게 시선을 되돌렸다.

"루브펠러와 맺은 『옛 서약』은 『검은 천을 들고 온 자가 바라는 것, 그것을 최대한 이루어 줄 것』이었지, 아마? ……오우기, 뭘 바라지?"

모두의 시선이 수인족 총대에게 집중됐다.

오우기 씨는 두 손을 깍지 끼고 엄숙히 입을 열고는 내용을 고했다.

──다 듣고 나는 입을 다물 수 없었다. 눈물이 볼을 타고 흐른다.

이런…… 이런 일이 일어나다니…….

더그 씨, 데그 씨가 유쾌하게 웃었다.

"크하하. 밑에 알리마!" "하핫. 선조의 오명을 씻어볼까!"

리처드 님도 환하게 웃으셨다.

"──아무래도 수인족에 대한 동경을 버리지 않아도 될 것 같군. 카렌 양, 서도로 가는 특사를 맡기마! 오우기, 자세한 내용을 들려줘."

＊

나는 오우기 씨에게 받은 검은 천을 접어 오빠의 회중시계 안에 넣었다.

마법으로 엄중히 봉인하고 거목 하층으로 향한다.

이미 정보가 전해져 각 층은 소란스러웠다. "정말로······?" "실제로 있었을 줄이야······." "저렇게 어린애가 괜찮을까······?" "총대가 이다음 설명해 준다는군."

그런 가운데, 나는 안나 씨, 켈레니사 씨의 보호를 받으며 거목 입구로 나아갔다.

바다가 갈리듯이 사람들이 좌우로 갈라졌다.

밖으로 나오자, 근위 기사단, 자경단, 의용병, 남도에서 여기까지 와 준 니코 씨와 진 씨······ 지금까지 계속 싸운 사람들이 모여 있었다.

상공에는 제이드 그리폰의 무리가 날고 있었다. 특히 눈에 띄는 순백색 루체도.

갑자기── 백의를 입은 소꿉친구들이 껴안았다.

"카렌!" "카렌~!"

"카야, 코코……."

평소 밝던 두 사람의 눈에는 커다란 눈물방울이 고였다. 나는 열심히 미소를 지었다.

"괜찮아! 금방 돌아올게!" "" ……."""

두 사람은 말없이 날 더더욱 세게 안아주곤── 떨어졌다. 서로에게 고개를 끄덕였다.

발소리가 나며 제이드 그리폰 두 마리가 걸어왔다. 어미 그리폰의 등에는 안장이 매여 있었고 그 위에 어린 짐승이 올라가 있었다. 그 뒤쪽으로는 아버지와 마도구 장인들의 모습이 보인다. 안장을 준비해 주었을 것이다.

두 마리는 내 앞에 서더니 아비 그리폰이 어린 짐승을 노란색 부리로 물었다.

그리고 자기 등에 던지곤 어미 그리폰에게 긴 목을 얽었다. 『조심히 다녀와』.

──등에 옅은 보라색 외투가 걸쳐졌다.

돌아보자, 그곳에 있던 것은

"카렌……."

천 주머니를 든 어머니였다. 껴안고 시선을 맞춘다.

"오빠는 살아있어요. 분명, 분명 살아있어요! 이번에는 제가, 우리가 오빠를 구해야 해요!! 그러니까── 저, 서도로 갈게요!!!"

"조심해야 한다. 이것도 갖고 가고…… 항상 가지고 다녀, 알았지?"

침통한 표정의 어머니가 천 주머니와 자기 몫의 갑찰을 건네주었다. 순순히 받아 든다.

그러자, 내 가슴에 얼굴을 묻고는── 흐느껴 울었다. 똑같이 껴안아 주는 것 말고는 할 수 없었다.

아버지가 다가와 손바닥에 올라갈 만한 크기의 네모난 마도구를 건넸다.

"? ……이건."

"서둘러 만든 마도구다. 서도까지 방위를 알려줄 거야. …… 난 널 말리는 게 맞겠지. ……앨런에다, 너까지…….."

"아버지, 어머니……."

나는 어머니에게서 떨어져 사랑하는 부모님의 얼굴을 눈에 새기고 깊숙이 고개를 숙였다.

"──걱정 끼쳐서 죄송해요. 하지만 저는 오빠를…… 오빠를 구하고 싶어요! 그러니까…… 부탁이에요…… 절 믿어 주세요……."

두 사람은 나를── 따뜻이 끌어안았다.

"바로 얼마 전까지는 이렇게나 작았는데…… 카렌, 널 믿으마."

"어느새 이렇게 자랐을까? 나도 믿을게. 그도 그럴 게── 나는 네 엄마인걸."

"고마, 워요……."

눈물로 시야가 번진다. 아버지와 어머니는 내 머리를 다정히 쓰다듬고── 떨어졌다.

거목에서 리처드 님과 시마 언니, 미즈호 씨, 롯타, 이네, 치호가 나왔다.

시마 언니가 커다란 가슴을 활짝 폈다. 스이 오빠와 토마 오빠는 의무실에 있을 것이다.

"카렌, 여기는 맡겨만 두렴. 대교도 무너뜨려 줬으니까~."

"당분간은 적의 공세는 막아낼 수 있을 거다. 안나네도 와줬으니 말이야. 나도 조금은 편하게──."

"어머나~? 리처드 린스터 공자 전하는 연약한 메이드에 지나지 않는 저희를 혹사하시려는 건가요? 으…… 방금 전투에서 입은 상처가 쑤셔서……."

안나 씨가 쓰러지는 시늉을 하자, 리처드 님이 두 손을 살짝 들어 올렸다. 모두가 실소했다.

"카렌 양. 순서를 확인하자. 우선 첫 목적지는 서도의 졸른호펜 변경 백작가의 저택이야. 커다란 나무가 시들어 있으니 놓칠 일은 없을 거다. 그다음은."

"『유성』의 부관이었던 레티시아 루브펠러 님의 알현을 청한다…… 맞죠?"

"레티시아 님과는 딱 한 번 만난 적이 있지. 좋은 분이야. 모반의 정보는 이미 서도에도 도착했을 테니 틀림없이 소집을 받으셨을 거다."

나는 고개를 끄덕이고 배웅 나와 준 롯타, 이네, 치호에게 시선을 향했다. 작게 손을 흔든다.

그리고 어미 그리폰의 목덜미를 쓰다듬고 금색 눈동자를 들여다보았다.

"긴 여행이 되겠지만, 잘 부탁할게."

눈웃음을 지으며 몸을 비벼 날 재촉한다.

──좋았어! 서두르자!!

나는 교복 모자를 고쳐 쓰고 외투를 입곤 안쪽 주머니에 회중시계를 넣었다. 그리고 천 주머니를 들고 가볍게 뛰어 어미 그리폰의 등에 올라탔다. 모두에게 외친다.

"반드시 증원을 데리고 돌아올게요. 여러분, 제가 올 때까지 버텨 주세요!!"

"카렌 양에게 경례!"

리처드 님의 호령이 떨어졌다. 근위 기사분들이 내게 경례한다. 나도 똑같이 경례했다.

자경단, 의용병, 다른 사람들도 손을 흔들어주었다.

어미 그리폰이 날개를 펼쳐── 날아올랐다. 어린 짐승을 등에 태운 아비 그리폰도 옆을 날고 있다. 고도를 잡고 거목 상공으로.

그곳에는 루체와 수백 마리의 제이드 그리폰이 모여 있었다.

그리고 우리 뒤로 이동하더니…… 노래하기 시작했다. 증폭 마법!

어미 그리폰의 날개가 창백한 빛을 발하기 시작했고── 크게 날갯짓했다.

급가속. 마력의 잔광으로 꼬리를 그리며 점점 속도를 올린다.

──목표는, 루브펠러 공작가가 다스리는 왕국 서도!

등으로 세차게 몰아치는 순풍을 느끼며 나는 오빠의 회중시계
를 굳게 쥐었다.

제3장

"으…… 끅……."

나는 그 지하 우리의 차가운 바닥을 조금씩 기어갔다. 뿜어져 나온 소금 때문에 더더욱 불쾌하다.

성령 기사들을 일격에 도륙 낸 불타는 뱀의 모습은 보이지 않았고 마력도 느껴지지 않았다.

내 몸은 성한 곳이 없었다. 특히 회색 로브를 입은 남자──그레고리 올그렌의 복심인 레프가 지팡이로 등을 때린 것이 무척 안 좋았다.

어떻게든 양팔을 구속하고 마력을 봉인한 팔찌를 풀어야 하는데…….

이렇게까지 된통 당한 건,

"흑룡전 이래일지도…… 모르겠는걸……."

넋두리가 새어 나온다.

이런 모습을 리디야가 봤다간 일주일은 침대에 억지로 누워있어야 할 판이다.

『앨런, 이 바보야. ……바보야. ……바보 멍청아. 내가 없는 데서 다치지 마…… 나랑 같이 있더라도 다치지 마!』

그리고 그 울보 공녀 전하는 울다 지쳐 잠들 것이다.

제자들── 티나와 엘리, 리네에게는 이런 한심한 모습은 보여줄 수 없다.

『선생님…….』『애, 앨런 선생님…….』『오라버니…….』

침대 옆에 꼭 붙어 눈물을 머금는 모습이 쉽게 상상이 갔다.

무척 귀엽지만…… 걱정시키는 건 선생으로서 못 할 짓이지.

안 그래도 최근에는 줄곧 걱정을 끼치고 있으니까.

스텔라는──.

『앨런 님. 완전히 나을 때까진 아무것도 하지 마세요. 그동안은 제가 계속 간병할게요. ……걱정했어요. 엄청 걱정했다고요…….』

분명 내 소매를 붙잡고 놓아주지 않을 것이다.

그리고 그걸 본 내 여동생은,

『오빠…… 왜 스텔라한테 간병을 받고 있는 거예요? 이럴 때는 여동생인 제가 나서야죠! 그게 세상의 섭리라구요!』

하고 자줏빛 번개를 흩날리며 꿍얼꿍얼 화를 내면서도 등을 젖은 수건으로 닦아줄 것이다.

평온을 가장하면서도 가장 과잉 대응에 나서는 사람은…… 펠리시아겠지.

『하아…… 앨런 씨. 왜 그렇게 무모한 짓을 벌이시는 거예요? 사람 참, 어쩔 수가 없다니까요. ──온 대륙에서 약을 주문하겠어요. ……빨리 안 나으시면 곤란하단 말이에요! 병실에서 일은 절대로 하시면 안 돼요? 전 여기서 일할 거지만요!』

입이 떡 벌어지게 비싼 약품들을 침대 옆에 산더미처럼 쌓아 놓을 것 같다. 직권 남용이 너무 심하잖아!

줄줄이 망상을 떠올리며 쓰게 웃었다. 그래, 웃을 수 있다면…… 아직은 괜찮아.

──나는 그녀들의 곁으로 돌아가야만 한다. 반드시 돌아가야만 한다.

그 아이들을 슬프게 하는 건 바라지 않는다.

티나와 리디야에게 봉인된 대마법 『빙학』과 『염린』의 해방 방법도 찾아야 하고 아버지와 어머니, 카렌에게 받은 것을 모두 돌려줄 때까지는 죽을 수 없다.

분명 자신을 계속 탓하고 있을 길 올그렌과도 대화를 나눠야 하고 말이지…….

──어둠 속을 조금씩 나아갔다.

안쪽에는 터무니없는 마력을 가진 『무언가』가 있다.

신기하게도 악의는 느껴지지 않았다. 날 죽일 생각이 있다면…… 진작에 죽였겠지.

"나는, 이것과 닮은 마력을 알고 있어…… 대마법 『빙학』, 『염린』…… 꼭……!"

혼잣말을 하며 벽에 등을 기대 비틀비틀 일어나 한 걸음, 한 걸음, 나아갔다.

격통이 달렸지만 무시했다. 참지 못할만한 통증은 아니다.

갑자기── 양옆의 마력등에 불이 켜졌다. 전방에 보이는 것은——.

"문?"

후방에서 느껴지는 제어된 희미한 마력 반응. ……아까 그 불타는 뱀인가.

나는 팔찌를 찬 두 손을 들어 말을 걸었다.

"아까는 감사합니다. 하지만 저는 마법이 봉인되어 있어서요. 전혀 도움을 드릴 수 있을 것 같지가 않은데."

붉은 섬광이 달려 마력을 봉인하던 팔찌를 절단했다. 잔해가 바닥을 구른다.

손목에는 상처 하나 없었다.

제럴드가 쓴 단검에 담겨 있던 마법보다 위력, 정밀도, 모두 월등히 높다.

전율을 느끼면서도 나는 빛 속성 초급 마법 『광신치유(光神治癒)』를 발동했다.

몸의 통증이 간신히 버틸 수 있을 정도까지 점점 누그러들었다.

이어서 발치에 굴러다니던 팔찌 조각을 주워 주머니에 넣었다.

날 여기까지 데리고 온 회색 로브 중 한 사람의 말을 떠올렸다.

『열흘 뒤면 죽는 이단자용 저주가 담겨 있다.』

어슴푸레한 불빛 아래에서 양 손목을 확인했다. 그곳에는 꺼림칙한 문장이 새겨져 박동 치고 있었다.

"팔찌를 벗어도 저주가 풀리는 건 아니라 이거군."

마법사의 말을 믿는다면 열흘 후면 나는 죽는다. ……열흘이라.

무언가 마음에 걸리는 것을 느끼며 뒤로 돌아── 내 키보다 훨씬 거대한 불타는 뱀을 올려다보았다.

"감사합니다. ……이 안에 들어가면 될까요?"

불타는 뱀은 심홍색 눈동자를 빛내곤 미지의 불 속성 마법을 늘어놓기 시작했다.

……나아가지 않으면 쏘겠다는 건가.

앞에는 어마어마한 마력을 가진 『괴물』. 뒤에는 무시무시한 불 마법을 쏘는 불타는 뱀.

지상으로 돌아가 봤자 둘러싼 건 성령 기사단. 레프는 상당한 실력자다.

지금 가진 힘은 평소 상태와 비교하면 10% 이하. 포위를 돌파하는 것은 분명 불가능하리라.

그렇다고 해서 이대로 여기에 틀어박힌들…… 목숨은 열흘 치. 앞으로 나아갈 수밖에 없다.

결심을 굳히고 오래된 문을 있는 힘껏 밀어젖혀 열었다.

──그곳은 몹시 광활한 공간이었다.

양 벽에는 여전히 빛나는 오래된 마력등이 늘어선 덕에 시야에 문제는 없었다.

가장 안쪽으로 시선을 향했다.

그곳에 있던 것은── 불길한 흑회색 사슬에 사지가 묶인 거대한 순백색 여우였다.

웅크려 있던 하얀 여우가 고개를 들었고—— 시선이 교차했다.

『//////』

"큭!!!"

하늘을 찢을 듯한 거대한 포효. 충격파와 수많은 자줏빛 번개가 방 안을 달리고 마력등이 점멸한다.

저도 모르게 흙 속성 초급 마법 『토신벽(土神壁)』을 다중 발동.

몸을 숨긴 직후, 충격과 벽의 파편이 주변에 흩날렸다.

"이, 이건 장난이 아닌데……."

벽 13장 중 12장은 무참히 부서져 사라졌다. 나머지 한 장도 절반까지 금이 갔다.

마력 양은…… 계측 불능!!!

하얀 여우는 사슬을 삐걱거리며 일어서려 했지만, 흑회색 사슬이 불길한 마력을 뿜어내며 억누르려 들었다. ……혐오감이 먼저 인다.

저것은 제럴드가, 그리고 동도에서 나와 카렌이 무찌른 성령기사 고셔가 썼던 『광순』과 『소생』을 이용한 마법일 텐데.

즉, 이곳에도 성령교의 손이—— 그때, 하얀 여우가 소리 아닌 소리를 지르며 쓰러졌다.

『!!!!!!!!!!!!』

방의 벽이 흔들릴 정도로 고막이 찢어질 듯한 커다란 소리. 양 귀를 붙잡고…… 깨달았다.

첫 포효와 지금 외침은…… 비명이었던 게 아닐까?

불타는 뱀이 이 방으로 날 몰아세운 의미를 이해했다.

『묶고 있는 사슬을 끊어라.』

흙벽에서 하얀 여우를 살폈다. 사슬에 붙잡혀 제대로 움직이지 못하는 모양이다. 아픈지 신음을 흘리며 몸을 떨고 있다.

어릴 적, 아버지에게 배웠던 말을 떠올렸다.

『자신이 한 일은 잊어도 된다. 하지만 남에게 받은 은혜는 잊지 말거라.』

──먼저 팔찌를 풀어줬다. 그렇다면…… 그 은혜는 갚아야겠지.

아버지, 저는 지금까지 당신의 가르침을 지켜왔습니다.

이제 와서 그것을 굽히는 건 당신의 아들로서 걸맞지 않겠죠?

각오를 굳혔지만── 상대의 마력이 압도적인 것에는 변함이 없었다.

몸 상태가 완벽하더라도 안쪽까지 도착할 수 있을지는 의심스럽다. 하물며 지금 내 꼴은 지독하다.

"후우우우우……."

크게 숨을 내쉬고── 나는 흙벽에서 뛰쳐나갔다. 하얀 여우는 일어설 수는 없었지만

『/////////!』

순백색 털끝을 자줏빛으로 물들이며 본 적도 없는 번개 마법을 발동시켰다.

여덟 개의 번개 기둥이 생겨나 공간을 집어삼키며 내게 닥쳐온다.

마법 개입은—— 생물처럼 변하는 암호식과 마력 부족으로 인해 도저히 시간에 맞출 수 없다.

내가 쓸 수 있는 마법으론 방어도 피하는 것도 불가능하리라.

……그렇다면!

얼마 없는 마력으로 바람 마법을 발동한다.

내뢰 결계를 펼치며 달려가 번개 기둥 사이의 비좁은 틈새를 빠져나갔다.

"끄으으윽!"

찰나의 순간이었지만, 번개 기둥의 여파가 내 몸을 세차게 두들겨 격통이 달렸다.

그래도…… 빠져나왔다! 하얀 여우의 곁까지 도착했다.

근처 벽까지 이어진 『사슬』을 직접 만지면 구속을 풀 수 있을——

"……아~ 응. 아무리 그래도 이건 안 되겠는걸."

하얀 여우는 몸을 떨며 일어서더니 새로운 마법을 전개했다.

——정밀함의 극치를 달린다고도 할 수 있을 마법식이 떠오

르고 번개를 튀기며 내게 조준을 맞춘다.

내포한 마력량으로 보아…… 고서가 『소생』과 『광순』의 힘을
써 변이했을 때 쏜 광선보다 월등히 강력하다. 나 혼자만으로
어찌할 수 있는 마법이 아니다.

천천히 두 손을 들었다.

그리고── 하얀 여우의 금색 눈동자를 똑바로 바라보았다.

"싸울 생각은 없어. 그 『사슬』을 풀어줄 수 있을지도 몰라서
그래. 믿어 주렴."

갑자기── 방의 등불이 모두 꺼졌다. 마력이 끊긴 것이 아니
다.

마력 간섭!

반응하기도 전에 격렬한 금속음이 울렸고 나는 바닥에 짓눌려
있었다.

"윽!!!"

비명은 흘렸으나 몸은 움직일 수 없었다. 등불이 다시 켜진다.

하얀 여우가 날카로운 이빨을 드러내며 날 들여다보고 있었
다. 눈동자에 떠오른 것은 강한 경계.

위험한걸. 마력 고갈과 통증 때문에 의, 식이…….

간신히 움직이는 손가락으로 사슬을 건드려 간섭을 시도해 본
다.

우와…… 뭐야, 이게.

움직이면 움직일수록 죄이게끔 구축해 놓다니…… 결국엔 사
지를 끊어버릴 생각이었나? 이런 건 절대 생물에게 써도 되는

게 아니야!

남은 모든 마력을 이용해 하나에 개입. 억지로── 끊어냈다.

꽹음과 함께 사슬이 낙하한다. 바닥이 갈라지는 소리.

하얀 여우가 신기하다는 듯이 나를 짓누르고 있던 오른쪽 앞발을 치웠다. 핏방울이 떨어져 무척 아파 보인다. 나는 간신히 미소 지었다.

"이러면, 조금은 믿어 줄 수…… 있겠니?"

시야가 어두워진다. ……안 돼. 더는, 손가락 하나 못 움직이겠어.

아직, 죽고 싶지는, 않은데…….

"으, 음……."

눈을 뜬 내가 느낀 것은── 마력등의 희미한 빛이었다.

아무래도 그대로 잡아먹히진 않았던 모양이다. 불타는 뱀의 기척도 없었다.

문득 과거에 만났던 과자를 좋아하는 소녀를 떠올렸다.

『응. 앨런은 분명 그대로 먹어도 맛없어. 더 나한테 잘 해줘야 해.』

앨리스. 그런 애랑은 같이 과자 먹으러 안 간다?

반쯤 깬 머리로 간신히 상반신을 일으킨── 그때였다.

금속음이 들려왔고 하얀 옷을 입은 어린 수인 소녀가 눈동자에 큰 눈물방울을 머금고 내게 안겨들었다.

"……어?"

자리에 어울리지 않는 목소리가 나왔다. 반사적으로 받아 든 것은 습관 때문일까? 하지만 머리는 큰 혼란에 빠졌다.

왜, 왜 어릴 적 카렌이 이런 데 있지?!

어슴푸레한 불빛 아래에서 어린 소녀를 빤히 바라보다가……
나는 고개를 저었다.

"아니. 너는 내 여동생이 아니야. 카렌은 이렇게 머리가 길지도 않거니와 하얗지도 않고 동물 귀와 꼬리 모양도 달라. 눈동자 색도 금색이 아닌데…… 오히려, 그 애랑……."

어릴 적, 친여동생을 감싸다 죽은 여우족 소녀…… 아틀라가 선명히 떠올랐다.

"＿＿＿＿."

내 혼잣말에는 대답하지 않고 어린 소녀는 사슬에 이어진—— 아니, 사슬이 파고든 피투성이 왼쪽 손목을 보여주었다. 양발에도 사슬이 채워져 있다.

어린 소녀의 커다란 눈동자에 가득 맺힌 눈물이 방울방울 떨어졌고 싫다는 듯이 고개를 흔들었다.

격렬한 분노가 치밀어올라 나는 주저하지 않고 사슬의 마법식에 개입했다.

격통과 작은 벌레가 몸을 기어 다니는 듯한 혐오감을 느꼈지만 모두 무시했다.

마법식 일부는 성령 기사 고서가 이용한 것과 몹시 닮았다. 이거라면!

나는 온 힘을 다해 마법식을 하나둘 붕괴시켰고—— 어린 소녀의 왼쪽 손목과 양 발목의 사슬을 끊어 바닥으로 떨어뜨렸다. 사슬은 꺼림칙한 검은 재가 되어 사라졌다.

이어서 어린 소녀의 상처에 응급 치유 마법을 조용히 발동시켰다.

양 손목, 발목에는 내 손목에 새겨진 것과 비슷한 각인이 꺼림칙하게 박동 치고 있었다.

내 치유 마법으론 흉터가 진다. 어서 밖으로 데리고 나가 상급 치유 마법을 대량으로 걸어주어야 해.

게다가 이 각인은. 아마도 저주······.

저주를 푸는 해주 마법은 고도의 극치를 달리는 마법이다. 사용자는 적고 애당초 발동시키는 데도 방대한 마력이 필요하다.

아는 사람 중 쓸 수 있는 사람은 교수님과 학교장님 정도밖에······.

스텔라의 노트에는 시제 마법을 적어주었지만, 아직 잘 다루지는 못할 테고.

암담한 마음을 품은 나에 반해 어린 소녀는 『믿을 수 없다』는 표정을 띠곤 더더욱 눈물을 흘리며 세게, 세게 안겼다.

"내 이름은 앨런이야. 너는?"

어린 소녀는 내 품 안에서 계속 울었다.

동물 귀가 움직이고 있는 걸 보니 이해는 하지만 말을 못하는 걸지도 모른다.

당하는 대로 있으며 생각했다.

──두 손목의 사슬. 여우족의 특징. 그리고 백발에 머리끝에

만 옅은 보라색. 금색 눈동자.

"마력도 하얀 여우랑 똑같단 말이지……."

"……?"

"아무것도 아니야. 아까는 미안해."

"!!!!!!!……."

소녀는 머리를 몇 번이나 저으며 시무룩 처졌다. 『잘못했어요…….』하고 말하고 싶은가 보다.

역시—— 이 애가 아까 그 『하얀 여우』인 모양이었다.

어린 소녀는 자신의 팔다리를 힐끗힐끗 바라보고 있다.

"아직도 아프니? ……내가 조금 더 치유 마법을 잘 썼으면 좋았을 텐데."

"?!!!!!!!!"

몸을 크게 움직여 말한다. 『그렇지 않아!』

……이런 모습은 어릴 적 카렌이 떠오르는걸.

감사하는 뜻으로 머리를 다정히 쓰다듬었다. 아, 카렌과는 쓰다듬는 맛이 다르네.

"♪"

어린 소녀는 간지러워하면서도 스스로 머리를 움직여 들이밀었다.

——자, 이러고 있는 것도 즐겁긴 한데.

무릎을 굽혀 시선을 맞췄다. 보석처럼 아름다운 눈동자.

"나는 여기서 나가야 하거든. 근데 입구를 무서운 사람들이 지키고 있어서 못 나갈 것 같아. 다른 출구를 알고 있니?"

"!!! ♪"

어린 소녀가 폴짝폴짝 뛰더니 내 손을 두 손으로 잡고 끌었다.

손목 상처에선 여전히 피가 나고 있다. 완전히 치료는 안 되는구나.

당장에라도 앞으로 나아가려는 어린 소녀에게 말했다.

"잠깐 기다리렴."

불만스럽게 멈춰선 어린 소녀의 머리를 한 번 쓰다듬고 너덜너덜해진 로브 중 그나마 멀쩡한 부분을 바람 마법으로 잘라내, 또 길게 찢어 즉석에서 붕대를 만들었다.

무릎을 굽혀 시선을 맞추고 어린 소녀에게 미소 지었다.

"감아줄게. 손목이랑 발목, 보여줄래?"

순순히 내민 양 손목, 발목을 순서대로 물 마법으로 씻고 천을 대어 가볍게 묶으며 다시 치유 마법을 조용히 발동시켰다.

"일단은 이러면 됐다. 밖에 나가면 제대로 봐달라고 하자."

어린 소녀는 어리둥절하더니 감긴 천을 보고——.

"?! ♪"

즐겁게 내 주변을 뛰어다니기 시작했다. 기운차다.

하지만…… 왜 이런 곳에 붙잡혀 있었을까?

날 이 우리에 던져넣은 레프의 말이 뇌리를 스쳤다.

"『염마』의 봉인이라……. 그 별명은 아마 금기 마법 개발자의……. 여긴 사영해에 있는 마왕 전쟁 전의 유적……. 즉, 이 장소는…… 연구시설?"

간신히 생각이 정리되기 시작한 내 오른손에 어린 소녀가 달라붙더니 잡아끌기 시작했다.

"! !!"

『빨리!』라는 뜻인가 보다.

앞으로는 또 문이 보였다. ……갈 수밖에 없나. 달리 길도 없다.

적어도 이 애는 사악한 존재가 아니다. 그렇다면 믿자.

──나는 즐거워 보이는 어린 소녀가 잡아끄는 대로 더더욱 안쪽으로 걷기 시작했다.

"……이건."

문을 열고 다음 방에 도착한 나는 눈앞의 광경에 말을 잃었다.

──그곳에 있던 것은 새까만 어둠으로 가득한 커다란 구멍이었다.

벽의 마력등은 몇 개 정도 켜져 있었지만, 그만한 불로는 바닥까지 전혀 들여다보이지 않았다.

……내려갈 수 있을까?

주저하고 있자 어린 소녀가 손을 잡아끌었다. 동물 귀, 꼬리가 『빨리!』하고 주장한다. 그곳에 공포는 전혀 없었다. 그래도 이건 좀…… 역시나 두려움이 앞선다.

어린 소녀는 움직이지 않는 날 기다리다 지쳤는지 손을 떼고 그대로 큰 구멍에 발을 들이밀었다.

"앗!"

──거짓말처럼 사라졌다. 마력도 전혀 느껴지지 않는다.

등불 몇 개를 띄워 큰 구멍으로 떨어뜨려 봤지만, 아무것도 보이지 않았다.

마치 어둠이 빛을 잡아먹고 있는 것 같다.

나아가지 않으면 알 수 없단 거군. 나는 머리를 긁적였다.

"별수 없나······."

언제라도 부유 마법을 즉시 발동할 수 있도록 준비하고 커다란 구멍으로 발을 들이밀──기 전에, 갑자기 작은 손이 잡아당겼다.

"윽?! ······요 녀석!"

"!!! !!!"

심장이 멎을 뻔했지만, 진심으로 즐거워 보이는 눈앞의 어린 소녀에겐 통하지 않았다.

──발을 들이민 끝에는 보이지 않는 계단이 있었다.

어떤 원리인지 한 걸음 내디뎠을 뿐인데 위쪽 큰 구멍이 전혀 보이지 않는다.

발밑에선 감촉이 제대로 느껴졌다. 그리고── 주변을 이리저리 날아다니는 여러 가지 희미한 빛들.

전에 내가 왕립 학교에서 학생들에게 보여주었던 천구도(天球圖) 안에 던져 넣어진 듯한 느낌이다.

"이 빛은, 송혼제 때 거목 주변을 날아다니던 것과 같은 건가······?"

"♪"

어린 소녀가 기분 좋게 걸음을 내디뎠다.

──발밑에선 무수히 많은 별 같은 빛이 춤을 추며 우리를 희미하게 비추었다.

마법……인가?

이런 상황인데도 등줄기가 오싹거리며 얼굴에 그만 자연스레 웃음이 인다.

"굉장한데……."

솔직한 칭찬이 입에서 새어 나왔다. 여길 만든 사람이 누군지는 알 수 없다.

하지만…… 지금의 나로선 도저히 이해할 수 없는 마법 기술이다. 대체 어떻게 만든 거지?

리디야의 어이없는 목소리가 들려온다.

『너 진짜…… 상황을 좀 생각해! 죽을 뻔했거든? 거기다 열흘 후면 죽을지도 모르거든? 조금은 위기감을 가지라고! 새로운 마법만 발견하면 금세 그렇게 달려든다니까!!!』

아~ 응…… 자각은 있어…….

"?! ♪"

어린 소녀가 내 손을 잡아끌었다.

자, 바닥에는 무엇이 기다리고 있을까?

*

우리는 보이지 않는 나선 계단을 내려갔다.

내려가기 시작한 지 제법 지났지만, 여전히 바닥은 보이지 않았다. 내려갈 때마다 날아다니던 희미한 빛과 내가 만들어 낸 마법 등불 외에는 새까만 어둠뿐.

혼자였다면 공포가 앞섰을지도 모른다.

──그렇다, 혼자였다면.

내 왼손을 쥐고 있는 앳된 하얀 여우 소녀가 고개를 살포시 갸웃거렸다.

이런 동작도 어릴 적 카렌과 무척 닮았다.

"아아, 미안해. 아무것도 아니야."

어린 소녀가 만면의 웃음을 지었다.

──회복하기 시작한 마력으로 물을 만들어 낼 수 있었던 것이 다행이었다.

목의 갈증도 가셨고 더러움도 다소는 씻어냈다. 나는 어린 소녀의 양 손목, 발목의 천을 바라보았다.

이 애 상처도 씻겨줄 수 있었고 말이야.

"?"

"손이랑 발은 안 아프니?"

"!"

"그렇구나. 그나저나…… 이 계단은 어디까지 이어져 있는 걸까?"

"♪"

앞서가는 어린 소녀는 즐거운 듯이 내 왼손을 잡아끌 뿐이다.

이 아이는 처음에 손을 잡은 이후로 자기 의지로는 한 번도 손을 놓으려 하지 않았다.

상처를 씻을 때도 눈동자에 커다란 눈물방울을 머금고 투정을 부려 고생했다.

정말로 옛날 카렌이랑 쏙 닮았는걸.

하지만 아무리 그래도 지치기 시작했다. 말을 걸었다.

"잠깐 쉴까?"

어린 소녀가 크게 고개를 끄덕였다. 그 자리에 주저앉아 다리를 내던진다. 몸 구석구석까지 통증이 달렸다.

내가 쓸 수 있는 치유 마법으로 심한 상처까지는 완치시킬 수 없기 때문이다.

빤히 바라보는 시선을 느꼈다.

"응? 왜 그러니—— 아아, 무릎 위로 올라오고 싶구나. 좋아, 이리 온."

"♪"

어린 소녀는 얼굴을 반짝이며 내 무릎 위로 기어 올라왔다. 품에 쏙 들어가 만족스러운 표정을 짓는다.

머리를 쓰다듬으며 생각했다.

——신시가지 전투가 끝난 뒤 나는 대기사 헤이그 헤이든의 포로가 됐다.

노 대기사와 자울 자니 백작이 날 들여다보곤 부하 기사와 마법사들에게 강한 어조로 가르치던 것을 왠지 모르게 기억하고 있었다.

『——알겠느냐. 『기사』란 약자를 돕고 강자를 꺾으며, 그리고…… 남을 위해 웃으며 목숨을 걸 수 있는 자를 가리킨다. 젊은 기사들이여, 이 사실을 절대 잊지 말도록. 이 앨런 공 같은 분을…… 평생의 모범으로 삼아라!』

『마법사로서 이분의 기량에 필적하는 자는—— 동방에 그 누구도 없다! 더불어 그 심지의 굳건함이란! 왕국에 수많은 마법사가 있지만, 누구 하나 이길 자를 모른다. 젊은 마법사들이여. 귀공들의 인생은 길다. 목표로 삼는다면 이분을 목표로 삼도록.』

반론도 못 한 채 칭찬을 듣는 것이 그리도 낯간지러울 줄이야…… 다음에 티나네에게 시험해 보자. 생각을 계속한다.

——그 노 기사와 노 마법사는 내 목숨을 빼앗겠다는 생각까진 없었던 듯싶다.

그 두 분과 왕도에 있는 노 허클레이 경은 올그렌의 노장이자 대들보다.

주군의 명령에 충실한, 그 옛날 찬란했던 시절의 기사와 마법사다.

그렇기에 이런 어리석은 짓에 가담할 수밖에 없었겠지만.

이후 레프가 이끄는 성령교 이단 심문관과 성령 기사단에 납치된 건데……. 끌려온 이곳을 예상대로 사영해라 치자. 올그렌이 『하늘』의 개념을 연구했단 이야기는 듣지 못했다. 몸으로 느낀 진동으로도 분명 대부분의 이동은 마차였다.

맛없는 식사 횟수를 고려해 역산하면…… 무척 안 좋은 상황이다.

——최악의 경우, 반란 발발 이후로 열흘 이상이 지났다.

리본은 근위 기사인 라이언 보르 님에게 맡겼지만…… 리디야라면 폭발했어도 분명 이상하지 않다. 그래 보여도 이럴 때 여유가 사라지는 아이다.

어떻게든 해서 『살아있다』고 전해야 하는데—— 어린 소녀가 다시 날 빤히 바라보았다.

"응? 왜 그러니?"

"! !! !!!!!"

"? 아, 목소리로 나왔나? 맞아. 엄청 울보에 착한 여자애가 있거든. 계속 울고 있을 거라 빨리 돌아가야 하는데…… 너랑 닮은 여동생도 기다리고 있고."

"?"

"내 귀여운 동생이지. 카렌이라고 해. 여길 나가면 소개해 줄게."

"♪"

기쁜 듯이 껴안는다. 표정이 풍부한 게 무척 사랑스럽다.

이 애에게 이런 꺼림칙한 사슬을 맨 건 대체 누구인가.

마법식으로 봤을 때 성령교 또는 성령 기사단이 관여했다는 건 확실한데…… 이곳은 올그렌 공작가 영지다.

그리고 이 아이를 봉인하고 있던 사슬은 명백히 오래된 것—— 적어도 몇 년은 지난 것이었다.

노공 기드 올그렌은 왕가의 충신이다.

성령교 사람이 이 땅에 들어오는 것을 허락했으리라곤 생각할 수 없다.

무엇보다 그 불타는 뱀. 어지간한 기사와 마법사는 어쩔 방도가 없을 것이다.

물론—— 나도 이 애가 평범한 수인이라곤 생각하지 않는다.

사람은 사지가 사슬로 묶인 채 몇 년이나 살아있을 수 없으니…… 정체는 짐작이 간다.

우선—— 모든 건 이곳에서 탈출하고 나서부터다! 되도록 빨리.

그러지 않으면…… 리디야가 이곳까지 쳐들어와 모든 걸 베어버린 끝에 증거를 인멸하고자 주변 일대를 잿더미로…… 아니, 섬째로 없애버려도 이상하지 않다.

그리고…… 그 뒤 납치당하리라. 틀림없이 납치당하리라. 설득은 불가능할 것이다.

여기서라면…… 사영해를 북상해 라라노어 공화국 같은 곳으로 직접 연행할 것 같아 무섭다.

『리디야 린스터 공녀 전하, 공화국으로 망명?!』

농담거리마저 못 된다.

티나네는 괜찮겠지. 아무렴—— 스텔라가 있으니까.

그 애들의 폭주를 막아줄 테고 그녀 자신도 그렇게까지 무모한 짓은 벌이지 않을 것이 분명하다.

성녀님은 대단한 노력가인 데다 양식을 갖춘 아이니까.

분명…… 리네가 가장 고생하고 있겠지…….

리디야는 여유가 사라지면 갑자기 시야가 좁아지는 나쁜 버릇이 있으니.

펠리시아는—— 함께였으니, 왕도에서 탈출해 남도에 도착했을 것이다.

몸이 상하진 않았을까 걱정인걸…….

나머지는…… 어린 소녀의 머리를 살짝 난폭하게 마구 쓰다듬었다.

"! !!"

"싫니?"

"♪"

"그래. 그럼, 이렇게 해주마!"

"!!! ♪"

더더욱 세게 마구 쓰다듬자, 무릎 위에서 기쁜 듯이 어린 소녀가 몸을 움직였다.

카렌은 리디야 다음으로 이럴 때 조금 위험할지도 모르겠다.

『오빠를 지키는 건 여동생의 의무라구요!!!』

여동생이 무사하기를, 오빠는 진심으로 바란단다.

……어머니, 아버지도 무사하실까.

거목 앞 대교의 두 사람을 떠올리자 가슴이 아팠다.

후회는 하지 않는다. 몇 번이라도 나는 같은 결단을 내리리라.

내 목숨은 어머니, 아버지, 카렌이 없었다면 진작에 끝이 났다.

그것을 되돌려줄 때가 왔을 뿐이다.

리처드는…… 당분간 만나지 않도록 해야겠구나.

분명 틀림없이, 진심을 담아 때릴 것이다. 그래 보여도 뜨거운 사람이니까.

……베르트랑 일행도 마찬가지려나?

결국 마지막에 억지로 수로로 떨어뜨렸으니…… 무척 화를 낼 것 같다.

"♪"

어린 소녀가 노래를 부르기 시작했다. 주변을 날아다니는 흐릿한 빛이 살아있는 듯이 춤을 춘다.

계속해서 생각을 늘어놓았다.

──아마도 이 반란 자체는 단시간에 진압될 것이다.

올그렌과 동방 가문들은 마왕 전쟁 이래 약 200년간에 걸쳐 외국으로의 출정을 경험하지 못했다.

결과적으로── 다른 세 공작에 비해 명백하게 병참 조직이 빈약했다.

왕도를 확보하더라도 유지할 수 있으리란 생각은 들지 않는다.

기차를 활용한다 쳐도 옮기기만 해선 의미가 없다.

짐을 내리고 모아 배분하는 것.

그리고 그것을 계속 유지하는 것은 그야말로 일대 사업이다.

반란군 총대장, 글랜트 올그렌이 그 어려움을 이해하고 있으리라곤 생각할 수 없다.

순수하게 군사를 부리는 면에 있어선 더더욱 차이가 난다.

린스터, 하워드를 이길 수 있는 군은 대륙을 찾아봐도 존재하지 않는다.

후국 연합과 유스틴 제국이 반란을 틈타 움직이더라도 문제가 되지 않을 것이다.

진심을 발휘한 그 두 공작가는—— 그 정도로 강하다.

『양은 늑대가 이끄는 강아지는 못 이겨. 아침밥 거리.』

『토끼는 매가 이끄는 새는 못 이겨. 저녁밥 거리.』

……라고 했던가?

담담하면서도 무척 즐겁게 하늘색 지붕 카페의 특제 타르트를 볼이 미어지게 먹으며 각국 정세를 내게 설명해 준 백금색 단발 머리 소녀를 떠올렸다.

천하의 『용사』님께는 억지스러운 부탁일지도 모르지만, 그때 의—— 흑룡전 때 빚을 꼭 갚아줬으면 좋겠다. 앨리스.

인간족 사이의 시답잖은 다툼엔 관여하지 않는 건 알고 있지 만 말이야.

——사고를 되돌렸다.

결국 서방의 루브펠러 공작가는 움직이지 않더라도 문제없는 것이다.

수인족이 『옛 서약』을 들고나오면…… 그 가문은 움직이겠지 만.

모두가 역사와 은의를 잊은 것은 아니다.

그러나…… 족장 회의의 광경을 떠올리고 암담한 기분이 들 었다.

지금쯤 족장들은——.

"!!!"

"어이쿠!"

노래를 마친 무릎 위 어린 소녀가 볼을 부루퉁 크게 부풀리고 내 볼에 두 손을 올렸다. 관심을 두지 않아 삐친 모양이다.

"미안해. 사과하는 뜻으로── 이렇게 해주마!"

"! !! !!! ♪"

어린 소녀를 업고 자리에서 일어났다. 믿기 힘들 정도로……
가볍다.

"자, 갈까."

"♪"

등 뒤에서 마음을 푹 놓은 듯한 노랫소리가 들려온다. ……정
말로 행동 그 자체는 옛날의 카렌을 빼 박아났을지도 모르겠다.

──돌아가야지. 어서 내가 있어야 할 곳으로.

마음을 재확인하고 나는 다시 보이지 않는 나선 계단을 내려
가기 시작했다.

*

"여기가 바닥, 인가?"

한 계단, 한 계단, 보이지 않는 나선 계단을 계속 내려가다가
── 우리는 드디어 바닥에 내려섰다. 지면의 감촉에 깊은 안
도감이 들었다.

하지만 주변은 칠흑색 어둠이다.

마법으로 등불 몇 개를 띄워보았지만 앞은 보이지 않았고 떠
다니던 흐릿한 빛도 없었다.

바람 마법으로 확인되는 것만 따지면 위층만큼은 아니더라도 제법 넓은 듯싶었다.

애당초 같은 탑 안에 있는지조차 확실하지 않았지만.

나도 모르는 새 전이 당했을 가능성도 버릴 수 없었다. 벽을 만졌다.

끈적한 염분을 머금은 물이 군데군데 있다. 전이는 하지 않았군.

동시에…… 위화감이 들었다.

"한쪽 벽면 전체에 오래된 마법식이 빼곡한걸…… 이건 동도 지하 수로와 같은 건가?"

등에서 빼꼼. 소녀가 들여다보듯 얼굴을 내밀었다.

"괜찮아."

"♪"

물 마법으로 더러운 손을 씻고 머리를 쓰다듬었다.

"♪ ♪ ♪"

아무래도 어부바가 마음에 든 모양이다. 무사히 나가면 어깨에라도 태워줄까.

어린 소녀를 내리고 무릎을 굽혀 시선을 맞추고 물어보았다.

"여기가 네가 데리고 오고 싶었던 곳이니?"

온몸을 써서 『맞아!』하고 전한다. 미소 지으며 고개를 끄덕였다.

"그렇구나. 안내해 줄래?"

"♪"

의욕이 넘치는 모습으로 어린 소녀가 내 오른손을 잡고 이끌었다. 망설임 없이 걸어간다.

거기에 공포는 티끌만큼도 없었으며 처음에 보여준 눈물도 보이지 않았다. 동물 귀와 꼬리가 기분 좋은 듯이 흔들리고 있다. 나는 만약을 위해 주변을 살피며 통로를 나아가는 동시에 생각했다.

레프가 내게 뱉었던 말.

『──『염마』의 봉인을 풀고 죽어라. 넌『일회용 열쇠』──.』

나는 의욕 넘치는 어린 소녀를 바라보았다.

봉인을 푼다는 말은 이 아이의 사슬을 가리키는 것이 아니리라.

그 사슬에서 불타는 뱀의 마력은 전혀 느껴지지 않았다.

즉…… 나는 멈춰서 앞을 바라보았다.

"진짜는 이 너머라고……."

"!"

어린 소녀가 날 올려다보고 볼을 뾰로통 부풀렸다. 『갑자기 멈추지 마!』하고.

나는 무릎을 굽혀

"아아, 미안해. 사과하는 뜻으로, 허그~."

어머니가 옛날에 내게 자주 해주시듯이 다정히 껴안았다.

"♪ ♪ ♪"

어린 소녀는 여동생과 마찬가지로 크게 기뻐했다. 동물 귀는 쫑긋쫑긋. 꼬리는 붕붕.

자세히 보니 백발 안쪽으로 어렴풋이 보라색이 섞여 있다. 본래 머리카락 색은 보라색이리라.

"……아."

──배가 꼬르륵거렸다.

이곳에 끌려온 이후로 식사를 하지 않았으니 당연하긴 하다.

어리둥절한 표정으로 어린 소녀가 나를 올려다보았고 배를 검지로 찔렀다.

"배가 고파서 난 소리야. 여기서 나가면 맛있는 걸 잔뜩 먹자."

"? ! !! !!!"

"? 왜 그러니??"

어린 소녀가 갑자기 달려갔다. 나도 그 뒤를 따랐다.

──이윽고 어린 소녀가 멈춰 섰다.

하지만 아무것도 보이지 않았다. 등불을 가까이 대도 그곳에는 그저 지저분한 돌벽이 있을 뿐이다.

백발의 어린 소녀가 폴짝폴짝 뛰어올랐다.

"! !!"

"여기니? 아무것도 없는 것 같은── 윽?!"

오른손을 뻗어 벽을 만지자── 등줄기에 전율이 달렸다.

이 느낌…… 흑룡과 날개 두 쌍의 악마와 싸웠을 때와 같다.

──절망적인 격차에서 오는 공포로 심장이 꽉 죄어오는 감각──.

하지만…….

"?"

어린 소녀는 아무것도 느끼지 않았다. 오히려 『아직이야? 아직?』 하는 듯한 표정. 꼬리도 기분 좋아 보인다.

여기서 비명을 지르면 좀 꼴사납겠는걸.

쓰게 웃으며 벽을 계속 만졌다.

직후―― 후방에서 방대한 마력이 출현했다!

"윽!"

돌아보자, 벽의 마력등이 일제히 빛나며 불타는 뱀이 이쪽을 향해 날아왔다.

순간적으로 몸을 피하자, 그대로 벽에 격돌해 빨려 들어가더니――.

"이, 이건?!"

조금 전까진 틀림없이 돌벽이었던 곳에 칠흑색 문이 솟아올랐고 이어서 붉디붉은 마력의 분출과 함께 정밀함의 극치를 달린다고도 할 수 있을 여덟 개의 마법식이 동시에 구축되기 시작했다.

주변 벽에도 생전 처음 보는 마법식이 떠올랐다.

이, 이 마력은…….

"『염린』의 술식에 이용된 것과 같은 종류?! 그러면…… 이게 『염마』의 봉인!"

마음이 위축되는 것을 느꼈다. 그때 내 옆에는 리디야와 티나가 있었다.

하지만 지금은…… 왼손을 작은 손이 따뜻하게 감싸 준다.

여우 귀가 달린 어린 소녀가 부드럽게 미소 지었다. 마치 『괜찮아. 내가 있는걸?』 하고 말하는 것처럼.

──마음이 정해졌다.

『그녀』의 마법식을 나는 이미 봤다. 그렇다면…… 대처는 가능할 터.

애당초 여기서 겁을 먹었다간

"──리디야와 티나네 미래를 지켜볼 자격이 없겠지!"

선망마저 느껴지는 아름다운 마법식이 문뿐만 아니라 일대로 확대된다.

──그야말로 정밀함의 극치.

하지만 명백하게 적의가 있었다. 마법식을 풀지 않으면…… 목숨은 없으리라.

나는 숨을 깊이 들이켜고 검은 문을 만져 마법식에 개입해──.

"끄으으윽!!?!!!"

너무나도 방대한 정보량에 뇌가 끓어오를 뻔해 한쪽 무릎을 꿇으려 한 것을 억지로 견뎠다.

알게 된 것을 머릿속으로 정리한다.

· 불타는 뱀의 마법식과 닮았다.

· 모든 마법식이 암호화되어 있으며 또한 엄청나게 초고속으로 변하고 있다. 마법식에 개입, 자멸시키는 것은 불가능하다.

· 암호 자체는 『염린』의 소환식이 적혀 있던 일기장과 거의

동일하다.

· 담긴 마력량이 정상이 아니다. 지금의 리디야를 넘어 티나가 최대한 성장했다고 가정했을 때의 출력에 필적한다. 이것을 만든 사람은 틀림없는…… 천재이자, 괴물이다.

· 폭발할 경우 상정 가능한 규모는——— 도시 공격용 전략 마법급!!!

마법식이 점점 흘러넘쳐 증식한다.

지금은 우리가 내려온 나선 계단 쪽까지 퍼졌다. 얼굴이 딱딱하게 굳는다.

이 규모는…… 풀지 않으면 정말로 섬은커녕 주변 일대의 지형마저 바꿔버릴 수도 있어!

어린 소녀가 고개를 살짝 갸웃거리며 내 얼굴을 들여다보았다. 상황을 이해 못 한 모양이다.

암호식을 돌파해 첫 번째 마법식을 풀——기도 전에 변화했다.

초고속으로 다시 마법식을 풀며 대답했다.

"미안해! 내 마력량으론 조금 어려울 것 같거든!"

"?!——— ♪"

어린 소녀가 무슨 일이냐는 듯한 얼굴을 하곤 직후, 두 손을 마주 잡고——— 노래를 부르기 시작했다.

"대체 뭘…… 앗?!!"

내 주변으로 흐릿한 빛이 모여들어 반짝이기 시작하더니———

마력이 갑자기 부풀어 올랐다.

떠도는 수많은 빛과 마력이 강제적으로 이어진 건가?!

──압도적 전능감.

이것을 느껴본 건 생애 두 번째다.

흑룡전 때 리디야와 깊게 마력을 연결했을 때 이래…… 아니, 그 이상일지도 모른다.

역시 이 아이는 대마법…… 빛도 정령…… 아니, 전부 나중에 생각해!

마력으로 밀어붙여 마법식을 억지로 푼다. 동시에 오른손을 휘둘러 어린 소녀와 자신에게 빛 속성 상급 치유 마법 『광제쾌유(光帝快癒)』를 다중 발동시켜 상처를 치유했다.

나아가 저주를 푸는 것도 시험해 봤지만…… 안 된다. 이 저주의 각인은 너무 까다로워!

정화 마법을 더 연구할 걸 그랬어!

──그러는 사이에도 확대하는 마법식을 멈춰 세워 풀어나간다.

하나. 둘. 셋. 넷…… 드디어 일곱 개째 마법식도 돌파.

마지막 여덟 개째에 돌입했지만── 난이도가 훌쩍 올랐다.

"큭!"

거꾸로 밀려 들어와 풀었을 터인 마법식까지 침식당했다. 안 돼!

──그때, 눈앞의 문에 미지의 보조 마법식과 문자가 떠오르기 시작했다.

아름답고 중후하다. 모든 속성이 짜여 들어간── 이건 식물 마법을 응용한 건가?!

나는 그대로 내 마법식에 짜 넣어 해독 속도를 높였다.

상당히 옛날에 설치해 놓은 것인지 문장의 앞쪽 부분이 날아가 판독할 수 없었다.

하지만, 사용된 문자 자체로 연대는 특정 가능했다.

이건 지금으로부터 약 200년 전, 늑대족 서방 씨족이 쓰던 언어!

『──우리 세 사람은 차원 회랑을 넘어 여기까지──『에텔하트』의 연구탑 최심부까지 찾아왔다. 그리고 검은 문, 그『봉인』을 일곱 번째까지 풀었지만…… 여기서 물러날 것을 선택했다. 이걸 읽을지 모를『가족』을 위해 보조 마법식과── 여덟 번째 마법식을 풀『이름』을 남긴다. ……그렇지 뭐, 끝까지 들여다볼 용기가 나질 않았던 거야. 도움이 됐다면 묘지에 거목 열매 정도는 공양해 줘. 『이름』은──』

이름과 찾아온 날짜는 지워졌지만, 추측은 가능했다.

늑대족 중 서방 씨족의 말을 쓰며 거목 열매를 좋아하는 수인은── 그리 많지 않다.

그렇구나, 그도 이곳까지 찾아왔던 거야…….

200년 뒤, 같은 이름인 내가 찾아온 것도 신기한 얘기인걸.

게다가── 계속 노래하고 있는 어린 여우 소녀에게 시선을 향하고 미소 지었다.

"네 이름도――『아틀라』라고 하는구나."

"! ……아틀라……."
금색 눈동자를 휘둥그레 뜬 어린 소녀는 부끄러운 듯이 작게, 하지만 무척 기쁜 듯이 자신의 이름을 읊조렸다.
――주변 빛이 더욱 눈부시게 반짝이며 사용할 수 있는 마력이 현격히 늘어났다.
그만큼 완강했던 『봉인』도 멋대로 풀리더니―― 드디어 여덟 번째 마법식이 붕괴했다.
나는 검은 문을 직접 만져 있는 힘껏 밀었다.
――시야 구석에서 불타는 뱀이 보였고 길게 늘어진 심홍색 머리카락에 작은 안경을 쓴 여성 마법사의 모습으로 변했다.
저 사람은…… 『염린』을 봉인할 때 봤던 환상의!

다음 순간―― 아틀라의 노랫소리를 들으며 우리는 검은 문 속으로 빨려 들어갔다.

                              *

――여긴, 대체……?
"♪"

정신을 차리니 우리는 돌로 만든 낯선 길에 서 있었다.

주변을 둘러보았지만── 검은 문도, 조금 전 공간도 보이지 않았다.

부드러운 빛이 쏟아지며 기분 좋은 바람이 불어온다.

나무들은 푸릇푸릇하게 우거졌고 길가에는 본 적도 없는 풀과 꽃들이 피어있다.

아무리 봐도…… 어둠 속에 갇혀있던 지하 세계가 아니다.

주변을 둘러보고 중얼거렸다. 사람의 기척이 아예 없다.

"어딘가의 숲. 아니, 그런 것치고는 나무들의 배치가 너무 깔끔한 데다 이 길은 명백하게 사람이 다니게 만든 길이야. 사람 손이 오랫동안 닿지 않은 정원인가……? 티나가 있었다면 더 자세히 알 수 있을 텐데……."

나는 위를 올려다보았다. 건물 유적을 꿰뚫고 나무가 가지를 뻗었다.

골조를 보니 과거에는 유리 같은 게 끼워져 있던 모양이다.

머나먼 상공에는──.

"제이드 그리폰 무리가 날고 있잖아……?"

저 종의 생식지는 알려진 것만 따지면 왕국 동방으로 한정되어 있었던 것 같은데……?

의문을 느끼다가…… 깨달았다.

"온실이나, 아니면 그것과 같은 종류인 건물의 폐허인가……. 하지만 지하 깊숙이에서 왜 이런 곳으로── 어이쿠."

"! ♪"

아틀라가 내 왼손을 두 손으로 잡아끌었다. 『이쪽, 이쪽』이라고 말하려는 듯싶다.

　──이곳이 어딘지는 전혀 짐작이 가지 않지만, 지금은 이 아이를 따르자.

　나는 어린 소녀와 함께 걷기 시작했다.

　길을 나아가자 강한 기시감이 들었다.

　규모는 이쪽이 명백하게 거대했지만, 길의 모양과 나무들, 꽃을 심은 방식, 과거에는 휴식 공간이 놓여 있었을 장소── 대부분이 북도 교외의 하워드 공작가 저택에서 본 티나의 온실과 몹시 닮아있었다.

　"아니, 오히려 이 장소를 참고로 한 건가……?"

　티나의 온실은 왕도에서도 찾아볼 수 없는 규모였다.

　당시에는 그저 감탄할 따름이었지만…… 생각해 보니 아무리 공작가라 해도 왕도에 없는 규모의 온실을 건축할 수 있었다는 사실에 의문을 품어야만 했다.

　월터 님이 의도적으로 얘기하지 않았다곤 생각할 수 없었다.

　아마도…… 몰랐던 것이겠지.

　다음에 뵙게 되면 온실의 설계를 누가 한 것인지 물어봐야겠는걸…….

　──겨울 이후부터 이어져 온 현안이었지만, 좀처럼 조사가 진척되지 않던 티나와 스텔라의 돌아가신 어머니의 원래 성씨가 『에텔하트』였다는 것은 판명되었다.

　그리고── 조금 전 문장 안에도 그 성씨가 있었다.

"즉…… 로자 님은 어쩌면 이 장소를 알고서, 우왓!"

얼굴에 차가운 물이 뿌려졌다.

"♪"

눈앞의, 아직 물이 솟아 나오는 분수 유적에 들어간 아틀라가 장난꾸러기 같은 표정으로 꼬리를 흔들었다. 놀아달라는 모양이다.

나는 내 몸과 어린 소녀의 몸을 확인하고는———.

"어허! 나쁜 아이가 어디에 있나~? 그런 나쁜 아이는─── 이렇게 해주마!"

"!"

분수 유적으로 기세 좋게 뛰어들어 솟아오르는 깨끗한 물로 아틀라의 몸을 닦았다.

어릴 적, 다 놀고 집으로 돌아가기 전에 카렌과 자주 이렇게 수로에 뛰어들었지.

그리움을 느끼고 있는데 미끄러지듯 빠져나간 어린 소녀가 내게 물을 끼얹었다.

"! !! ♪"

"앗, 그랬겠다?"

"♪"

까불대며 물을 헤치고 도망간다. 수인 어린아이와 똑같다.

───아틀라와 자신의 더러움을 씻어낸 뒤 길목의 나무에 열려 있던 처음 보는 싱싱한 과일을 먹으며 계속 안으로 나아갔다. 무척 달콤하고 맛있다.

흥미롭게도 작은 새와 작은 동물들은 우리를 봐도 전혀 도망치지 않았다.

지금 이곳을 사람이 찾지는 않는 모양이다.

아틀라가 내 왼손을 잡아끌었다.

"——아아, 역시 그랬구나."

앞에 보이기 시작한 것은 티나의 방과 무척 닮은 방의 입구였다.

다가가 목제 문을 조심조심 만졌다.

——결계 같은 것은 없는데. 대신 보존 마법이 몇 겹에 걸쳐 걸려있구나.

천천히 열고—— 그 자리에서 나는 우뚝 섰다. 감탄이 새어 나온다.

"이건…… 대단한걸……."

방 입구 부근부터 벽을 따라 책장으로 가득 메워져 있었다. 티나의 방과 닮았지만, 규모가 현저히 다르다. 문헌을 만져보았다.

『역대 천기사(天騎士) 및 천마사(天魔士)의 기록』

현대에는 맥이 끊긴 세계 최강의 전위, 후위의 별명.

"먼지가 없어……."

아무래도 보존 마법이 실내 전체에 걸려있는 모양이다.

어떤 문헌이 있는지 지금 당장에라도 조사하고 싶었지만……
나는 아틀라를 바라보았다.

잔뜩 놀았더니 여기저기 나뭇잎이 달라붙었다.

즉, 먼저 찾아야 할 곳은——.

"욕실, 이려나…… 보존 마법이 걸려있으니 쓸 수 있을지도 모르고."

"!?!!!!!!"

"앗! 요 녀석!!"

아틀라는 동물 귀와 꼬리를 부풀리고 방 안쪽으로 내달렸다. 목욕은 싫은 모양이다.

더더욱 어릴 적 카렌 같은걸…….

쿡쿡거리며 웃고 나는 어린 소녀와 술래잡기를 시작했다.

어린 소녀와 한동안 술래잡기를 하다가—— 마침 아직 살아있는 노천 목욕탕을 발견했다.

더러운 몸을 씻어내고 뜨듯한 물에 잠겨 정보를 정리한 결과 —— 전체상이 어렴풋이 보이기 시작했다.

이 공간은—— 어중간한 저택 이상으로 넓다.

다만 복도라 부를만한 것은 존재하지 않으며 문을 열면 다음 방이 있을 뿐이다.

첫 대서고. 사용한 흔적이 전혀 없는 주방. 온천이 솟는 노천 목욕탕. 간소한 작업장—— 이런 방만으로 모든 것이 완결되도록 만들어졌다.

사용된 마법식은 모두 기존에 있던 것들이 아니다.

나라면 마력이 부족해 기동조차 할 수 없는 것들뿐이다.

방 벽가에 늘어선 검은색 벽장을 만졌다. 입고 있는 건 탐색하던 중 아틀라가 갖다 준 새 흰 셔츠다. 저 아이는 이곳에서 살았던 걸지도 모른다.

　재질은 나무. ……보존 마법이 있어도 몇백 년을 썩지 않는 나무라…….

　동도에 솟은 거목이 뇌리에 떠올랐다.

　"?"

　쫓아오지 않는 날 눈치채고 머리가 젖은 아틀라가 고개를 살포시 갸웃거렸다. 아장아장 가까이 걸어온다. 이 애도 새하얀 옷으로 갈아입었다.

　다만 양 손목 발목에는 내가 묶어 준 검은 천을 그대로 매고 있다. 풀고 싶지 않은 눈치다.

　못 본 척 시치미를 뚝 떼다가── 안아 올려 포획 완료!

　어린 소녀가 품 안에서 버둥거렸다. 온몸을 써서 항의한다.

　"! !! !!!"

　"안 치사해~. 자, 머리 닦을까. 그다음 쉴 곳을 찾자."

　"?!"

　아틀라가 팔을 뻗어 문을 가리켰다. 전진한다.

　──벽장으로 가득 찬 방을 몇 개 지나가자, 한층 더 커다란 문이 보이기 시작했다.

　아틀라가 만지자 암호식이 빛나며 저항했다.

　하지만 곧 힘을 다했고…… 문이 열렸다.

　"여기는……."

　──그 방은 침실이었다.

　중앙에는 커튼이 달린 거대한 침대.

이곳 벽에도 벽장 몇 개가 있었고 머리맡에는 작은 테이블과 몹시 오래된 간소한 의자가 있었다. 방 안 구석 네 곳에서는 빛이 났고 바닥에는 화려한 심홍색 융단이 깔렸다.

조금 죄책감이 든다.

아틀라가 방심한 내 품에서 탈출했다. 그대로 침대로 뛰어들려고 해서—— 부유 마법을 발동시켜 제지했다.

어린 소녀가 요령 좋게 몸의 방향을 바꿨고 앞머리와 동물 귀, 꼬리를 삐죽! 위로 세우며 볼을 부풀렸다.

"! !!"

"그러면 안 돼. 먼저 머리부터 말리자."

목제 의자에 앉히고 바람 마법으로 온풍을 일으켜 머리를 말린다.

"♪"

어린 소녀는 기분 좋다는 듯이 눈을 가늘게 떴다.

——이 테이블과 의자, 전문가가 만든 게 아닌데. 초보자가 직접 만든 것이다.

하지만 동시에……

"얼마나 소중히 했던 걸까…… 겹쳐서 걸어놓은 보존 마법의 수가 천 개는 넘는 것 같은데…… 자, 끝이야."

"! ☆"

아틀라가 곧장 일어나 기분이 좋은지 빙글빙글 돌았다.

그리고 내게 뛰어든다. 받아 들자 바로 기어 올라왔다.

이런…… 기껏 깨끗해졌는데 또 놀려고 하네!

나는 부유 마법을 걸어 어린 소녀를 침대로 부드럽게 던졌다.

"！!! !!!"

침대 위에서 두, 세 번 튀어 오르더니 아틀라는 즐거운 듯이 까불었다.

담요 속으로 파고들어 한동안 꼼지락거리며 움직이다가 안에서 얼굴만 빼꼼 내밀어 날 바라본다.

침대를 두드려 재촉했다. 『앉아!』라는 뜻인가 보다.

내가 앉자 아틀라가 무릎 위에 머리를 얹길래 쓰다듬었다.

어린 소녀는 무척이나 만족스러워 보인다.

──이윽고 마음을 푹 놓고 잠자는 숨소리가 들려왔다.

이 애의 정체는 짐작이 간다.

다만…… 이 애가 어떤 존재이든 내 목숨을 구해줬다.

그렇다면 어떻게든 해주자.

『자신이 한 일은 잊어도 된다. 하지만 남에게 받은 은혜는 잊지 말거라.』

어릴 적, 아버지 무릎 위에서 배운 말을 다시 떠올렸다.

나는 왼팔을 빼 어린 소녀의 머리를 다정히 쓰다듬었다.

네, 기억하고 있어요. 아버지. 저는 당신의 아들이니까요.

후방에서 기척을 느꼈다.

나는 천천히 아틀라의 머리를 베개에 누이고 일어서 돌아보았다.

아마도── 지금부터가 진짜다.

"올 줄 알았어요."

『……장소를 바꾸자. 아틀라는 말려들게 할 수 없어.』

*

젊은 여성의 차가운 목소리가 들려온 다음 순간── 나는 첫 번째 방에 서 있었다.

너무 놀라 무심코 중얼거렸다.

"타자에게 쓰는 전이 마법을 이렇게 쉽게……?"

『이 정도 마법에 놀라는 남자가 내가 목숨을 건 『봉인』을 풀다니, 참.』

내 시선 끝에 놓인 테이블 옆에 서 있던 것은 작은 안경을 낀, 긴 심홍색 머리카락이 인상적인 미소녀였다.

입고 있는 옷은 붉은색을 기조로 한 마법사 로브. 허리에는 마검을 찼다.

나이는 10대 후반일까. 왠지 모르게…… 리디야를 닮은 것 같다.

팔짱을 끼고 내게 차가운 시선을 부딪친다.

하지만── 그 몸은 뒤가 비치고 있었다. 이 소녀는 산 자가 아닌 것이다.

『염린』을 봉인했을 때 본 과거의 광경을 떠올리며── 이름을 대고 확인했다.

"늑대족 나탄과 엘린의 아들, 앨런입니다. 당신은 지금으로

부터 약 500년 전, 대륙 동란 시대에 『불세출의 천재』라 찬양받던——『염마』님이시죠?"

엄청난 속도로 불타는 단검이 목덜미를 통과했다. 책장 앞 공중에서 멈춘다.

전혀 반응하지 못했다. 조금이라도 움직였다면—— 죽었다.

『그 이름으로 날 부르지 마. 지나친 경칭도 금지야.』

수많은 가시나무로 된 불타는 뱀이 나타나 날 포위, 위협했다.

하지만 불타야 할 책과 책장은 타오르지 않았다. 믿기 힘든 마법 제어 기술이다.

죽었는데도 이 정도 마법을…….

너무나도 얼토당토않은 격차에 공포보다도 의문이 앞섰다.

"실례했습니다. 하지만, 당신이 있었는데 왜 아틀라는 저런 사슬에 붙잡혀 있었던 거죠? 마력을 보아하니 몇 년 전에 벌어진 사건일 텐데요."

『그걸 너 정도밖에 안 되는 마법사에게 얘기할 이유가 나한테 있다고 생각해?』

나는 말없이 고개를 저었다. 맞는 말이다. 그녀가 얘기할 이유는 없다.

하지만…….

"그럼 아틀라의 저주를 풀어주세요! 저 애가 괴로워하는 모습은…… 보고 싶지 않습니다."

『……할 수 있다면 진작에 했어!!!』

이가 뿌득거리는 소리가 나고 아름다운 얼굴에 무시무시한 분노가 떠올랐다.

방 안 전체에 심홍색 화염 폭풍이 불어닥치며 불타는 뱀 몇 마리가 곧장 반응해 날 포위했다.

그렇지만…… 거듭 질문했다.

"그러면 누가 할 수 있단 겁니까……? 저는 저 지하 우리에 던져 넣어지기 전까지 몇 번이나 성령교와 성령 기사단과 맞붙었습니다. 아틀라에게 새겨진 저주는."

나는 왼쪽 손목에 새겨진 저주의 각인을 소녀에게 보여주었다. 눈이 날카로워지는 것을 알 수 있었다.

"차원이 다르지만 같은 종류일 겁니다. 당신이라면, 실물이 있다면 풀 수도 있을 텐데요."

『그 저주는 애당초 『에텔하트』를 죽이고 『대마법』을 약체화시켜 붙잡기 위해 만들어진 물건이야. 생전의 나라도 풀 수 없었어. 찌꺼기는 더더욱 불가능하지.』

찌꺼기라……

아틀라의 힘을 빌렸다지만, 『봉인』을 내가 풀 수 있었던 것도 시간과 함께 약해졌기 때문이리라.

소녀가 날 노려보았다.

『200년 전, 검은 문까지 너와 같은 이름의 늑대가 왔었어. 그 애는 진짜 『열쇠』였지. 솔직히 『봉인』이 풀릴 줄 알았어. 하지만…… 일곱 개까지 풀고 떠나버렸어. 이곳이 얼마나 무시무시한 곳인지 눈치챈 거겠지. 그랬는데…… 하필이면 『불완전한 열쇠』가 풀다니!』

아무래도 『유성』도 나와 비슷한 능력을 사용할 수 있었던 모양이다.

　압도적인 격차가 있었던 듯싶지만.

　뭐, 그 보조 마법식을 본 다음엔 아무런 반론도 할 수 없다. 소녀에게 호소했다.

　"출구를 알려주시면 당장에라도 나가겠습니다! 여기가 어디고 조금 전 탑이 어떤 목적으로 만들어졌는지, 아틀라를 사슬로 매어놓은 상대가 누구인지―― 그 밖에도 당신에게 물어보고 싶은 것이 산더미처럼 있어요. 하지만…… 그렇게 태평하게 있을 시간은 없을 겁니다. 저도…… 당신도."

　나는 시선을 받아내며 본심을 말했다.

　소녀의 마력은 여전히 강대했다.

　하지만…… 『봉인』을 푼 이후부터 명백하게 힘이 줄어들었다. 불타는 뱀이 사라진다.

　『교활한 점만은 닮았군. 좋아, 전부 알려줄게. 단.』

　"윽!"

　『――날 이긴다면 말야!』

　갑자기 소녀가 날 향해 뛰어올랐다. 허리의 검을 뽑아 들어 옆으로 휘두른다.

　――피한 것은 리디야와의 훈련 덕. 그것 말고는 이유가 없었다.

　생각보다 먼저 몸이 움직여 발에 바람 마법을 발동했다.

　몸을 굽혀 참격을 피하고 곧바로 퇴각해 거리를 벌렸다.

──사선 상의 책장은 잘리지 않았다.

겸손히 말하더라도…… 그야말로 신기!

소녀는 어깨에 검을 올리고 굶주린 늑대처럼 미소 지었다.

『좀 하네? 목을 날릴 생각이었는데.』

"칭찬 고맙군요."

나는 필사적으로 마법을 자아냈다. 지금 일격으로 깨달았다.

──이 소녀는 리디야보다 강해!

천천히 소녀가 날 향해 검을 들이댔다.

『추측한 대로 나는 얼마 안 가 사라질 거야. 죽었을 때 검은 문
의 『봉인』에 거의 모든 마력을 썼으니까. 그게 지금으로부터
500년 전 얘기야. 이제 마법은 거의 사용할 수 없어. 고작 해 봤
자 한나절 정도가 아닐까?』

얼굴이 경직된다. ……거의 사용할 수 없는 게 이만한 힘이라
니.

소녀가 처음으로 표정을 풀었다.

『넌 이유야 어찌 됐든 아틀라를 구해줬어. 그러니 조금만 알
려줄게. 아틀라가 사슬에 묶인 건 지금으로부터 2년 전 일이야.
그때 탑 가장 안쪽에 보관되어 있던 창룡의 유골도 빼앗겼지.
이후로 저 애는 매일 울음을 그치지 않았어. ……풀어줘서 고
마워…… 그래도 있지?』

"윽!"

방 안의 온도가 단숨에 올라갔고 결계로 완전히 봉인됐다. 아
틀라가 눈치채지 못하게 하기 위함인가.

무수히 빛나는 불타는 깃털이 날리는 가운데 머리를 굴렸다.

사슬에 묶인 것이 2년 전. 아마도 실행자는 성령교 이단 심문관이나 성령 기사단.

하지만 이 소녀가 뻔히 보고 있었으면서 허락한 것은 왜인가?

게다가 창룡의 유골이라니…….

용의 유골은 죽어서도 차원이 다른 마력을 지닌다. 그런 물건을 빼앗다니, 그들은 뭘 꾸미는 거지?

소녀가 쓸쓸한 표정을 지었다.

『나는 이제 사람을 믿을 수 없어. 생전에도 죽은 뒤에도 잔뜩 배신당했으니까. 오히려 전쟁에 이용하려 잡은 대정령들이 더더욱 믿을 수 있었지. 이미 알고 있지? 아틀라는 여덟 대정령 중 한 축──『뇌호(雷狐)』야. 과거에 내가 전쟁에 이용할 생각으로 붙잡은 것이 『염린』, 『석사(石蛇)』 그리고 『뇌호』, 이렇게 세 축이지. 하지만…… 직접 접하는 사이 생각이 바뀌었어. 나는 그 아이들을 전쟁용 마법의 재료론 쓸 수 없었어. 그래서 두 축은 내가 죽기 직전에 신뢰할 수 있는 사람에게 맡겼지. 하지만 마지막으로 아틀라를 도망치게 하기 전에 내가 살해당하고 말았어……. 누가 죽였는진 기억나지 않아. 죽기 직전에 검은 문에 『봉인』을 건 이후로 나는 혼자 아틀라를 지키며 밖으로 데리고 나가줄 사람을 이 땅에서 계속 기다렸어. 그리고…… 또다시 배신당했지.』

불타는 깃털이 소용돌이를 그리며 방 중앙에 모여들었다.

──불 속성 극치 마법『화염조』가 현현.

내가 아는 것과는 크기도, 담긴 마력도 현격히 차이가 난다.
소녀가 울며 웃는 듯한 표정을 짓더니── 이름을 댔다.

『그러니까, 부탁이야. 내가 한 번 더 사람을── 널 믿게 해
줘. 아틀라를 맡겨도 괜찮다고…… 이제 나는 잠들어도 괜찮
다고. ──나는【쌍천(雙天)】리나리아 에텔하트. 역사상 유
일한【천기사】이자【천마사】였던 자. 사력을 다하렴. 안 그러
면…… 죽는다?』

제4장

"와아아아아! 언니, 늠름해요!"

"스텔라 아가씨, 너무너무 멋있으세요!"

"고마워, 티나, 엘리."

북도 교외, 하워드 공작가 저택의 대회의실에 마련된 본진 사령부로 발을 들이민 나를 여동생들이 찬사로 맞이했다.

하지만 주변을 둘러보니 그레이엄 지휘하로 돌아간 롤랑 대신 내 호위를 맡아 준, 흉갑을 착용한 메이드들은 입가를 손으로 붙잡았고 미나에 이르러선 "롤랑, 이 모습을 보지 못하다니, 집사로서 운도 없군요. 재능도 낙제점이지만…….『워커』로서는 가장 완벽하면서…….." 입을 벌리고 중얼거리고 있었다.

……안 어울리나?

지금 나는 흰색과 파란색을 기조로 한 군복을 처음으로 입었다.

──돌아가신 어머니, 로자 하워드가 남긴 군복을 바탕으로 메이드장인 셰리가 준비해 준 것이다.

또한 아버지께는 여전히 군복을 착용하고 전장에 나설 허락을 받지 못했다. 독단이었다.

『저도 전장에 가겠습니다!』

그렇게 마법 통신으로 전한 이후로 연락은 없었다.

두 후작에게 조력을 구한 것도 포함해, 분명 화가 나셨겠지.

하지만── 나는 정했다. 망설이지 않을 것이다.

티나와 엘리의 집무 책상에 다가가자 여동생들은 일어서더니 빤히 나를 바라보았다.

"애, 애들아, 부끄러운데……?"

"언니! 엄청, 어어엄청 잘 어울려요! 그치? 엘리!"

"네, 네엣! 그, 그치만…… 스텔라 아가씨, 저, 정말로, 전장에 가시려고요?"

티나는 눈을 반짝였고 그 자리에서 폴짝폴짝 뛰어올랐다. 엘리는 고개를 끄덕였지만, 조금 불안해 보인다. 크게 고개를 끄덕였다.

"응. 지금 내가 할 수 있는 건 전장에 나가 사기를 고무시키는 거라고 생각하니까."

나는 티나처럼 갈로아의 날씨, 지리에 정통하지 않다.

엘리처럼 엄청난 속도로 서류를 처리하는 능력도 없다.

하지만── 내 이름은 『스텔라 하워드』인 것이다.

차기 공작 후보인 사람이 후방에서 떡하니 앉아 있을 뿐이라는 걸 알게 된 장병들의 기분이 좋을 리도 만무하다. ……티나 네에겐 말하지 않겠지만 『미끼』도 될 수 있다.

전쟁이 시작되고부터 방대한 사무 작업을 해내며 병참 업무를 완벽하게 통제 중인 셰리가 손을 멈추고 날 바라보았다. 그 눈동자가 촉촉해진다.

"스텔라 아가씨. 로자 님이 살아계신 것만 같습니다⋯⋯."

"셰리."

메이드장이 하얀 손수건을 눈가에 댔다. ⋯⋯어머니와 닮았다면, 기쁘다.

티나가 오른손을 기운차게 들었다. 앞머리가 삐죽 섰다.

"저요! 언니, 저도 같이." "안 돼."

중간에 말을 끊고 기각했다.

여동생이 입을 삐끔거리는 옆에서 엘리가 내 왼쪽 소매를 붙잡고 눈을 치켜뜨며 바라보았다.

"스, 스텔라 아가씨, 저, 저도, 같이, 가고 시퍼여. 아으⋯⋯."

"엘리, 너랑 티나가 빠지면 셰리가 힘들잖니."

"아으⋯⋯ 그, 그치만, 그치만⋯⋯."

"──엘리 아가씨, 그렇게 작은 동물 같은 표정으로 부탁하시다니, 만점입니다! 하지만 이번만은 저희에게 스텔라 아가씨를 맡겨주세요!"

"! 미나 언니⋯⋯."

부메이드장인 미나와 메이드들이 다가왔다.

미나는 무릎을 조금 굽히곤 여동생들에게 미소 지었다.

"티나 아가씨, 엘리 아가씨, 스텔라 아가씨를 생각하시는 그 마음, 만점 중의 만점입니다. 이리도 착하게 자라시다니⋯⋯ 아아, 미나는! 미나는!!"

"푸웁! 미, 미나?!" "아으 아으. 빠져나갈 수가 없어요오."

부메이드장은 이때라는 듯이 여동생들을 껴안고 마구 쓰다듬었다. 나는 메이드장에게 물었다.

"셰리. 최신 상황을 알려줄래?"

"──그거라면 내가 해주는 게 낫겠지."

"?! 유니 숙부님!!"

매력적인 중저음 목소리가 나더니 더러워진 군복을 입은 대장부가 들어왔다.

연하게 푸른색이 섞인 백금색 머리카락에 아버지와 무척 닮은 이목구비. 다른 것은 턱수염이 없는 것 정도.

──유니 하워드 부공작.

갈로아를 통치하는 아버지의 친동생. 즉 나와 티나에게 있어선 숙부에 해당하는 인물이다. 모두 일제히 일어서 경례한다.

숙부님은 표정을 풀더니 두꺼운 팔을 들어 올렸다.

"스텔라, 티나, 오랜만이구나. 다들 편하게 있어라. 귀관들이 후방에서 분투해 주는 덕에 전선의 우리가 싸울 수 있으니까. 전쟁이 끝나면 반드시 보답하마. 기대하고 있어라! ……물론 재원은 형님의 지갑이 되겠지만 말이다."

실내에 웃음소리가 울려 퍼진다. 아버지가 숙부님에게 "유니가 아니면 갈로아는 통치 못 한다."라며 전폭적인 신뢰를 두고 있단 걸 잘 알 수 있는 광경이었다.

북방 전역도를 보고 씨익 웃으신다. 이미 갈로아의 3분의 2는 제국군이 점령 중이다.

"지금 상황은 이해하고 있지? 우리는 밀리고 있어. 적군은 부대를 선봉대와 본대로 나누어 진군을 계속 중이지. 전력은 저쪽이 위다. 정면에서 전투를 벌이면 이길 수 없다."

"그렇게 제국군이 생각하도록 만들어 영지 안으로 깊숙이 끌어들인 것이죠. 그레이엄과 첩보부에게 우리 가문은 몹시 난감한 상황에 빠져 결전을 피하려 하고 있다는 소문까지 퍼트리게 하며."

나는 숙부님의 눈을 똑바로 바라보며 견해를 늘어놓았다.

그리고 갈로아 남부를 가리켰다.

"현재 우리 군은 로스트레이에 집결해 야전 진지를 구축하고 있어요. 아버지의 큰 방침은 전혀 흔들리지 않았습니다. 한 번의 전투로 제국 남방 방면군의 주 전력을 소탕할 의도…… 맞죠?"

"그래. 그럼 다음 수는 스텔라라면 어떻게 둘 거냐?"

지도를 위에서 내려다보았다.

──적 선봉과 적 본대와의 거리가 며칠 전보다 벌어진 것은 명백했다. 그렇구나!

나는 손가락으로 로스트레이에 있는 공작군을 움직여── 적 선봉의 후방으로 가도록 만들었다.

숙부님이 힘차게 대답해 주셨다.

"훌륭해! 스텔라, 마음에 둔 사람이 없다면 우리 아들을 사위로 삼을 테냐? 미남이란다!"

"어…… 저, 저는, 그게……."

예상 밖의 방향에서 화살이 날아와 피하지 못하고 그만 직격

했다. 사촌 남동생은 아직 젖먹이다. 내 반응에 숙부님이 씨익
웃으셨다.

"이미 그런 상대가 있었구나. 이거 내가 실수했구먼! 상대는
소문으로 듣던 그."

"수, 숙부님! 지, 지금 그런 얘기는 좀! ……그리고, 앨런 님
은……."

나는 도중에 말을 가로챘고, 뒤늦게 고개를 숙였다. 티나와 엘
리도 굳게 입술을 깨물고 있다.

숙부님의 커다란 손이 동생들과 내 어깨를 차례차례 두드렸다.

"미안하구나. 기운 뺄 생각은 없었단다. 앨런이란 청년의 이
야기는 형님과 교수, 그레이엄에게도 들었지. 우선 이걸 듣고
진정하렴."

시선이 모이는 와중, 유니 하워드 부공작이 대담히 웃었다.

"조금 전, 교수에게서 마법 생물인 작은 새로 급보가 도착했
다. 『하워드 공작군은 적 선봉대를 메아 평원에서 기습. 패주
시켰다. 우리의 손해는 극히 미약하지만 적을 기만하기 위해 대
대적인 보고는 엄격히 금한다. ──적군을 그곳으로 끌어들이
기 위해.』"

*

갈로아 중앙에 있는 메아 평원. 그 남동부에 있는 통칭 『낮잠

자는 고양이』 언덕에서 보이는 전황은 현재 일방적인 것이었다.

이른 아침, 남쪽 세 곳에서 기습을 건 공작군 1만 5천 명이 유스틴 제국군 5만 명을 일방적으로 공격해 뿔뿔이 흩어버리고 있었다.

"저런…… 무척 당황한 모양이군. 갈로아에 들어와 간신히 얻은 멀쩡한 보급 물자에 들떠있었나? 하여간, 월터 하워드 공작 전하의 고약한 심보는 왕국 제일을 달리는구먼."

옆에 있는 악우——『왕국에서 최고로 흉악하며 사악한 마법사』로 국내외에서 두려움을 산 지도 오래된 교수가 평소와 다름없는 어조로 제국군과 나를 평가했다.

이미 원형 테이블과 의자까지 두고 홍차를 마시고 있다.

나는 아래로 펼쳐진 전황을 바라보며 되받아쳤다. 슬슬 좋을 때로군.

"'우선 메아의 식량 창고를 미끼로 삼지'. 그렇게 말한 건 전쟁이 끝나고 제자들에게 혼날 걸 두려워하는 어디 사는 대학교 교수님이었던 걸로 기억하네만?"

"월터, 무서운 미래를 상기시키지 말게. 그 애들은 앨런이 엮이면 적당히란 단어를 사전에서 삭제한단 말일세. ……아아, 슬슬 됐군."

"흥!"

나는 악우의 지적에 콧방귀를 끼고 왼손을 들어 올렸다.

곧바로—— 후방에서 준비하고 있던 병사들이 파란색 신호탄을 몇 발 쏘아 올렸다.

간발의 차이도 두지 않고 패주 중인 제국군 전방의 산림 지대에서 온몸을 파란색 군장으로 통일한 부대── 왕국 북방 가문 최강의 부대, 용장 오지어스 피셔 백작이 이끄는 『푸른빛 방벽』이 출현, 돌격을 개시했다. 안 그래도 만신창이가 된 제국군이 더더욱 사기를 잃는다.

교수가 말을 걸어왔다.

"포위망 중 한쪽은 열어뒀나?"

"물론이지. 학살 따윈 무의미해. 우리는 이어질 대전쟁을 바라는 게 아니야."

악우가 검은 고양이가 그려진 백자 찻잔을 들어 올렸다. 즐거운 듯이 놀린다.

"대단한 실력이야! 압도하고 있어도 죽을 각오로 덤비면 우리도 숫자의 차이 때문에 타격을 입을 테니 말일세. 뭐, 애당초 3배 이상 가는 수의 적을 군의 기동 운용만으로 격멸하려는 시점에서 정상이 아니지만. 이거 이거…… 비 때문에 진창이 된 도로를 어떻게 쓸지 몰랐는데, 설마 얼음 마법으로 설원을 만들어 고속 기동에 이용할 줄이야! 병사에게 나무판자를 신긴다는 발상은 못 했어. 역시 대륙 중 유일하게 『군신』의 호칭을 일족이 가지고 있을 만해."

"충분한 정보가 있다면 이 정도는 어린애들 장난이지. 롤랑을 그레이엄 밑으로 돌려보내길 잘했군. 정보의 양과 질이 올랐어. ──하지만 병사가 무리하게끔 했지. 티나가 개발한 휴대 식량이 없었다면 따뜻한 식사도 내줄 수 없었을 거다. 교수, 내게도 홍차를 주게."

"──주인 어르신 몫은 제가."

테이블을 끼고 비어있던 의자에 앉아 교수에게 홍차를 요구하자, 기척도 없이 나타난 집사장 그레이엄 워커가 티포트를 손에 들었다.

교수가 히죽거리며 이번 작전을 평했다.

"그렇긴 하지…… 로스트레이에서 여기까지 공작군을 불과 하루 만에 기동시켜 학익진으로 포위해 두들겼으니 말이야. 평범한 군대라면 5일 이상은 걸릴 거리였지. 더불어 어지간한 장군은 이리도 적절하고 수월히 군을 기동시킬 수 없어. 월터, 자네의 나쁜 버릇일세. 자신의 공적을 자랑하지 않지. 그레이엄도 말 좀 해주지 그러나?"

"주인 어르신은 사모님과 아가씨분들이 해주시는 말씀 외에는 그다지──. 홍차 드리겠습니다."

"이놈들이……."

홍차를 마시고 전장을 나는 그리폰에게 시선을 향했다.

"우리는 그저 정찰과 연락에 사용하고 있지만, 리암은 '공격용으로 쓴다'고 했었지. 이 전쟁이 끝나면 나중에 물어봐야겠군. ──교수, 적은 물러날 것 같나?"

"물러나지 않을 걸세. 아니── 아무렴, 이제는 물러날 수 없어."

악우의 눈동자에서 가학적인 빛이 엿보였다. 그레이엄도 차갑게 미소 짓고 있다.

이 두 사람이 이런 표정을 짓는 것도 오랜만에 보는군.

교수가 덫에 꽁꽁 묶인 상대를 가지고 노는 악역의 얼굴로 웃었다.

"지금쯤 제국 안에선『왕국을 상대로 대승리!』라며 신문 같은 데서 성대하게 선전하고 있을 걸세. 갈로아에는 남부를 제외하고 아직 철도가 깔리지 않았고 제국 내에는 철도망과 마법 통신은 물론, 전화도 발달하지 않았어. 정보 전달의 속도는 여기보다 훨씬 느릴 거다."

그레이엄이 다음을 이었다.

"이미 몇 개 루트로 제국 안에 거짓 정보를 흘렸습니다. 이곳의 손해는 어느 정도 늘려서. 상대 손해는 줄여서. ……롤랑은 그래 봬도 이쪽에 관해선 실력이 뛰어납니다."

——『승리의 소식』을 들은 제국 국민과 귀족들은 어떻게 생각할까?

틀림없이 제국 남방군에게 결전을 요구할 것이다.

제국군은 새삼스레『제대로 싸우지도 못했고 전과도 올리지 못했다』고 말할 수도 없으리라.

아무렴—— 적측 총사령관이 유스틴의 황태자이기 때문이다.

현실에서는 가을 수확 전이라 현지에서 식량을 조달하지 못해 비명을 지르고 있다 해도 말이다.

교수가 사기꾼의 얼굴이 되었다.

"게다가── 오늘 전투에서도 패주는 했지만, 재집결시켜 보면 전사자는 훨씬 적을 거다. 『적은 우리 군을 포위했지만, 서투르게도 승기를 놓쳤고 게다가 손해가 컸다는 모양』. 적 진지에 이어서 흘릴 소문은 이런 식이면 될까?"

"조금만 더……. 『하워드는 이겼지만, 손해가 막심해 전쟁의 앞길에 큰 불안을 느끼고 있다. 왕도는 제압당했으며 엑토르, 브라우너 두 후작가를 포함해 북방 가문들의 군도 움직이지 않았다. 공작은 교섭에서 큰소리친 것이 실수였다…… 그렇게 매일 한탄하고 있다』. 이 정도면 어떨까요? 적측 총사령관에겐 군적도 없는 정체불명의 참모가 붙은 모양입니다. 자세한 출신은 불명이지만, 라라노어 공화국에서 온 수완가라던가요. 어느 정도는 현실미를 띄는 것이 좋겠죠. 또 야나 유스틴 황녀 전하와 후스 색스 공도 본진에 있다고 합니다. 두 분 다 젊은 영걸이라 들었습니다."

"그거 좋군! 월터, 자. 겸사겸사 한탄해 주게. 『남자 하나가 사랑하는 딸을 둘이나 채가려는데 어찌해야 할지…….』하고 말이야."

"……교수, 장난이 심하면 내게도 생각이 있어."

"호오? 마, 말해보지 그러나."

악우가 약간 겁먹었다. 멍청한 녀석! 적은 나 혼자가 아니다! 뒤쪽의 그레이엄을 봐라!

눈이 『앨런 님 주변에서 엘리를 배제하시겠다고?』하고 말하고 있잖나.

나는 무겁게 입을 열었다.

"흐지부지됐던 네놈의 혼사를 린스터도 적극 나서게 해 재개시켜 주마."

"하하하! 월터, 나와 자네 사이 아닌가. 그레이엄, 엘리 양 얘기를 뺀 건 타의가 없어. 정말이야. ……그러니까 결혼만은 제발 봐주게!!!"

교수가 비명을 질렀다. 이겼군. 시시하긴. ……어찌 이리도 허무한 승리인지…….

──아래로 보이는 전장은 끝을 맞이해 가고 있었다. 제국군이 강으로 강으로 몰려간다.

찻잔을 비우고 악우에게 의견을 물었다.

"린스터는 남방에서 날뛰고 있을 텐데…… 서쪽의 루브펠러는 어떻게 나올지. 폐하의 부상 소식도 우려스럽긴 하다만……."

"폐하의 부상은 조금 부자연스럽지만, 서쪽은 절대 움직이지 않을 걸세. 비축 전력인 왕국 기사단 일부의 배치를 동방으로 바꾸는 정도가 아닐까? ……일반적인 상황이라면 말이지."

나는 시선을 악우에게 향했다.

"뭐가 있단 건가?"

"근거는 없네. 고작해야 앙꼬가 연락 담당인 어린 고양이를 보내오긴 해도 서도에서 고집스럽게 돌아오질 않으려 하고 있단 정도지. ──다만 말일세. 이번 사건, 앨런이 깊게 관여되어 있어. 그렇다면…… 틀림없이 중대사가 될 게야. 그 애는 그런

별 아래에 태어났으니까."

"무사히 끝난다면 전후 그의 지위 향상은 필연일세."

"어디서 타협할지가 문제겠지. 다만…… 그렇게 되면 쟁탈전이 벌어질 거다. 월터, 스텔라 양과 티나 양이 동시에 이리 원하면 어쩔 건가? 『약혼자로 삼고 싶다』고."

"……일어나지도 않은 얘기엔 대답하지 않겠다! 그 얘길 다시 꺼내겠다면."

"──주인 어르신, 보고가 들어왔습니다. 스텔라 아가씨께서 군복을 입고 유니 님과 함께 로스트레이로 향하셨다고 합니다. 호위로는 미나가. 서신도 보내셨습니다. 『티나의 예측으로는 일주일 내로 비가 내릴 가능성은 없으며 안개가 발생할 것이라 예상』. 이상입니다."

절묘한 타이밍에 그레이엄이 스텔라의 정보를 알려주었다.

흥. 내 생각을 읽었나. 그…… 그 스텔라가!

그나저나 왕립 학교 입학 건도 그렇고 군복 건도 그렇고 엑토르 옹과 브라우너에게 조력을 구한 것도 그렇고 아비가 내린 명령에 반발하다니, 괘씸하긴!

가르침을 받는 가정교사가 문제인가.

구출한 다음엔 그와도 함께 술잔을 기울일 필요가 있겠군.

교수와 그레이엄이 동시에 딴지를 걸었다.

"월터, 입가가 아주 풀어졌는걸?"

"주인 어르신, 스텔라 아가씨께서 성장하신 것은 기쁠 따름입니다만……."

"에이잇! ……그레이엄, 셰리와 각 가문 당주에게 연락해라. 『전장, 전술에 변동 없음』이라고."

"알겠습니다. 주인 어르신, 하나 더 신경 쓰이는 점이 있습니다."

"뭐냐?"

"조금 전 제국군 참모 이상 가는 미확인 정보입니다만……."

그레이엄이 말을 머뭇거렸다.

『심연』이라 칭송받는 이 남자가 입에 담길 주저한다고?

말없이 기다리자, 조용히 알려왔다.

"──『용사』 앨리스 앨번 님의 모습이 제국 수도에서 보이지 않습니다."

"그래."

그 살아있는 영웅인 소녀의 모습이 보이지 않는다고.

사람 사이의 다툼에는 개입할 거라 생각할 수 없다만…… 머리 한구석에 기억해 두자.

그레이엄이 허리를 직각으로 굽히고 깊숙이 고개를 숙였다.

"저는 갈로아 북부에서 소문을 유포하도록 하겠습니다. 주인 어르신, 무운을 기원하겠습니다."

집사장의 모습이 사라진다. 교수도 일어서더니 의자와 테이블을 어둠 속으로 집어넣었다.

"자, 그러면…… 월터, 나는 제국 수도로 가겠네. 황제 폐하

어르신과도 조금 얘기를 해놔야지. 저쪽도 전쟁이 진흙탕 속으로 빠지는 건 원치 않을 게야."

"부탁하지."

전쟁을 시작하기는 쉬우나 끝내기는 어렵다.

이 시기에 교수가 북쪽에 있어 주어 다행이다. ……입 밖에 내진 않겠지만!

악우가 날 보더니 즐거운 듯이 웃었다.

"월터, 자네는 전에 앨런에게 이렇게 말했다지?『무인 가문으로서의 하워드는 나로서 끝』이라고. 아무래도 그렇게 되진 않을 모양이야. 스텔라 양이『군신』을 잇게 되려나? 나로선『군신』대『검희』의 싸움에 말려들고 싶진 않네만……."

"아직도 그 소리냐! 미래의 일은 알 수 없다."

어이없어하며 교수에게 선언했다.

"결전의 땅은 사전에 짠 작전대로 100년 전과 똑같이── 로스트레이다. 그곳에서 제국과의 전쟁에 마침표를 찍도록 하지. 이기는 것은 당연한 일. 문제는 어떻게 이기느냐다."

*

갈로아 남부, 로스트레이 중앙에는 적당한 높이의 언덕이 있었다.

현지에서 불리는 이름은 쓰러지지 않는다는 뜻의『부도(不

倒)』. 옛 대영웅이 수많은 마물 무리를 상대로 오로지 혼자서 줄곧 사수해 냈다는 고사에서 유래했다고 한다.

앨런 님이라면『스텔라는 공부를 열심히 했군요』하고 웃으며 이것저것 알려주셨겠지.

나는 가슴 안주머니에 넣어둔 제이드 그리폰의 깃털과 티나와 엘리가 "이것만이라도 갖고 가주세요!" 하고 억지로 주길래 왼쪽 어깨 부근에 달아둔 머리 장식과 리본을 만졌다.

아무튼── 언덕은 군사상 중요한 곳이다. 그런데…… 나는 한 번 더 미나에게 되물었다.

"그 보고가 진짜야? 정말로…… 아버지가 스스로 언덕을 포기하셨다고?"

"네. 틀림없습니다. 제국군이 점거해 본진까지 두었어요."

──우리 군은 제국군보다 이르게 로스트레이에 진을 펼치고 있었다.

따라서 당연히『부도』언덕을 확보하고 있었으나…… 책상 위에 놓인 지도를 눈으로 훑었다. 우리는 일부러 중앙 안쪽에 놓인 총사령부와는 조금 떨어진 곳에 진을 쳐놓았다.

노트에 적힌 앨런 님의 말을 마음속으로 되새겼다.

『──매사에는 반드시 이유가 있습니다. 일견 관계가 없어 보여도 어딘가에서 이어져 있을지도 모르죠. 스텔라라면 매사를 부감하는 것의 소중함을 이해하겠죠?』

눈을 감고── 나는 부메이드장을 불렀다.

"미나, 부대 수송 상황은?"

"북도에서 전군, 수송 완료해 진지에 도착했습니다! 일부 부대는 이동에 차량을 이용한 모양입니다. 낙오된 부대는 없습니다. 티나 아가씨, 만점이에요♪"

고도 오인에서 제국군 주력의 진군이 개시된 이후로 북도 교외에 집결해 있던 북방 가문 중 대부분은 기차를 타고 갈로아 최남단 제시어로 이동을 개시했다.

도착한 이후로는 잠시 쉴 틈도 없이 안개 속을 이동해 로스트 레이로 행군했고 어쩔 수 없이 시간을 맞추지 못하는 부대는 모아두었던 차를 타고 이동하는 것을 시도해 성공했다.

아마도――역사상 첫 차량의 군사 이용. 티나의 이름은 전쟁사에 남을지도 모른다.

"제국군은 병참 면에서 갈로아 남부로 이동시킬 수 있는 한계가 약 10만. 반면 이쪽은 약 7만. 병력은 열세지만…… 적은 아마도."

나는 지도 위의 우익을 가리켰다. 어제까지 포진된 수는 불과 5천뿐이었다.

"이곳에 전력을 집중해 돌파를 꾀하려 할 게 분명해. 하지만 이렇게 안개가 짙으니, 제국군은 증원 병력이 배치된 걸 눈치 못 채겠지. 게다가 우익은 야전 축성까지 완료했어. 간단히 돌파할 수 없어……."

전체상이 보이기 시작했다. ……즉 아버지는.

의자에서 일어나 나는 부메이드장에게 미소 지었다.

"――언덕 아래로 향하자. 아버지에게 이렇게 전해줘. 『새로운 극치 마법』을 쓰겠다고."

　전투는 내가 언덕 아래에 도착하기 전에 시작됐다.
　예측대로 제국군은 안개가 걷힌 우익에 대공세를 걸어왔다.
하지만 유니 숙부님이 철저하게 행한 야전 축성과 두 후작가 군
대의 증원을 받은 우익은 계속해서 공세를 되받아쳤다.
　애가 타는 제국군. 그리고—— 그때가 찾아왔다.
　상공에서 정찰하던 그리폰의 보고가 각 진지의 통신 보주를
울렸다.
　『적군 다수, 언덕을 내려와 우익으로 향하는 중! 증원이라 추
측! 본진의 움직임 없음!』
　이 보고를—— 아버지는 기다리고 계시던 것이다.
　말에서 내려 내 옆으로 온 월터 하워드 공작이 팔짱을 끼더니
여전히 안개에 휩싸인 언덕을 바라보았다. 후방에는 『푸른빛
방벽』과 북방 가문들에서 선출된 정예부대가 이제나저제나 하
고 돌격 명령을 기다리고 있었다.
　"스텔라. 네가 앨런이 고안한 새로운 극치 마법을——『빙광
응(氷光鷹)』을 쓸 필요는 없다! 그건 최고 기밀 취급이란 말이
다. 사기 고양의 임무는 이미 달성했어."
　"적에게 줄 충격은 크면 클수록 좋죠. 저는 앨런 님이 주신 이
힘을 쓰는 걸 주저하지 않겠어요. ……늦든 빠르든 어차피 타
국에 들킬 겁니다. 하물며 지금은 비상시. 우선 이겨야죠. 모든
건 거기서부터 시작되는 게 아닌가요?"

팽팽한 분위기. 안개 속, 남쪽에선 전장의 음악 소리가 흘러왔다.

아버지가——홋 하고 크게 숨을 내뱉으셨다.

"난처하구먼."

"가르침을 받는 분이 짓궂은 분이시거든요."

"그와는 얘기를 좀 해야겠군. ——간다!"

아버지가 두 주먹을 마주치며 마법을 자아내기 시작했다.

흘러나오는 방대한 마력에 주변 일대가 설원이 되었고 근처 나무들이 얼어붙는다.

이것이…… 이것이 하워드 공작의 실력!

아마도 과거의 나라면 이 시점에서 마음이 꺾이고 말았으리라.

하지만 지금의 나는——.

"갑니다!"

날카로운 기합과 함께 애검과 완드를 뽑아 언덕을 덮은 안개로 향했다.

카렌과 싸웠을 때는 앨런 님이 계셨다. ……계셔주셨다. 하지만 지금은 나 혼자뿐이다.

설령…… 설령 그렇다 해도! 나는 언제까지고 제자리에 멈춰 있을 순 없어!!

——수많은 눈꽃이 날며 맑고 깨끗한 얼음 바람이 휘몰아친다.

앨런 님이 주신 극치 마법——『빙광응』을 발동!

얼음과 빛, 두 마리가 한 조를 이룬 『매』가 나타나 날 지키듯이 날아올랐다.

미나와 메이드들이 놀라워하며 외쳤다.

"만점으론…… 부족해요." "아름다워라……." "굉장해요! 굉장해!! 굉장해!!!"

후방 부대들도 웅성대며 놀라고 있다.

──몇천, 몇만 번을 연습한 것 중, 이번 것이 가장 안정적이다.

티나와 엘리가 건네준 머리 장식과 리본, 그리고 앨런 님의 부적 덕일까? 나는 전장에 어울리지 않는 따뜻한 감정을 품고── 외쳤다.

"아버지!" "알고 있다!"

──눈보라가 불어닥치며 얼음 속성 극치 마법 『빙설랑』이 현현!

아버지께 시선을 향했다.

"언제든 괜찮아요!"

"돌격에 참가하는 건 허락 못 한다. 이 자리에서 대기하도록.── 스텔라."

"네?"

"──용케, 용케 여기까지 훌륭히 완성시켰구나! 가마!!!"

"읏! 네! ……네!!!"

생각 못 한 칭찬에 가슴이 벅차오르면서── 나는 세검과 완드를 휘둘러 언덕을 덮은 짙은 안개를 향해 『빙광응』을 해방했다!

동시에 『빙설랑』도 커다란 포효를 질렀다. 돌격을 개시했고 ——.

우리의 극치 마법은 단숨에 짙은 안개를 날려버렸다.

아버지가 말에 올라타 사자후를 날리셨다.

"전군, 앞으로!!! 제국군을 쫓아버려라!!!"

쩌렁쩌렁한 외침. 살아있는 『군신』을 선두로 『푸른빛 방벽』이 돌격을 개시해 언덕을 오르기 시작했다.

햇빛과 얼음 조각, 마력의 잔재로 언덕을 오르기 시작한 병사들이 반짝이며 빛난다.

전군에게서 이곳까지 들려오는 떠들썩한 환희의 소리.

단숨에 아군의 사기가 고양되는 것이 피부로 느껴졌다. 나는 통신 보주로 전군에 외쳤다.

『모두—— 지금이야말로 앞으로! 승리를 위해!!』

로스트레이 전체에 우렁찬 함성이 울려 퍼졌다.

——눈 깜짝할 새에 언덕 위 제국군 군기가 쓰러졌다. 무사히 탈환에 성공한 모양이다.

통신 보주에서는 『적 본진에 돌입 개시!』라는 소식이 울렸다.

이로써 이 전투는 이겼다.

아버지는 우선 우익을 허술히 두어 적군을 유도했고 언덕까지 넘겼다.

하지만 증원을 얻은 우익은 뒤로 빠지지 못했고 적은 예비 전력을 투입했다.

그곳을 찔러 우리 군은 적 전선을 중앙 돌파한 것이다.

이제는 우익에 집중해 퇴로가 끊긴 적을 포위 섬멸하면 끝이야…….

하지만── 나는 주변에 얼음 마법을 조용히 발동시켰다. 눈이 촉촉해진 미나에게 말을 걸었다.

"아직 끝이 아니야. 주위를 경계── 미나!" "스텔라 아가씨!"

눈치챈 것은 거의 동시였다.

분명 아무도 없었을 산림 지대에서 섬광과 함께 돌 탄환이 쏟아졌고── 내가 발동한 얼음 거울에 팅겨 나갔으며 미나의 주먹과 발차기에 분쇄됐다.

곧장 메이드들이 날 둘러싸 방어 진형을 펼쳤다. 전투태세로 이행한 부메이드장이 앞을 향해

"핫!!!"

오른쪽 주먹을 내질렀다. 믿기지 않게 회오리바람이 생겨나 무언가를 부수는 소리가 났고 인식 방해 마법이 붕괴, 적병의 모습이 드러났다. 수는 열댓 명. 선두에 선 것은 소녀, 중앙에는 기묘한 상자. 마도구?

선두에서 활을 쥔 소녀 기사가 경악했고 청년 기사의 얼굴에

는 경직이 일었다.

"윽! 뭐, 뭐 저래?!" "야나 님, 역시 이건 무리입니다. 물러납시다."

나는 방심하지 않고 마법을 자아내며 이름을 댔다.

"하워드 공작가 장녀—— 스텔라 하워드입니다. 누군가는 전장을 우회해 직접 본진을 기습할 것 같긴 했죠. 그런데 여긴 본진이 아닌데요?"

"! 하워드 공작가의…… 야나 유스틴이야. 이쪽은 후스 색스."

소녀 기사가 눈을 동그랗게 뜨더니 자신과 청년의 이름을 댔다.

『유스틴』과 『색스』란 말이지.

나는 세검과 완드를 거머쥐었다.

"이곳 전투는 끝났습니다. 물러가면…… 시간을 벌겠습니다!!! 가세요!!!"

"? 무슨 소릴." "야나 님!"

청년 기사가 날카롭게 외치고 소녀 기사를 잡아당겨 넘어뜨렸다. 직후—— 그 머리 위를 통과하는 마법의 사슬.

나는 얼음 속성 상급 마법 『섬신빙창(閃迅氷槍)』을 발동. 인식 방해 마법을 쓰고 있는 상대에게 발사했다.

초고속 얼음 창의 무리가 소녀 기사 일행의 후방에 쏟아졌고 모두 흑회색 방패에 거뜬히 막혀 부서졌다. ……이건 제럴드 왕자의.

"날 눈치채다니 제법이군."

높은 목소리가 나며 인식 방해 마법이 벗겨져 나간다.

나타난 것은 순백색이지만, 소매와 후드 모자의 테두리가 심홍색으로 물든 로브 차림의 여자였다. 키는 티나와 비슷할지도 모른다.

손에는 작은 유리병을 들었다. 들어있는 것은.

"……피와…… 저건 뭐지?"

내 중얼거림에는 대답하지 않고 여자는 고개를 저었다.

"나 원…… 마지막 끝에 가서 『인형』이 자아를 가지다니, 한탄스러운 일이야. 결전은 무리라고 조언했건만…… 어리석은 자에게 승리의 소식은 마약이로군. 거기다 하워드 자체도 야만족이었어. 공작 스스로 돌격을 감행하다니. ──하지만 유스틴의 『피』는 손에 넣었다. 남은 것은."

"윽?!" "야나 님!!!!!!"

여자가 왼손을 아무렇게나 휘둘렀다. 꺼림칙한 잔광과 함께 날카로운 칼날이 무수히 소녀 기사에게 덮쳐들었다.

나는 완드를 휘둘러 『빙신경(氷神鏡)』을 다중 발동, 소녀와 그녀를 막아서려는 소년을 지키고 외쳤다.

"어서 가요! 아마도 황태자 전하는…… 이미 가망이 없습니다! 다음 목표는 야나 유스틴! 당신이에요!!"

"큭! 하, 하지만!"

"하워드 공녀 전하, 감사합니다. 이 은혜는 반드시! 퇴각이다!!!"

"어? 어어? 자, 잠깐만, 후스!!"

주저하는 여기사를 안아 든 청년 기사가 호령을 내렸고 퇴각한다.

여자의 조소가 울렸다.

"멍청하긴. 놓칠 것 같나. 유스틴의 『피』는 여전히 더 필요하다."

그리고 소매에서 부적 몇 장을 꺼내 허공에 던졌다.

우리를 포위하듯이 차례차례 마법진이 형성되었고——.

"뭐, 뭐야? 저게……?"

얼굴이 보이지 않는 투구에 중장갑. 손에는 여러 무기를 든 기묘한 기사들이 나타났다.

미나가 절박한 목소리로 날 불렀다.

"스텔라 아가씨! 저것들은 마도병일 거예요! 저희가 시간을 벌 테니 도망쳐 주세요!!!"

"마도병…… 한때 라라노어와 유스틴이 연구했다는 인조 병사 말이구나……."

나는 지식을 되새기며 주변을 확인했다.

——전방에는 정체불명의 여성. 주위에는 마도병. 황녀 일행은 채 도망치지 못한 모양이다.

통신 보주는…….

『스!……! 황태—— 부상——. ……도망…….』

안 되겠어. 방해받고 있다. 하지만 아버지라면 금세 이변을 눈치채실 터…….

나는 검과 완드를 들고 다시 자세를 가다듬었다.

"미나, 저 여자는 내가 상대할게. 넌 모두를 지휘해 줘. 증원이 올 때까지 어떻게 해서든 버티는 거야! 후스 색스! 당신도 도와주세요!"

"스텔라 아가씨! ──알겠습니다. 미나 워커에게 맡겨주세요."

"그래!" "자, 잠깐만!"

야나의 외침을 들으며 나는 여자에게 얼음 속성 중급 마법 『빙신창(氷神槍)』을 사방에서 쏘았다.

"──호오."

"윽!!!"

하지만 수많은 얼음 창이 여자를 지키는 흑회색 마법 장벽에 막혀 산산이 부서졌다.

그렇다면!!! 곧장 준비해 두었던 다음 마법을 발사했다.

──얼음 속성 상급 마법 『섬신빙창』, 『쌍대빙주(雙大氷柱)』, 『빙제취설(氷帝吹雪)』.

여자를 둘러싸듯이 세 발을 동시에 발동.

하지만 그것들도 흑회색 장벽을 뚫지 못하고 산산이 부서져 수많은 얼음 조각을 흩날렸다.

"나쁘지 않군. 평범한 사도였다면 죽었겠어……. 자, 저항은 이제 끝이냐?"

여자가 가슴께에서 목제 인장을 꺼내 만지작거리며 내게 물었다.

안 되겠어. 평범한 마법으론 저 마법 장벽은 뚫을 수 없어.

아마 『빙광응』이라 해도……. 그러면 이제 남은 건 그것밖에.

하지만── 내가 할 수 있을까? 앨런 님도 계시지 않는데?

노트에 적혀 있던 다정한 말이 머릿속에 되살아났다.

『스텔라라면 할 수 있어요, 저는 당신을 믿습니다.』

앨런 님, 제게 용기를 주세요……! 티나, 엘리, 내게 힘을 줘!

나는 제이드 그리폰의 깃털, 머리 장식, 리본을 만지고──

숨을 들이켜고서 여자를 바라보았다.

"저는── 지지 않아요!!!!!!"

외침과 함께 나는 세검과 완드를 휘둘러 『빙광응』을 현현시

켰다. 여자가 비웃는다.

"처음 보는 극치 마법이군. ──하지만 그 위력으론 성녀님

이 주신 성스러운 『방패』는 뚫지 못해!"

"그렇겠죠. 하지만."

짝을 이룬 두 마리의 매가 내게 급강하!

눈꽃이 춤을 추며 세검과 완드가 푸르게, 푸르게 빛을 발하기

시작했다.

나는 여자에게 조용히 고했다.

"──『비장의 수는 아껴두는 법』이잖아요?"

"?!!!!"

후드 모자 아래로 보이는 여자의 얼굴이 경악으로 물드는 걸 알 수 있었다. 비전을 사용하는 자는 공작가 중에서도 많지 않다.

왼손의 완드에 발동시킨 새로운 비전── 여덟 장의 『창순』을 들이밀며 돌격을 개시!

팔각뿔이 된 『창순』이 여자의 꺼림칙한 흑회색 『방패』를 관통했고──.

"하아아아아아앗!!!!!!!!!!!!!!"

"큭!"

비전 『창검』을 있는 힘껏 휘둘러 내렸다.

──격렬한 금속음과 어마어마한 충격.

여자가 외날 단검을 뽑아 들어 받아낸 것이다.

충격으로 조금 전 만지작거리던 인장이 보였다. 저것은 성령교의.

갑자기 부풀어 오른 여자의 마력에 튕겨 나온 나는 거의 설원이 된 지면을 굴렀다.

금세 일어나 세검과 완드를 겨눈다.

여자는 『창검』을 받고 칠흑색 검신과 왼팔이 일부 얼어붙었으며 로브 소매도 찢어졌다.

──잠긴 웃음소리.

"큭큭큭……."

"뭐가 웃기죠?"

여자는 천천히 고개를 들더니── 나를 바라보았다. 단검이 부러져 지면에 꽂힌다.

"윽."

등줄기에 오한이 달렸다. 이 사람의 눈…… 무서워……. 여자가 입꼬리를 올렸다.

"『영웅』들의 피 말고는 관심이 없었는데…… 왕국 4대 공작가에는 웨인라이트의 피가 흐르고 있었지. 감사를 표하는 대신 이름을 대마── 성녀님께 선택받은 신(新)사도, 이디스다."

"사도?"

"하사반은 단검이 부러지고 로브도 찢어졌군……. 이 죄는 그냥 넘어갈 수 없다. 속죄는 그대의 『피』로 벌충하마."

남아있던 오른쪽 소매에서 조금 전 들고 있던 작은 유리병을 꺼냈다.

이디스의 절대적 우위를 확신하는 시선이 날 꿰뚫는다.

"새로운 무기의 가능성에 눈뜨게 해준 답례다. 열심히── 발버둥 쳐 봐라."

그렇게 말하고 이디스는 작은 병을 지면에 던져 깨뜨렸다.

──꺼림칙한 마법식이 주변 일대를 가득 메운다.

이건…… 마법 생물의 소환식?!!

흑회색 빛이 반짝이며 방대한 마력이 모여든다.

안 돼. 이 생물은 안 돼!!!

나는 온 힘을 다해 『빙광응』을 발동. 이디스를 덮치도록 있는 힘껏 날려 보냈다.

──착탄 직전에도 이디스의 웃음은 무너지지 않았다.

맹렬한 눈보라가 휘몰아치며 시야가 막혔고 나무, 꽃과 풀들이 얼어붙으며 거대한 얼음 벌판을 형성해 나갔다.

……해냈나?

얼음 안개를 꿰뚫은 『뼈 꼬리』를 피한 것은 앨런 님과의 훈련 덕분이었다.

『눈으로만 좇는 게 아니라 마력으로도 감지하는 버릇을 들여두세요.』

후방으로 도약한 내가 본 것은 조금 전까지 있던 장소에 뚫린 거대한 구멍.

얼음 안개를 폭풍으로 날려버리고…… 그것이 눈앞에 나타났다.

얼토당토않은 사건에 몸이 얼어붙는다. 목소리가 떨린다.

"서, 설마…… 이, 이럴 수가…… 이, 이건……."

상공을 날고 있던 것은 거대한—— 뼈만 남은 용이었다.

입가에는 어린 아기만 한 수많은 송곳니가 번뜩인다. 거대한 여덟 장의 날개에는 흑회색 마력이 막을 형성했다.

무엇보다…… 마력 장벽이 눈에 보일 정도로 압도적이다. 이, 이런…… 이런 건…….

골룡의 머리 위에 올라탄 이디스의 조소가 귓가를 때렸다.

"저런? 왜 그러지? 하워드의 딸. 혹시 겁먹은 거냐? 미안하군. 힘 조절이 서툴러서. ——참, 이렇게 말해야 했던가?"

이디스는 깔보는 말투로 내게 말했다.

"『비장의 수는 아껴두는 법』. 큭큭큭…… 하하하하하!!!"

"큭……!"
나는 떨리는 자신을 질타하며 세검과 완드를 들고 자세를 취했다.
이런 곳에서 죽을 순 없어! 나는 그분을, 앨런 님을 구하러 갈거야!!
흩날리는 눈꽃이 날 격려하듯이 명멸했다. 이디스가 웃음을 멈췄다.
"뭐냐, 그 얼굴은? 재미없군. ……살려서 붙잡으려 했으나, 관두마. 죽어라!"
골룡이 커다란 입을 열었다. 흑회색 마력이 모여들더니 커다란 덩어리가 된다. 용의 숨결!
회피는…… 안 돼. 후방에서 마도병들과 싸우는 미나 일행이 맞는다.
내가 받아낼 수밖에 없어!
완드를 쭉 내밀어 『창순』을 전력 전개. 눈꽃이 더더욱 격렬히 명멸한다.
이디스는 짜증 난다는 듯이 손톱을 깨물었다.
"왜 도망치지 않지? 뒤에 있는 녀석들을 지키고 있는 거냐? 공작가의 딸이? 있을 수 없어! 너희는 악한 녀석들이다!! 그래야만 해!!!"

"절대 도망치지 않아요. 왜냐하면——."

상공의 이디스에게 시선을 부딪친다.

"저는—— 세상에서 가장 다정하고 강한 마법사님의 제자니까!!"

"……죽어라."

골룡이 흑회색 숨결을 내뿜었다.

『창순』과 격돌했고

"으윽…… ."

차례차례 관통. 완드를 쥔 왼팔이 삐걱거리며 격통이 내달린다.

이디스가 외쳤다.

"죽어라! 어서…… 어서 죽어!! 나쁜 귀족은 죽어버려!!!"

"나는 고작 당신에겐…… 절대, 지지 않아!!!!!!!"

온존해 둔 오른손의 세검을 내질러—— 두 장째 『창순』을 발동시켰다.

——이것이 내 진짜 『비장의 수』.

앨런 님의 노트에서 시사하던 비전의 이중 발동이다.

눈꽃이 날며 창백한 빛이 번쩍였고 숨결 그 자체를 거꾸로 얼려 나갔다.

『창검』과 『창순』은 모두 공방 일체의 비전.

방패라고 해서 공격을 못 하는 게 아니야!

"이럴 수가?!"

놀라는 이디스. 마침내 골룡의 마법 장벽까지 얼려버리며 돌파한다!

본체에 도달해 침식하며 얼리더니── 얼음 안개가 발생했고 시야가 다시 가로막힌다.

나는 온 마력을 쏟아 넣다가⋯⋯ 한계를 맞이해 『창순』의 발동을 정지시켰다.

피로와 격통으로 지면에 두 손 두 발을 꿇고 말았다.

"하아 하아 하아 하아⋯⋯."

또, 앨런 님 덕에 살았어⋯⋯.

세검을 지면에 꽂아 비틀거리며 일어섰다.

미나 일행은── 재빨리 검으로 꼬리의 일격을 받아내며 후방으로 뛴 것은 기적에 가까웠다.

"꺅!"

비명을 지르며 날아가다 지면을 굴렀다.

얼음 안개가── 걷힌다.

상공에는 군데군데 흑회색 빛을 발하며 재생 중인 골룡. 그리고 그 머리 위에는 명백하게 격노한 이디스가 보였다.

"네 이노오오오오오옴!!! 성녀님께서 하사하신 창룡의 뼈에 상처를 입혀어어엇! 용서 못 해! 더 이상!! 절대, 용서 못 해!!!"

용의 입이 열렸고 불길한 마력이 모여들었다.

마도병 여럿을 상대하던 미나의 비명이 들려왔다.

"스텔라 아가씨!!! 도망치세요!!!"

다들 아직 싸우고 있다. 그렇다면…… 이디스가 놀랐다.

"! 아직도 일어선단 거냐. 쓸데없이 발버둥 치지 마라!"

"죽을 순 없어! 나는, 그분을, 앨런 님을 구하러 가야 하니까!"

"넌 여기서 죽어라."

골룡이 숨결을 내뿜으려 했고

"응. 오길 잘했어. 이 존재는 간과할 수 없어. ──얍."

""?!!!""

평탄한 목소리와 함께 근처 나무에서 도약한 그 사람이 골룡의 얼굴을 작은 손으로 때렸다.

손에 맞아 뼈가 바스러지며 떨어진 골룡이 흙먼지와 굉음을 일으키며 땅에 엎드렸다.

"쯧!"

혀를 차며 이디스도 지면으로 착지했다. 입가에 동요가 엿보인다.

그리고── 소녀가 나타났다.

*

"불쌍해……."

　절체절명의 위기에 빠진 날 구해준 뒤 백금색 머리카락에 금색 리본을 달고 허리에는 오래된 검을 찬 인형 같은 미소녀──『용사』앨리스 앨번이 이 상황에 당황한 이디스에게 말했다.
　"용은 이 세계에서 가장 아름다운 생물. 그런데…… 이게 뭐야? 오랜 세월이 흐른 창룡의 유골을 모조품에도 못 미치는 가짜 대마법과 옅고 탁해 빠진 『사수』의 피로 억지로 움직였어. 너무 추악해. 이런 짓을 떠올려 실행에 옮긴 네 주인은──."
　앨리스의 눈이 날카로워지며 자신을 『신사도』라 소개한 여성을 꿰뚫었다.
　"어지간히 성격이 비뚤어진 나쁜 아이야. 세계에 있어서 틀림없는 해악이지. 이름을 알려주면 좋겠어. 다만…… 검으로는 베고 싶지 않아. 더러워지고 그럴 가치도 없어 보여."
　이디스가 격노했다.
　"?! 네, 네 이놈! 네 이놈 네 이놈 네 이놈 네 이노오오오오오오옴!!!!!!"
　몸을 파들파들 떨며 발로 땅을 구른다.
　"그분을…… 이 변변찮은 세상을 구제해 주시려는 성녀님을 우롱하지 마라!!! 그분께서 행하시는 일은 옳아! 모두 옳단 말이다! 예언대로 동방에선 『결함품 열쇠』를 붙잡았고 남방에선 『검희』가 반은 땅으로 떨어진 데다 북방에선 네놈이 뻔뻔스레 나타났지! 선택받은 신사도인 내가 오늘 이곳에서 널 토벌해 훗

날의 우려를 제거하겠다!!! 성룡! 저 여자를 뭉개라!!!"

조금 전 튕겨 날아갔던 골룡이 일어서더니 소녀를 덮쳤다.

"위험해!"

나는 외쳤고 곧바로 요격하려다가── 작은 손에 제지당했다.

"응── 늑대 성녀, 고마워. 그래도 괜찮아."

닥쳐오는 이형의 용을 앞에 두고도 소녀의 목소리는 전혀 변함이 없었다.

크게 입이 벌어지고 날카로운 이빨이 앨리스를 꿰뚫으려던 때.

"──나는 이래 봬도, 아주 조금 강해."

""?!!!""

앨리스는 자신을 깨물어 부수려 드는 골룡의 콧등을 작은 손으로 붙잡아 강제로 멈춰 세웠다. 그리고는.

"영차."

"아니?!"

그대로 가뿐하게 골룡을 공중으로 내던졌다.

입을 다물지 못하는 이디스. 나도 아연실색했다.

날개를 펼쳐 상공에서 자세를 바로잡은 골룡이 증오에 찬 소리 없는 신음으로 공간을 진동시켰다. 전방에 열댓 개의 마법진이 떠오르더니 무지막지한 마력이 모여든다. 미지의 공격 마법!

"큭……."

나는 이를 악물고 비틀거리면서도 이번에야말로 자리에서 일어나 세검과 완드를 들고 자세를 잡았다.

아까처럼 『창순』으로 막지 않으면…… 모두가 위험해!

아버지가 달려와 주실 때까진 내가 모두를 지켜야 해……!

비장한 결의를 굳히고 있는데 앨리스가 힐끗 날 바라보았다.

"마력 고갈도 가깝고 너덜너덜해졌는데도 여전히 저항하며 모두를 지키려 하는구나. ──늑대 성녀, 넌 제대로 그 사람의 제자야. 기특해. 하지만 아까 말했지. 괜찮아. 왜냐하면."

"가라! 저 여자를 죽여버려!"

이디스가 절규하며 골룡에게 지시를 내렸다. 소환한 주인의 명에 따라 골룡이 마법을 해방하려 했고

"──나는 『용사』 앨리스 앨번. 이 세계를 지키는 『검』이니까."

소녀는 중얼거림과 함께 오래된 검은 검을 뽑아 들어── 아무렇게나 한 번 휘둘렀다.

다음 순간…… 골룡이 반으로 절단되며 그 후방의 구름이 소실됐고 하늘 자체가 갈라졌다.

한 박자 늦게── 숨결의 마력이 폭발, 엄청난 충격과 돌풍이 일대에 거세게 불어닥쳤다.

"저 말도 안 되는 마법 장벽을…… 잘랐다고?" "끄으윽?!!!"

내가 경악하고 이디스가 격하게 동요하는 가운데 골룡이었던

물체가 낙하했다.

모래가 되어―― 지면에 도달하기 전에 사라졌다.

앨리스가 이디스를 다시 돌아보고 시시하다는 듯이 말했다.

"끝이야? 또 있으면 빨리 꺼내. 귀찮아."

"끅?! ……나를, 성녀님이 직접 선택해 주신 신사도를 얕보지 마라!!!"

그렇게 외치고 오른팔 소매에서 작은 병을 두 개 꺼내 동시에 땅으로 내던졌다.

작은 병이 깨지며 자국을 만들더니―― 단숨에 피와 재, 검은색이 뒤섞인 정교한 마법식이 땅을 달렸다. 주변을 둘러본 내 눈이 휘둥그레진다.

"이 마법식은……?!"

"지금으로부터 100년 전, 이곳에서 죽은 제국의 망령들이 네 놈들을 저세상으로 보내줄 거다. 옛 전장을 결전의 땅으로 삼은 것이 실수였단 걸 깨달아라!!!"

후드 모자 아래의 뺨에 뱀 같은 문장을 떠올리며 이디스가 의기양양하게 외쳤다.

――꺼림칙한 마력의 고동. 지면이 울리며 수많은 무언가가…… 기어 나오려 하고 있다.

갑자기 뼈만 남은 팔이 수없이 지면에서 튀어나왔다.

"!"

비명을 지르려던 것을 간신히 참고 나는 세검과 완드를 고쳐 쥐었다.

서, 설마, 이 마법은…….

주변 일대에서도 차례차례 해골 병사—— 그중에는 살아있을 적 군복을 입은, 이 땅에서 전사한 자들이 일어섰다.

이디스의 커다란 웃음소리가 울려 퍼졌다.

"후후…… 후후후…… 천재 마법사 『염마』가 창조한 금기 마법 중 하나, 죽은 자의 군대를 만들어 내는 『고골망몽(故骨亡夢)』이다! 『용사』여, 네놈은 강하다. 하지만 아무리 네놈이라 해도 수만에 달하는 병사들을 이길 순 없지! 이곳이 옛 전장이란 사실을 저주하거라."

"……"

앨리스가 침묵했다. 확실히, 이렇게나 많으면……. 하지만! 그렇다 해도!!

나는 포기하지 않고 최대한 얼음 마법을 짰다.

왜냐하면.

"나는, 앨런 님의 제자야! 고작 이 정도로!"

"흥…… 체념할 줄을 모르는군. 어서 포기해버리면 편할 것을. 『결함품 열쇠』도 지금쯤 『염마의 탑』에서 죽었을 거다! 『용사』와 하워드의 『피』를 동시에 회수할 수 있다면 성녀님이 기뻐하시겠지. 하지만 안심해라. 네놈들은 죽는 게 아니야. 그분은 만인이 행복해질 수 있는 세계를 희망하신다. 『실험』이 완성된 그때에는——."

후드 모자 아래에서 이디스의 입꼬리가 올라가며 유열을 드러냈다.

『실험』? 아까 그 골룡도, 이 금기 마법의 재현도, 모두 그 부산
물이란 거야?

그리고…… 앨런 님을 『결함품 열쇠』라고 부른 데다, 『염마
의 탑』에 유폐했다고?

"사람은 『죽음』을 초월해 신의 영역에 도달하여 자유로이
소생할 수 있게 될 거다. 그렇게 되면 다툼도, 수인과 성씨 없
는 자, 이주 민족, 고아와 같은 약자들이 핍박받을 일도 사라
져…… 세상은 평온으로 가득 차겠지. 네놈들이 지금 희생된다
해도 그것은 희생이 아니다! 명예로운 일시적 죽음에 불과해!"

"?!!" "……."

나는 경악해 말도 잇지 못했다. 앨리스는 여전히 침묵하고 있
다.

이 사람은, 대체, 대체 무슨 소릴 하는 거야?

이디스가 황홀한 말투로 단언했다.

"과거의 대영웅 『성녀』가 다룬 대마법 『소생』, 그 완전한 복
원이야말로 우리의 비원! 성녀님이, 아이들이 눈물을 흘릴 필
요가 없는 세계를 우리는 손에 넣을 것이다!!!"

"당신은 진심으로 그런 소릴!" "응, 대충, 이해했어."

거친 목소리로 질책하려던 나를 앨리스가 왼손으로 제지했
다. 주변은 이미 만을 훌쩍 넘는 시체 병사들에게 포위당했다.
소녀가 담담히 말을 자아냈다.

"좋은 듯 들리면서 부정하기 힘든 말들의 나열이야. 네 주인은 머리가 좋아. 나도…… 죽은 자와 얘기하고 싶다는 생각이 없는 건 아니야."

지금은 돌아가신 어머니—— 로자 하워드의 다정한 미소가 떠오른다.

"——하지만."

앨리스의 말투가 단호하게 바뀐다.

"영원한 생명. 그런 건 존재하지 않아. 사람은 모두가 죽어. 인간이든 엘프든 드워프든…… 너처럼 반 늑대든 평등하게 죽어."

"?!!!" "……어?"

이디스의 몸이 얼어붙었고 나도 중얼거림이 새어 나왔다.

앨리스는 검을 하늘 높이 치켜들었다.

"하지만 그렇기에—— 사람은 마음을 맡기고 마음을 이어 나가며 마음에 의지해 계속해서 앞으로 나아가지. 그것을 부정하고 자신의 희망이란 탈을 쓴 절망으로 세계를 죽이려 한다면."

"이, 이럴, 수가……." "괴, 굉장해……."

소녀의 몸에서 도저히 사람의 것이라곤 생각 못 할 마력이 방출되며 수많은 번개가 튀었다.

그리고 번개는 하얗게 빛나는 날개를 형성했고 앨리스가 하늘로 날아올랐다.

『용사』가 선고했다.

"나는—— 신 없는 세상을 위탁받은 『앨번』의 이름으로 너희를 막을 거야."

폭풍이 휘몰아치며 이디스의 후드 모자가 날아갔다.

——그 머리에는 카렌보다도 작지만, 그럼에도 동물 귀와 작은 뿔 두 개가 있었다.

"큭! 닥쳐! 닥쳐!! 닥쳐!!! 닥쳐어어어어어!!! 그분은, 성녀님은 이런 어중간한 내 손을 잡고 구해주셨단 말이다!!! 그걸 부정하는 네놈을 용서할 줄 아느냐!!! 시체병들아, 저 여자를 죽여라!!!!!!"

여기까지 들릴 정도로 이를 뿌득거리며 노성과 함께 명령을 내린다.

수많은 시체 병사가 꿈틀거리며 연결되더니, 마치 움직이는 강처럼 되어 상공의 앨리스를 덮쳤다.

소녀는 조금 슬픈 표정을 짓고…… 검을 휘둘러 내렸다.

"——『천뢰(千雷)』——."

지금까지 카렌의 번개 마법을 잔뜩 보아왔다. 소리에도 익숙해졌다고 생각했다.

하지만—— 앨리스가 쏜 번개 마법은 너무나도 차원이 달랐다.

"끄으으으으으으윽!!!!!!!!!"

이디스가 비명을 지르고 있단 것만 알 수 있을 뿐, 나는 반사적으로 얼굴을 두 손으로 가렸다.

이 세상이 무너져 버리는 건 아닐까 싶을 정도로 새하얗고 눈부신 빛과 굉음이 로스트레이 전체를 감쌌다. 자신이 지르는 비명마저 들리지 않는다.

──이윽고 섬광과 소리가 멎었다.

가리고 있던 두 손을 치웠다.

"……어?"

나는 얼빠진 소리밖에 내지 못했다. 주변에 그렇게나 많던 시체 병사들이 어디에도 없었다.

최저 만 명은 있었을 시체 병사를 불과 마법 하나로…… 해치운 거야?!

이디스의 모습은 보이지 않았고 결계도 소실했다. 미나 일행이 싸우던 마도병의 마력 반응도 느껴지지 않았다. 아무래도 조금 전 번개로 한꺼번에 소탕해 버린 모양이다.

하지만 이 남아있는 저주의 힘은…….

눈앞에 하얀 날개를 지우고 검을 집어넣은 앨리스가 소리도 없이 내려섰다. 불만스럽게 중얼거린다.

"도망쳤어. 도망치는 솜씨만 어엿하다니 귀찮아. 늑대 성녀, 다친 덴 없어?"

"감사합니다. 덕분에 살았어요."

나는 배려해 준 소녀에게 고개를 숙였다.

그리고 세검과 완드를 위로 교차해 들었다.

창백한 마력이 내 주변에서 생겨나 흩날리기 시작했다.

앨리스가 어리둥절했다.

"? 뭐 하게?"

"조금이나마 이 땅을 정화하겠습니다. 지금이라면 아직 마력도 침투하지 않았어요. 그러지 않으면…… 아무것도 만들 수 없는 죽음의 땅이 되고 말아요."

"──흐훗."

소녀가 이상한 목소리를 냈다. 그리고 기쁜 듯이 몸을 좌우로 흔들었다.

"스텔라, 넌 붉은 울보 송충이보다 훨씬 더 그 사람에게 어울려. 자기도 힘들었을 텐데 끝나자마자 남을 생각할 수 있지. 여기에 그 저주받은 가슴이 없었다면 동지가 될 수 있었을 텐데…… 아쉬워. 떼고 갈까?"

"아, 안 뗄 거예요!"

나는 황급히 내 가슴을 팔로 안았다.

앨리스가 희미하게 표정을 풀었고 검을 뽑아 내 검과 완드에 겹쳤다.

이 감각은…… 앨런 님과 마력을 연결했을 때와 조금 닮았나?

"──나는 그 사람에게 빚이 있어. 그러니까 여기서 조금 제자에게 돌려줘도 혼나진 않을 거야. 전력으로 정화해. 나도 도울게."

"! 네, 넷!"

나는 앨런 님께 받은 두 권째 노트, 그것에 적혀 있던 빛과 얼음의 정화 마법을 구축했다.

이상해. 지금이라면 뭐든 할 수 있을 것 같아.

주변에서는 이미 싸우는 소리가 멎었다. 실질적으로 정전 상태인 모양이다.

시야 바깥에서 미나 일행과 함께 이곳으로 달려오는 유스틴의 황녀와 그 호위들이 보였다. 다행이야—— 무사했나 봐.

통신 보주에서 아버지의 절박한 목소리가 커다랗게 울려 퍼졌다.

『스텔라!!! 대답해라!!! 괜찮느냐?! 무사한 게냐?!!! 지금 그쪽으로 가고 있다!!!』

"아버지." "늑대, 시끄러워. 하지만 늑대 성녀, 사랑받고 있어."

앨리스가 노래하듯이 날 놀렸다. ……통신 보주를 가진 사람들은 모두 듣고 있구나.

나는 마법의 구축을 마치고 전했다.

『——이걸 듣고 있는 모두에게 전합니다. 제 이름은 스텔라 하워드. 지금부터 이 땅을 정화하겠습니다. 공격이 아니에요. 가만히 결과를 지켜봐 주세요.』

『?!!! 스텔라!!! 무슨 소리냐?! 설명을——.』

아버지의 목소리가 울리던 통신 보주를 끄고 앨리스와 시선을 맞췄다.

"——갑니다!" "응!"

빛과 얼음의 복합 정화 마법——『청정설광(淸淨雪光)』을 전력 발동.

창백한 눈이 하늘에서 로스트레이로 쏟아져—— 더러움을 정화한다.

마법이 믿기지 않을 만큼 증폭됐잖아?

"그 사람의 마법식은 여전히 아름다워. 늑대 성녀 전용으로 만든 건 마음에 안 들어. 나중에 괴롭혀 줄 거야."

내가 입을 다물지 못할 속도로 정화가 진행되는 가운데, 앨리스는 기분이 좋아 보였다.

마법의 눈이 내리는 가운데—— 주변에서는 이상한 일이 벌어지고 있었다.

아군 장병, 그리고 패주하던 적군이 무슨 일인지 우리를 둘러싸듯이 모여 손을 마주 잡기 시작한 것이다. 입에 입을 모아 뭐라고 중얼거리고 있다.

『성녀님이다.』『기적이야.』『아아…… 우리가 대체 무슨 짓을…….』『인도자다…….』

"늑대 성녀, 축하해. 오늘부터 유명인."

"……유명해지는, 건 바라지 않아요. 제가 되고 싶은 건."

"——그 사람의 신부?"

"물론 그렇——~~~~~~~~~~~~~~~~~~윽!!!!!!"

갑작스러운 기습에 나는 꼭꼭 숨겨두고 있던 소망을 거의 입 밖으로 내고 말아 얼굴을 붉혔다.

나, 나도 참, 무슨, 무슨 당치도 않은 소릴!

──마법 발동이 끝나간다.

나는 검과 완드를 검집에 집어넣으며 만족스러워 보이는 소녀를 흘겨보았다.

그러자, 앨리스도 검을 집어넣고 까치발로 서서 내 머리를 다정히 쓰다듬었다.

"모두를 인도하는 늑대 성녀, 착한 아이야. 아주 열심히 했어. ……난 무찌르는 것밖에 못 해."

"아, 아뇨! 당신이 있어 준 덕이에요. 감사합니다."

나는 황급히 두 손을 내저었다. 정화할 수 있었던 것은 아무리 생각해도 이 아이가 있어 준 덕이다.

말 울음소리가 들렸다. 돌아보자, 아버지가 이곳으로 오고 있었다.

앨리스가 내 머리에서 손을 떼더니── 표정을 진지하게 다잡았다.

"그 붉은 울보 송충이는 너무 울어서 길을 잃었나 봐. 내가 멈출 거야. 도와줘."

"네."

이디스는『남방』이라고 했다. 즉, 붉은 울보 송충이란……『검희』리디야 린스터. 땅에 떨어졌다는 의미는 솔직히 잘 모르겠지만, 이유는 알 수 있었다.

──앨런 님이 생사 불명이 되신 것.

조금…… 아주 조금 질투를 느꼈다.

그렇게 될 만큼 그분은 앨런 님을 사모하시는 것이다…….

앨리스는 혼잣말하며 몸을 흔들었다.

"나도── 부탁받아 이어 받아온 무척 오래된 약속이 있어. 아무래도 이룰 때가 왔나 봐. 아쉽게도 장소는 모르지만…… 괜찮아. 분명 『정령』과 『별』이 이끌어 줄 거야. 사람 간의 다툼엔 개입하지 않겠지만, 나도 왕도로, 그리고 동도로 갈래."

"네!"

나는 크게 고개를 끄덕였다. 그것을 본 소녀는 눈을 감더니.

"그럼── 저녁 먹을 때 되면 깨워줘. 난 잘래. 식후엔 과자도 먹고 싶어."

"네? 네에??"

내 품으로 쓰러졌다.

받아 들자 새근새근…… 자고 있다. 그리고 가볍다. 무척이나 가볍다.

"스텔라!" "스텔라 아가씨!"

아버지와 미나가 달려온다. 나는 입에 검지를 댔다.

"(조용히!)"

제국은 이 전투 한 번으로 남방 방면군을 통째로 잃었다.

다른 방면군을 끌어오지 않는 이상, 전쟁은 계속할 수 없으리라.

이제야 드디어, 드디어 왕도로 갈 수 있어.

왕도를 탈환하면—— 바로 동도로! 앨런 님과 카렌 곁으로!!

나는 새근새근 자고 있는 앨리스를 품에 안으며 결의를 새로이 다졌다.

카렌…… 부디 무사히 있어 줘.

앨런 님…… 이번에는 제가 당신을 구하겠어요. 조금만 더 기다려 주세요.

머나먼 상공에서는 구름이 기세 좋게 흐르고 있었다.

아무래도—— 서쪽을 향해 바람이 세차게 불고 있는 모양이었다.

*

왕국 서방 중추 도시, 서도. 졸른호펜 변경백의 저택.

그 정원에는 수많은 꽃이 흐드러지게 피어있었다.

창가 의자에 앉아 눈웃음을 지으며 아래로 보이는 꽃들을 바라보는 엘프 미녀—— 전전대 루브펠러 공작인 레티시아 루브펠러 님이 연한 녹색 잔을 내게 들어 보였다.

성스러울 정도로 아름다운 비취색 머리카락이 200년 전과 마찬가지로 반짝이며 빛을 발했다.

"훌륭하구먼. 역시 꽃을 키워 돈깨나 벌었다고 소문이 자자한 조로스 졸른호펜 변경 백작 각하라 불릴 만해. 지금은 엘프족 중 제일가는 부자인 것 아니냐? 응?"

"놀리지 마세요. 저것들은 제 개인적인 취미고 벌이도 하나 안 됐습니다. 오히려 적자예요. 엘프족에서 제일가는 부자라니…… 어느 세상 소문입니까?"

인상을 찌푸리며 수십 년 만에 방문한 과거의 상관에게 투덜거렸다. 우리 가문은 재정이 허덕이진 않았지만, 결코 서방 가문들이 부러워할 만한 수준은 아니었다.

"그런가? 자네처럼 박식한 자가 적자 문제를 아무런 생각도 하지 않을 리가 없을 텐데?"

"과대평가가 지나치십니다. 저는 고작해야 일개 변경백에 지나지 않아요."

생산한 꽃들을 서방이 아니라 왕도로 어떻게든 가지고 들어갈 수 없을지 시행착오하던 걸 눈치채셨나?! 약간 동요하면서도 겉으론 태연히 대답했다.

──마왕 전쟁 이래. 우리 가문을 포함한 서쪽 변경 백작가는 왕국 최서단의 땅을 지켜왔다.

혈하를 끼고 마왕군과 대치한 지 어느덧 200여 년이 흘렀다. 그 사이 대규모 충돌은 없었지만, 군비를 줄일 수도 없어…… 재정은 항상 핍박했다. 나는 전 상관에게 불만을 흘렸다.

"마족과의 화해는 불가능할까요?"

"불가능하지."

레티 님이 무자비하게 단언하셨다. 시선은 창밖으로 향하고 있다.

"지금 왕국 안에서 화해를 진지하게 생각하는 자는 없다. 200

년 사이, 그걸 생각해 실행에 옮기려 했던 건 우리의 단장인 『유성』……."

"? 왜 그러시죠?"

갑자기 입을 다문 레티 님에게 물으며 나도 시선을 창밖으로 향했다.

──머나먼 상공을 무언가가 날고 있다.

내 시력으론 판별 불가능하지만, 서서히 다가오고 있는 모양이다.

전 상관이 수월하게 그 정체를 간파했다.

"──제이드 그리폰이라니 별일이구먼. 지금은 왕국 동도와 마왕령 성지 주변에만 서식하고 있을 텐데. 혈하의 방어선에서 사전에 보고는 들어왔느냐?"

"아뇨. 현재 서도에는 동쪽에서 일어난 분쟁을 어떻게 대처할지 정하고자, 주요 서방 가문들의 당주들이 모여 있습니다. 혈하의 경계 수준도 올려놓은 상태라 경계망에서 새어 나온 것은 아닐 겁니다."

"그렇겠지."

시원하게 레티 님이 긍정하셨다.

100년 전의 모 사건 이래로 일선에서 물러났다곤 하나 이분은 마왕 전쟁에서 마왕 본인과도 검을 맞댄 용사 중의 용사시다. 그 무위와 상황 판단은 전혀 쇠락하지 않았으며 서방 가문들의 당주들에게서 여전히 두려움을 사고 있었다.

──내 시력으로도 특징적인 긴 목과 파랗고 푸른 몸이 보이

기 시작했다.

필사적으로 날갯짓해 이쪽으로 다가오고 있다. 몸을 다쳤는지 지친 것인지, 좋게 말하더라도 우아하다곤 말할 수 없었다. 게다가…… 등에 사람을 태운 건가?

안뜰로 우리 가문 사람들 열댓 명이 뛰쳐나왔다. 손에는 창과 스태프, 활을 들었다.

레티 님이 날카롭게 외치셨다.

"쏘지 말거라."

그리고 창을 통해 안뜰로 뛰어내려 중앙으로 향하셨다. 나도 황급히 뒤를 쫓았다.

완전히 식별 가능해진 제이드 그리폰이 안뜰로 떨어진다.

레티 님이 아무렇게나 왼손을 휘두르자, 낙하 속도가 느려지며 나이 들어 시든 나무 곁에 착지했다. 여전히 훌륭한 부유 마법이다. 피로의 색이 짙은 제이드 그리폰이 목을 들어 올려 우리를 위협했다.

등에는 역시나 사람──수인족 소녀를 태웠다.

입은 옷은 왕립 학교 교복에 교복 모자는 쓰지 않았고 허리에는 단검을 찼다.

소녀는 얼굴을 숙인 채 눈을 감고 꼼짝도 하지 않았다. 기절한 모양이다.

"제이드 그리폰이 사람을 등에 태우다니…… 레티 님? 왜 그러시죠?"

과거의 상관은 제이드 그리폰을 바라보며 툭 하니 말을 흘렸다.

"이 마력…… 그대는 혹시 루체의 손주인가……?"

——지금으로부터 200여 년 전, 우리는 늑대족 대영웅 『유성』을 단장으로 삼아 전장을 누볐다.

그때 단장이 타고 있던 것이 순백색 몸을 가진 제이드 그리폰, 루체였다.

레티 님께서 다정히 말을 거셨다.

"그자에게 위해를 가할 생각은 없다. 믿어 주지 않겠느냐?"

제이드 그리폰은 전 상관을 바라보고는—— 고개를 내리고 소녀를 살포시 물어 내밀었다.

레티 님은 두 팔로 소녀를 안아 들고 정중히 예를 표했다.

"고맙다. 조로스! 방을 준비해라. 의사도 부르도록!! 이 제이드 그리폰에게도!"

"예!"

날카롭게 돌변한 목소리에 저도 모르게 허리를 꼿꼿이 펴고 경계했다. 곧장 저택으로 발길을 돌렸다.

뒤에선 레티 님이 중얼거리시는 소리가 들려왔다.

"이 소녀는…… 늑대족…… 그 사람과 똑같나…… 게다가, 게다가, 이 단검은…….'

나는 신기한 고양감이 들었다.

——무언가가 움직이려 하고 있었다.

그곳…… 잊으려야 잊을 수 없는 혈하의 땅에서 멈춰버린 무언가가.

"——으, 음…… 여기, 는?"

눈을 뜨자 나는 낯설지만, 깔끔한 방에 놓인 침대에 누워있었다. 어미 그리폰도 없었다.

창밖은 푸르렀고 빛이 새어 들어왔다. 상반신만 일으켰다가 —— 깨달았다.

연한 녹색을 기조로 한 낯선 잠옷을 입고 있었다.

"왕립 학교 교복이 아니잖아? 누가 갈아입힌 거야?"

——서도에는 틀림없이 도착했다.

하지만 도중에 폭풍을 만난 나와 어미 그리폰 모두 한계까지 지쳐 아버지의 마도구가 가리키는 저택을 향했는데…… 가장 중요한 일을 떠올렸다.

"! 단검이랑 회중시계!!"

황급히 주변을 둘러보자, 침대 옆의 원형 테이블 위에 단검과 오빠의 회중시계가 놓여 있었다. 손을 뻗어 둘 다 쥐었다.

단검 검집에 손가락을 미끄러뜨리자, 오빠의 다정한 마력이 느껴졌다. 보조 마법식이 여전히 그 힘을 잃지 않았다. ……날 기절시켰을 때 마력을 소모한 상태였을 텐데.

『괜찮아. 카렌은 내가 지켜줄게.』

다정한 목소리가 들리는 것 같았다.

"오빠는 바보예요. ……바보야. ……오빠아…….."

단검과 회중시계를 가슴에 꼭 안고서 눈을 굳게 감았다.

안 돼. 우는 건 나중에 울어. 어서 내 사명을 다해야 해.

그때 작은 노크 소리가 들린 뒤 방문이 열렸다.

시선을 향하자, 갠 옷을 든 아름다운 엘프 여성이 들어왔다.

어깨까지 내려오는 아름다운 비취색 머리카락과 마치 신화 속 여신 같은 균형 잡힌 몸. 입고 있는 얇고 연한 비취색 옷은 고급 스럽다는 것이 한눈에 보였다.

여성은 날 바라보더니 온화하게 미소 지었다.

"오오, 깼느냐."

"저, 저어……."

내가 어리둥절하자 여성은 침대 옆까지 다가왔다. 목제 의자에 앉아 원형 테이블 위에 옷을 두곤 가볍게 왼손을 저었다.

"아아, 걱정할 것 없다. 갈아입힌 건 우리 집 메이드들이니. 교복은 세탁해 놓았다. 나중에 갈아입거라. 제이드 그리폰도 쉬고 있다."

"가, 감사합니다."

다행이다. 그 애도 무사한가 봐……. 여성이 가까운 의자에 앉았다.

"어디, 그래. 왕립 학교 교복을 입은 늑대족 소녀가 서도로, 게다가 제이드 그리폰을 타고 오다니, 있을 수 없는 일이지. 게다가 그 단검은…… 그대는 대체——."

"레티 님! 이제 출발할 시간입니다!! 어디에 계시는 겁니까?!"

복도에서 남성의 목소리가 들려왔다. 여성이 혀를 찼다.

"쯧. 벌써 왔구먼. 쓸데없이 눈치만 빠른 남자도 생각을 좀 해봐야겠어. 그리 생각진 않느냐?"

"네, 네에……."

얼떨떨한 가운데 문이 열리며 적갈색 머리카락을 한 엘프 남성이 방으로 뛰어 들어왔다.

연한 녹색과 하얀색을 기조로 한 마법사 로브를 입었고 허리에는 검을 찼다.

내 의문은 아랑곳없이 남성이 쿵쾅쿵쾅 발소리를 내며 여성 곁으로 왔다. 무척이나 초조한 모습이다.

"부장님! 서둘러 주십시오. 이미 루브펠러가 저택 본관 대회의실에 왕태자 전하와 왕녀 전하, 루브펠러 공작 전하와 두 후작 각하, 그 외 변경백과 각 부족의 족장이 모였다는 보고가 들어왔습니다. 오늘 회의에서 서방 가문들의 대략적인 방침이 정해진단 말입니다!"

"소란스럽게 굴지 마라. 서방에서 모르는 자가 없는 용장, 조로스 졸른호펜 변경백의 이름이 울겠다. 내가 가든 말든, 군은 움직이지 않을 게야. 왕립 기사단 일부를 왕도 방면으로 재배치하는 정도가 고작이겠지. 결론이 뻔한 회의는 지루하기 짝이 없지 않느냐."

"큭! 마, 맞는 말씀이긴 합니다만……."

서방 가문들은 움직일 생각이 없다고? 심장이 멈추는 듯한 감각.

그리고── 졸른호펜 변경백! 『옛 서약』의 중개자!

여성은 내 표정의 변화를 바라보며 씨익 웃었다.

"그런 시시한 회의보다도—— 지금은 이쪽이 중요하다고 생각한다만. 그렇지?"

"네? 아…… 네, 넷!"

나는 고개를 끄덕여 답하고 서둘러 회중시계의 뚜껑에 걸어둔 마법의 봉인을 풀었다.

"호오……." "마법식이 훌륭하군."

여성과 남성이 동시에 홀린 중얼거림을 들으며—— 감춰뒀던 조그마한 검은 천을 꺼냈다.

나는 변경백을 똑바로 바라보고 입을 열었다.

"——졸른호펜 변경 백작님께 긴급히 청을 드리고자 동도에서 여기까지 찾아온 늑대족 나탄과 엘린의 딸, 카렌이라고 합니다. 부디 시급히 『취풍』 레티시아 루브펠러 님을 알현할 수 있도록 연락을 취해 주시기 바랍니다!"

"호오. 동도에서 왔다고." "……."

변경백의 눈이 날카로워졌고 여성은 입을 다물었다.

나는 깊이깊이 고개를 숙이고 검은 천을 내민 뒤—— 말했다.

"——『옛 서약』을!!!!!"

""?!!!""

두 사람이 벼락을 맞은 것처럼 몸을 딱딱히 굳힌 것을 알 수 있었다.

그리고 여성이 비틀비틀 일어서 내가 손에 든 천을 두 손으로 감싸 쥐었다.

"세, 세상에…… 이, 이런…… 이런, 일이……."

"레티, 님……!"

남성이 떨리는 목소리로 여성에게 물었다. 지금 당장에라도 울음을 터트릴 것 같다.

조금 전 호칭은 『부장님』이었는데 지금은 『레티 님』. 혹시, 이분이.

내가 검은 천에서 손을 떼자, 여성은 곧장 그것을 가슴에 품고 커다란 눈물방울을 흘리기 시작했다.

"아아…… 아아………… 아아…………! 나의, 나의 『앨런』이…… 내 곁으로 이제야…… 이제야! 이제야!! 돌아와 줬구나……!!! 이날이 오길…… 200년을…… 나는 200년을 기다리고, 기다리고…… 또 기다려 왔다!!!!!"

마치 소녀처럼 울음을 터트린 여성의 눈물이 바닥에 자국을 만들어 갔다.

근처에 서 있던 변경백도 어깨를 크게 떨며 "설마…… 살아있는 동안은 이루어지지 않을 줄 알았건만……." 그렇게 중얼거리며 한 손으로 눈가를 붙잡았다.

──한동안 방 안에 흐느끼는 소리가 울린 뒤, 여성이 조용히 자리에서 일어섰다.

눈을 새빨갛게 물들이고 소매로 눈물을 닦았다.

"꼴사나운 모습을 보였구나. 『유성 여단』 부장을 맡았고 전전대 루브펠러 공작이기도 했던 레티시아 루브펠러다. 레티라고 부르거라. 카렌, 하여 수인족은 무엇을 바라느냐? 역시── 동도의 구원이냐?"

"아뇨!"

나는 의심할 여지가 없는 영웅의 시선을 받고 즉답했다. 두 분이 의아하게 날 바라보신다.

"동도 구원이 아니라고?" "그럼 무엇에 『옛 서약』을 쓰겠단 거지?"

"그건──."

나는 본래라면 있을 수 없었을 바람과 상황을 입에 담았다.

──침묵이 방을 감쌌다.

변경백이 조용히…… 하지만 명백한 격정이 담긴 목소리로 레티 님을 부르셨다.

"──레티, 님, 이건…… 이런 일치는, 기적이라고 밖엔……. 단장님이, 우리를…… 여전히 한심한 우리를 질타하고 계십니다!"

"그래. 수인족은 200년이 지나, 그 사람과 같은 선택을……."

레티 님의 눈에선 다시 눈물이 가득 흘러넘쳐 볼을 흘렀고 몸이 크게 떨렸다.

연신 눈물을 닦으며 자기 자신에게 되뇌듯이 혼잣말을 입에 담으셨다.

"알고 있다. 알고 있다마다……! 이건 단순한 우연의 일치에 지나지 않는다. 이 멈추지 않는 몸의 떨림도, 멋대로 흐르며 멈추지 않는 눈물도, 그래 봤자 감상일 뿐! 이 세계에 신 따윈 존재하지 않는다. 존재했다면, 분명 죽어야 할 자를 틀리지 않았겠지. 『루브펠러의 저주받은 아이』라 불리며 아무것도 보이지 않는 어둠 속에 있던 날 구해, 어린 내 손을 이끌어 이 세상도 아직은 살만하단 걸 알려준 그 사람을, 영원히 앗아갈 리도 없었을 거다⋯⋯."

──뇌리에 붉은 머리와 창백한 금발을 가진 두 소녀가 떠올랐다.

그렇구나. 지금 눈앞에서 울고 있는 『소녀』는 그 두 사람과── 리디야 씨, 티나와 똑같았던 거야. 레티 님이 외치셨다.

"하지만⋯⋯ 하지만⋯⋯ 하지만! ⋯⋯그렇다 해도!!!"

눈물을 닦아낸 눈동자에 힘이 깃들었다. 만감을 토해내신다.

"마왕 전쟁이 끝나고 길고 길었던⋯⋯ 너무나도⋯⋯ 너무나도 유구하던 내 삶은, 오늘 이날── 이 순간을 위해서, 오로지 이때만을 위해 존재했던 것이다!!!"

변경백도 한 손으로 눈가를 누르며 "⋯⋯실례하겠습니다. 출진 준비를 해야 하오니." 하고 말하곤 방을 나갔다. 그렇게 복도로 나선 순간

"우오오오오오오오!!!!!!"

하는 어마어마한 환희의 외침이 우렁차게 울려 퍼졌다.

나와 레티 님은 얼굴을 마주 보고 쿡쿡거리며 웃었다.

엘프족 영웅이 자세를 바로 세웠다.

"——200여 년 전, 혈하의 기슭에서 내 생애 유일한 님과 나눈 오래된, 하지만 반드시 이루어야만 하는 맹세——『유성 여단』 전 부장 레티시아 루브펠러가 확실하게, 확실하게 받았다! …… 걸을 수 있겠느냐?"

"네!"

"그래. 그럼 우선 갈아입거라. 그리고 나면—— 나와 함께 가자!"

"네? 어, 어딜요?"

무심코 얼빠진 대답을 하고 말았다. 아무래도 나는 자신이 생각하던 이상으로 긴장하고 있던 모양이다. 레티 님이 즐겁다는 듯이 웃으셨다.

"크크크…… 그거야 당연하지. 루브펠러가 저택 본관이다. 분명 지금쯤 기다리다 지쳐 회의를 시작했을 게야! 아아, 참—— 카렌. 가면서 그 단검을 보여주려무나. 그건 나의 유일한 님, 『유성』이 『쌍천』에게서 하사받은 옛 단검이란다."

에필로그

왕립 학교 교복으로 갈아입은 나를 레티 님이 함께 왕국 서방을 다스리는 루브펠러 공작가 저택으로 데리고 가주셨다.

저택은 백록색 대리석으로 호화스럽게 지어졌으며 우리가 걷고 있는 복도도 무척 천장이 높았다.

──복도 끝에 있는 계단 몇 단. 그 위로 커다란 문이 보이기 시작했다. 앞에는 엘프 몇 명이 서 있다. 손에 든 창을 돌리고 레티 님이 씨익 웃으셨다.

"늦지 않은 모양이군. 아직 회의 중이다. 카렌은 운이 좋구나."

──현재, 이 저택에는 서방 유력 가문의 당주와 각 부족의 족장, 왕도를 탈출하신 왕족분들이 모여 이번 반란에 대한 회의를 열고 있다고 한다.

그리고 나는 지금부터 그 사람들 앞에서…… 레티 님이 다정히 두 손을 잡아주셨다.

"괜찮다, 카렌. 내가 있어. 이래 봬도 서방에서 반은 신이나 다름없단다."

"멈춰라!" "누구냐!" "무기를 들고 있군!" "학생?"

대답하기 전에 엘프 기사들이 무기를 겨누고 험악한 어조로

힐문해 왔다.

나는 레티 님을 수상쩍게 바라보았다. 반신께서 어깨를 으쓱였다.

"설마 서방에서 날 모르는 자가 있을 줄이야…… 너무 틀어박혀만 있었나 보군!"

기사들이 더더욱 경계하며 마법을 자아내기 시작했다. 레티 님이 읊조리셨다.

"자신의 직무를 다하려는 마음가짐은 훌륭하구나."

『?!!!』

비취색의 방대한 마력이 현현했다. 기사들은 얼굴을 창백하게 물들이며 몸을 덜덜 떨었다.

우리는 가볍게 도약해 계단 위에 착지했고 레티 님이 자신을 소개하셨다.

"──레티시아 루브펠러다. 안으로 들여보내 주겠느냐?"

『예, 옛!』

기사들이 좌우의 문을 밀었고── 낭랑한 남성의 목소리가 날아들어 왔다.

"그러면…… 존 왕태자 전하와 왕궁 마법사 필두님의 안으로 정하도록 하지. 서방 가문들은 이번 반란에 파병하지 않는다. 왕립 기사단 일부는 다른 가문과 호응해 행동을 결정한다──."

"헉!"

나는 숨을 삼켰다. ……파병하지 않겠다고……?

"예상대로구먼. 카렌, 가자."

레티 님이 담담히 말하고 안으로 들어가셨다. 나도 황급히 뒤를 따랐다.

──대회의실 안은 몹시 광활했다.

방 중앙에는 거대한 대리석 테이블이 놓여 있었고 열댓 명이 난입해 들어온 우리에게 수상쩍다는 시선을 향하다가── 레티 님을 보고 휘둥그레 놀랐다. 종족 중 다수가 엘프였으며 드워프, 거인, 용인, 반요정, 동도에 없는 사자족까지 있었다. 앗…… 학교장님.

인간족은 적었지만…… 딱 한 번 왕립 학교에서 본 남성이 있었다.

──왕궁 마법사 필두 게르하르트 가드너.

제럴드 전 왕자와 손을 잡고 오빠를 왕국 마법사에서 탈락시킨 남자다. 마음이 술렁인다.

자리에 앉은 사람이 당주나 족장이고 후방에 있는 사람은 호위인 모양이다.

가장 안쪽에 앉아 있던 사람은 금발의 청년과 믿기지 않을 만큼 눈부신 미소녀. 인간족이니 왕족분이시겠지. 청년은 보기에도 심약해 보인다. ……폐하는 계시지 않았다.

미소녀의 발밑에는 하얀 늑대가 있었고 테이블 위에는 검은 고양이가 있었다. 앙꼬 씨? 에이, 설마.

문 바로 앞에 앉아 있던 옅은 녹색 머리카락을 가진 귀공자 같은 엘프 남성이 입을 열었다.

"할머니께선 오시지 않을 줄 알았습니다."

"나도 그럴 줄 알았다, 레오."

레티 님의 장난기 섞인 대답에 젊은 엘프 남성―― 왕국 4대 공작 중 한 사람인 레오 루브펠러 님이 씁쓸한 표정을 지으셨다. 다른 당주들도 마찬가지였으며 표정에 변함이 없는 것은 드워프, 거인, 용인, 반요정 족장들뿐. 나는 어릴 적에 오빠와 읽은 그림책을 떠올렸다.

이 사람들, 『유성』과 함께 싸웠다는 분대장들 아냐?

드워프 노인은 빈손이었고 거인족은 들고 온 바위에 앉았으며 용인족은 거대한 외날 검을 의자에 세워두었고 반요정족도 특징적인 꽃 모자를 책상에 올려두고 있었다.

레티 님이 모두의 얼굴을 확인하셨다.

"두 후작과 조로스를 제외한 세 변경백에 각 부족장까지 모여 있으니 장관이구면―― 폐하가 안 계신 것 같은데, 부상이 그렇게나 심하신가?"

"별로 좋지 않습니다. 할머니, 그자는 누굽니까? 여기는 학생이 올 곳이 아닙니다!"

공작이 거친 목소리를 올렸지만 레티 님은 아랑곳하지 않으셨다. 질문에는 대답하지 않고 우아하게 인사하신다.

"그쪽에 계신 것은 왕태자 전하와 왕녀 전하시군요. 레티시아 루브펠러입니다. ――최중요 안건을 처리하고 있었기에 도착이 늦었습니다. 용서해 주시길."

곰곰이 말을 따져 듣던 공작이 눈살을 찌푸렸다.

"이 회의 이상 가는 중요한 사건이 있었단 말씀이십니까?"

"그래, 있었지. 내가 이곳에 온 건 옛 전우들에게 한마디 말이라도 해두고자 생각해서다. 그 정도 예의는 분별할 줄 알거든."

"예의?" "호오." "약 백 년 만에 만나 하는 소리가 그거냐." "용건을 말해라!"

네 족장들이 험악한 어조로 레티 님께 따졌다. 우와아…… 그림책이랑 똑같아…….

조금 겁을 먹고 있는데 『취풍』께서 돌아보시곤 미소를 짓고 내게 윙크하셨다. ……드디어구나.

긴장으로 몸이 떨리며 목이 타들어 갔다. 솔직히…… 울음이 터질 것 같다.

한심하긴! 카렌, 넌 여기까지 뭘 하러 온 거야?

그때, 하얀 늑대가 다가와 내 앞에 살포시 앉았다.

"시폰?"

왕녀 전하께서 입가를 붙잡으셨다. 이어서 왼쪽 어깨에 무게가 실렸다. 실내가 술렁인다.

"! 아, 앙꼬 씨……?"

"신성한 늑대와 밤 고양이가 자신의 의지로 지키러 갔다고?" "불가능해." "호오."

검은 고양이가 내 볼을 핥았고 발밑의 하얀 늑대는 꼬리로 내 발을 쳤다. ……빨리하란 거구나.

나는 등을 곧추세웠다.

"──늑대족 나탄과 엘린의 딸, 카렌이라고 합니다. 동도에서 찾아왔습니다."

"! 동도에서라고?" "대체 어떻게…….." "상황은 어떻게 돌아가고 있지?" "우리에게 뭘 요구하려는 거냐!" "이미 결론은 났다. 우리는 서방을 지킨다."

"──조용히 하라. 머나먼 동쪽에서 혼자 찾아온 용감한 소녀가 얘기 중이잖느냐."

레티 님의 일갈에 대회의실 안이 침묵으로 가득 찼다.

나는 품에서 오빠의 회중시계를 꺼내고 뚜껑을 열어── 작은 검은 천을 오른손으로 치켜들었다.

조용히 고했다.

"수인족은…… 루브펠러에게 『옛 서약』의 이행을 요구합니다."

늘어선 서방 중진들이 눈을 휘둥그레 떴고 반쯤 허리를 띄운 채 경악했다.

"말, 도 안 돼……" "이건…… 이건, 꿈이냐?" "……진짜인가?" "조로스 녀석이 없는 건 혹시……." "그렇다면 우리가 해야 할 일은!"

"조용!"

레오 루브펠러 공작이 크게 꾸짖는 소리가 울렸다.

자리에서 일어나 눈동자에 터질 듯한 격정을 담고서 레티 님께 물으셨다.

"진짜입니까? 『유성』 님이 할머니께 맡기셨다고 전해 들은…….”

“그래, 틀림없다. 이건 분명 『앨런』이 내게 맡긴 물건이다!”

“그렇다면…… 그렇다면!!! 대답은 하나뿐!!!”

그렇게 외치고 루브펠러 공작이 걸음을 내디뎌──.

“어? 어어?!”

늑대족 학생에 불과한 내 앞에 한쪽 무릎을 꿇고는 용맹하게 선언하셨다.

“──삼가 받겠다. 루브펠러는 『옛 서약』을 이루리라!!!”

놀라며 상황을 지켜보던 존 왕태자가 거품을 물었다.

“뭐?!” “루브펠러 공작, 『옛 서약』에 대해 알려주실 수 있겠습니까?”

왕태자 왼쪽 곁에 앉은, 눈부시게 빛나는 금발을 가진 왕녀 전하가 끼어들었다.

일어서 지금은 환희를 감추려 하지도 않는 공작이 눈을 감고 주먹을 굳게 쥐며 목소리를 떨었다.

“우리 서방 백성은 마왕 전쟁 종반에 이르러 전공을 올리고자 서두른 나머지 성령 기사단, 올그렌과 함께 앞서나갔다가…… 패주했고 인간족은 잘못하면 패망 일보 직전까지 몰렸습니다. 그것을 구한 것이 린스터와 하워드. 그리고 늑대족 대영웅 『유성』! 서방 백성은 그의 활약을 잠자리에서 듣고 마지막엔 이를 갈고 울며 굳게 맹세하는 것이지요. 『때가 오면 반드시 당신의 은혜를 갚겠다』며!"

학교장님이 뒤를 이으셨다.

"『유성』공은 다시 혈하를 건널 때, 당시 부관을 맡으셨던 레티시아 공께 자신의 로브 소매를 찢어 전언을 맡기셨지요. 『내 모든 것을 수인족에게』라며. 전쟁이 끝나고 그것을 전해 들은 당시의 올그렌, 루브펠러 양 공작은 이렇게 맹세했습니다. 올그렌은 『동도 거목 주변에 대한 수인족의 광범위한 자치』를. 루브펠러는 『마지막으로 맡긴 검은 천을 들고 온 자가 바라는 것을 온 힘을 다해 이루어 줄 것』이라고. 서방 백성들에게 맹세를 이루는 것은 비원입니다. ……카렌 양, 수인족은 뭘 바라나?"

"그거야 당연하지 않겠나? 동도의 해방! 그것 말고 또 무엇이 있겠나?"

드워프 노인── 레이그 포벨 님이 끼어들었다. 패기로 가득하다.

그 옆에서 회색 머리, 회색 수염의 거인족 족장── 도르무르 강그 님도 눈을 감은 채 긴 회색 수염을 쓰다듬으며 말없이 고개를 끄덕이셨다.

나는 그림책에서 그대로 튀어나온 영웅들에 내심 흥분하면서도── 고개를 저었다.

"바람은 동도의 해방이 아닙니다."

의문이 담긴 시선이 집중된다. 기세에 눌리면서도── 회중시계를 움켜쥐고 나는 바람을 입에 담았다.

"맹세에 따라 이루어 주셨으면 하는 것, 그것은── 한 늑대족의 구출입니다."

『?!!!』

다시 대회의실이 혼란에 빠졌다. 아무렴, 200년 동안 쓰이지 않았던 것을 한 사람을 위해 사용하는 것이니.

훌륭한 은발을 한 용인족 족장──『대전사』이곤 이오 님이 내게 은빛 눈동자를 향했다.

"왕도 탈환은 둘째치고…… 동도 해방을 나중으로 돌려도 좋다고?"

"상관없습니다."

소녀로밖에 보이지 않는 반요정족 장로가 낮은 목소리로 말했다.

"──그자의 이름은 뭐라고 하지?"

심장이 두근거리며 크게 고동친다. 나는 눈을 감고 숨을 들이켠 뒤── 목소리를 쥐어짜 내 외쳤다.

"앨런!!! 저의…… 피는 이어지지 않았지만, 둘도 없는, 세상에서 한 명뿐인 오빠예요! ……부탁입니다. 제발, 제발, 제발……!!! 우리 오빠를, 구해 주세요!!!"

『뭐라고?!!!』

네 족장들이 입을 다물지 못했다. 떨리는 목소리로 레이그 님이 레티 님께 물으셨다.

"그, 그 이름은…… 게, 게다가 늑대족…… 서, 설마, 이, 이런 일이……. 부장, 님……?"

레티 님이 천천히 고개를 저으셨다.

"우연의 일치다. 하지만 그 남자는…… 단장과 같은 짓을 벌이고 자신은 붙잡혔다. 그렇지, 카렌을 데리고 온 것은 루체의 손주의 손주고 허리에 찬 단검은…… 단장의 것이야."

"그래. ……그래! ……그렇단 말이지!! 흐하하하하하!"

드워프 노인은 웃음을 터트리더니── 뒤에서 호위로서 대기 중이던 외날 도끼를 허리에 찬 적갈색 곱슬머리 드워프 청년의 이름을 불렀다.

"──애드미런."

"으, 응?"

번쩍 눈을 커다랗게 뜨며 레이그 님이 울며 외쳤다.

"전 부족에게 출진 명령을 내려라! 늦는 녀석은 두고 간다! 그게 싫다면…… 죽을 각오로 달려오라 하라!!! 우리는 다신…… 다시는 늦어선 안 되니까!!!"

온몸이 근육으로 똘똘 뭉친 듯한 드워프 노인이 몸을 떨며 흐느껴 울었다.

"우리는, 혈하 최종 결전에, 이유야 어찌 됐든 늦게 도착해 그 녀석을, 멸망해 가는 우리를 구해준, 그 누구보다도 다정했던 남자를…… 구하지 못했다! 두 번은 절대 용서받을 수 없어── 이번 전쟁은 왕국 서방 모든 드워프의 명예를 만회할 마지막 기회가 될 거다!!!"

"! 그래…… 그래!!!"

청년이 기세 좋게 대답하고 대회의실 밖으로 달려 나갔다. 드워프 노인도 "그럼…… 나중에 보지. 첫 번째 도끼는 우리가 받아 가마!" 하는 말을 남기고 그 뒤를 쫓았다.

철벅철벅철벅…… 대리석 바닥에 물이 떨어지는 소리가 울린다.

살펴보니 늙은 거인족 영걸께서 두 손으로 얼굴을 덮고 폭포 같은 눈물을 흘리고 있었다.

그리고 후방의 중갑옷을 껴입고 거대한 전투 망치를 든 젊은 거인의 이름을 불렀다.

"──아그레로."

"예, 옛!"

"갚을 수 없는…… 목숨을 걸어도 여전히 부족한 큰 은혜를 입었으면서 정작 중요할 때 그분의 방패조차 되지 못한…… 우리가 살아 줄곧 받던 수치를 씻어낼 때다. 그가 없었다면 우리는 먼 옛날 멸망했을 거다. 그렇다면…….."

줄곧 눈을 감고 있던 거인 노인이 번쩍 눈을 떴다.

"여기서 목숨을 걸지 않으면 무엇이 거인이겠느냐! 우리는 죽은 자와의 약속을 존중한다! 죽은 그분과의 맹세…… 지금이야말로 이루리라! 영지 내 모든 뿔피리를 부서질 때까지 불어 재껴라!!!"

"!!! 받들겠습니다!!!"

"──우린 준비에 걸리는 시간이 다른 부족보다 어느 정도 걸리니. 이만 실례하지."

늙은 거인족 영걸께서는 그렇게 말하고 거대한 바위를 가뿐히 들고서 청년과 함께 퇴실했다.

팔짱을 끼고 눈을 감고 있던 용인족 대전사에게 경갑옷을 입은 용인족 여성이 물었다.

"아버지. 우리는 어떻게 할까요?"

"마음대로 해라. 왕태자 전하와 왕궁 마법사 필두 님의 말에도 일리가 있어. 서방 수호야말로 우리의 책무다. ──하지만! 나는 간다. 가야만 해. 왜냐하면, 이것은……."

어떤 전장에서도 동요하지 않았다고 칭송받던 노 전사의 목소리가 크게 떨렸다.

"나의, 나의 친구와 나눈…… 목숨과 바꿔서라도 이루어야만 하는 맹세이기에!"

그 말을 듣고 미녀가 공손히 고개를 숙였다.

"알겠습니다. 그러면── 이곤 이오의 딸, 『신탁받은 자』 아 아테나 이오의 이름으로 용인의 모든 씨족을 소집하겠습니다. 우리가 오랜 세월 전해 들어온 『혈하의 이별』. 그 맹세를 이룰 곳에 서방 백성 중 우리만이 없는 것은…… 있을 수 없지요!"

"홋…… 대체 누굴 닮았는지…… 가자!"

"네!"

아아테나라 이름을 댄 미녀와 이곤 님이 움직였고 문 앞에서 인사를 하고 나갔다.

혼자 남은 반요정족 족장은 연주황색 머리를 헤집으며 혀를 찼다.

"쯧…… 멍청한 사내놈들은 금세 달려나간다니까. 200년간 뭘 배웠는지……."

"치세 님."

후방에 있던 커다란 꽃 모양 머리 장식을 단 반요정족 미소녀가 여성의 이름을 불렀다.

──『화룡(花龍)의 가호를 받은 자』치세 글렌비시.

반요정족 족장이자 살아서 『용』의 가호를 받은 왕국 최강 마법사의 일각.

"앤드── 살아남은 노인 놈들에게 널리 알려라. 『단장이 죽기 전 내린 명령이 도착했다』고."

"네. 기일은 언제까지로 할까요?"

"내일 밤까지다. 전략 전이 마법 전력 사용을 허가한다. 못 오는 녀석은 알 바 아니다. ……그 이상은 못 기다려. 못 기다리고 말고!!!"

치세 님은 시원스레 지시를 내리고 허공을 바라보았다. 그 눈동자에 담긴 것은 보석 같은 눈물.

"우리는 이미 오랫동안 삶을 누렸지. 그 참견쟁이 늑대 덕에. 그 바보는, 어쩔 도리가 없는 물러터진 얼간이는, 우리에게 평소 같은 미소와 『각자의 삶을 완수할 것』이란 단장 명령만을 남기고…… 『초승달』을 구하러 갔다가 어이없이 죽어버렸다. 그런 건, 너무 치사하잖아! 물론, 죽음 다음에라도 빚은 갚을 거다. 반드시 갚을 거야. ……하지만 말이다."

치세 님은 테이블에 놓아둔 꽃 모자를 손에 들어 깊숙이 눌러 쓰곤 챙을 내렸다.

"이번 생에서 조금은 갚는 것도 나쁘지 않겠지. 나쁘진, 않아……."

눈물 섞인 목소리로 등의 날개를 날갯짓하며 역전의 마법사가 대회의실을 나갔다.

앤드라 불린 미소녀도 뒤를 따랐고 문 앞에서 모두에게 고개를 숙였다.

"죄송합니다. 치세 님은 『유성』 님을 아직도 무척 좋아하셔서요……."

──이후로도 연이어 유력 귀족들이 서둘러 퇴장했다. 모두 하나같이 전의와 환희로 가득했다.

망연히 있던 왕태자가 그제야 루브펠러 공작에게 말했다.

"루, 루브펠러, 고, 공작…… 우, 우리는 서방을 지킨다고, 저, 정하지 않았는가."

레오 루브펠러 공작 전하가 고개를 끄덕였다.

"존 왕태자 전하…… 왕국 서방에서 살아가는 백성으로서 『옛 서약』이란 그 정도로 무거운 것입니다. 자신의 모든 것을 내던져도 부족할 정도로. 우리는 인간족보다도 수명이 길지요. 하지만."

용맹하고 결연히 선언하셨다.

"멸망 직전에 서 있던 우리를 구해준 커다란 은혜와 혈하에서 큰 추태를 보인 끝에 그 큰 은인을 죽게 만든 역사를 잊는 철면피는 아니야! ——올그렌과는 다르다!!!"

"윽! 하, 하지만, 저기, 그게……."
횡설수설하다 존 왕태자가 입을 다물었다. 뒤에 선 가드너의 표정이 일그러졌다.
공작이 이야기를 정리했다.
"왕태자 전하, 서방 수호는 왕국 기사단에 맡기겠습니다. 우리는—— 자신의 책무를 다할 뿐!!! 도도, 후들. 너희도 남을 거냐?"
남아있던 두 명의 엘프 여성 후작이 어깨를 으쓱였다.
"농담도." "가출한 오빠도 돌아왔으니 혹사시켜 보려 합니다."
"뭐?!"
학교장님이 한심한 목소리를 내셨다. ……후작가 분이셨어?!
루브펠러 공작이 존 왕태자에게 공손히 고개를 숙였다.
"전쟁 준비를 해야 하오니, 이로써 실례하겠습니다. 할머니는 어떻게 하실 겁니까?"
"누구한테 하는 소리냐?"
레티 님이 창의 물미로 바닥을 찧었다. 비취색 마력이 반짝이며 대회의실 안을 날았다.
"내 이름은 『취풍』 레티시아 루브펠러. 대영웅 『유성』의 오른팔이다. 서두르거라. 늦으면── 나와 『유성 여단』이 모든 걸 정리할 테니!"

"그건 곤란하죠. 그럼, 나중에 뵙겠습니다."

루브펠러 공작이 쓰게 웃고 대회의실을 뒤로했다.

남은 것은── 파랗게 질린 왕태자 전하. 무표정한 궁정 마법사 필두 게르하르트 가드너와 호위 왕국 마법사들. 로드 경에 레티 님. 그리고 왕녀 전하와 그 호위관뿐.

아무래도── 나는 사명을 이룬 모양이다.

오빠, 저, 열심히 했어요…… 잔뜩…… 칭찬해 줄래요?

긴장이 풀렸는지 몸에서 힘이 빠졌고

"! 카렌!"

레티 님의 외침을 들으며 나는 앞으로 고꾸라져,

"푸읍!"

하얀 늑대의 폭신폭신한 배에 묻혔다. 걱정스러워하는 눈동자로 날 바라보길래 별생각 없이 머리를 쓰다듬고 이어서 달라붙은 앙꼬 씨를 껴안았다.

단숨에 피로가 몰려오며 수마가 덮쳐왔다. 눈을…… 뜰 수가 없다.

다정한 발소리를 내며 누군가 다가왔다. 그 사람은 쪼그려 앉더니 내 볼을 부드럽게 만져 따뜻하고 방대한 마력이 담긴 치유 마법을 걸며 속삭였다.

"이런 곳에서 당신을 만나게 될 줄은 몰랐어. 당신의 오빠에겐 무척 신세를 졌거든. 그러니까…… 조금이라도 갚을게. 세릴 웨인라이트는 은혜를 잊지 않아."

셰릴 웨인라이트 왕녀 전하……?

그 이름은, 오빠의 편지에 자주 적혀 있던, 또 다른 왕립 학교 동기생…….

따뜻한 마력으로 의식이 가라앉아 가는 가운데, 나는 늠름한 왕녀 전하의 선언을 들었다.

"존 오라버니…… 왕족이 한 명도 참가 안 할 수야 없지요. 저도 동쪽으로 갑니다!"

*

"카렌, 이제 곧이다. 떨어지지 말거라. 힘들면 바로 얘기하고."
"네, 넷!"

나는 날고 있는 제이드 그리폰을 조종하며 돌아보신 레티 님께 대답하고 껴안은 손을 고쳐 안았다.

왼쪽 어깨에는 검은 고양이 모습의 사역마 앙꼬 씨가 올라탔다.

서방 가문들이 움직이기 시작한 다음 날 밤. 나는 레티 님의 손에 이끌려 서도 교외 언덕 위에 마련된 대형 첨탑 아래의 임시군 연습장으로 찾아왔다. 사방을 낮은 돌벽으로 둘러치고 비를 피할 회랑을 설치한 간이 시설이다. 어제오늘 만들어졌는지 마력이 새롭다.

아래로 펼쳐진 지평선 위로는 다수의 녹색 빛. 나아가 그 안쪽으로는 수많은 핏빛.

"저곳이 혈하……."

"그래. 서도는 혈하 방어선에 지령을 내리는 위치에 세워진 것이거든. 도착한다."

레티 님이 제이드 그리폰을 강하시켰다.

나는 연습장 안을 확인하고——.

"와아아아!"

저도 모르게 탄성을 질렀다. 그곳에는 수백 명의 장병이 모여 있었으며 중앙에는 지휘대가 설치되어 있었다.

엘프, 드워프, 거인, 용인, 반요정…… 모여든 역전의 장병들이 그저 줄곧 바라보고 있는 것은 지휘대 옆에 걸린 낡디낡은 군기였다.

"모두 왔나. 카렌! 이 녀석을 부탁하마!"

"네?! 앗, 네, 넷!"

엘프족 미녀는 창을 들고는 내 대답도 듣지 않고 제이드 그리폰에서 지휘대로 뛰어내려 우아하게 착지했다. 황급히 앞으로 몸을 움직여 강하를 유지했다.

레티 님을 확인한 장병들은 모두 놀라지도 않고 질서정연하게 일제히 경례했다.

『취풍』 님도 경례로 답하고—— 물미로 지휘대를 찍었다.

"오랜만이구나! 살아남은 옛 강자들이여. 수많은 격전장을 넘어 『유성』과 함께 죽겠다고 맹세했으나 죽을 때를 놓친, 혈하의 기슭에서 피눈물을 흘린 기억을 가진…… 그리운 나의 전우들이여."

레티 님이 숨을 들이쉬고―― 내쉬었다.

"기뻐해라!!! 네놈들은 행운아다!!! 우리가 모시던 유일한 단장――『유성』과의 맹세를 이룰 때가 왔으니!!!!!!"

『우오오오오오오오오오오!!!!!!!!!』
커다란 환성. 장병들 모두가 한쪽 팔을 높이 치켜들었다. 이미 울고 있는 사람도 많았다.

레티 님이 조용히 말을 이으셨다.

"이번에―― 우리가 구할 것은 왕도가 아니다. 또 동도도 아니다! 오직 한 사람, 한 명의 가정교사다. 다른 이름은 『검희의 두뇌』. 몇 년간 이름을 온 대륙에 떨친 『검희』의 파트너다."

"『검희』의?" "누군지 아나?" "흑룡을 격퇴했단 소문이 있었지." "날개 두 쌍의 악마라 들었는데?"

장병들이 수군거린다. 레티 님이 설명을 재개하셨다.

"그자는 이번 어리석은 사건에서 동도의 수인족을 거목으로 피난시키기 위해 최후미를 맡아 임무를 다했고 한 번 도망치는 데 성공했음에도 불구하고 남겨진 주민들을 구하기 위해 다시 돌아가…… 붙잡혔다고 한다."

"이봐." "그래." "마치, 마치." "단장과 똑같잖아." 연설을 듣고 있던 분들의 중얼거림이 들려왔다.

맨 앞줄에 있던 한쪽 눈에 안대를 찬 드워프 노인이 외쳤다.

"부장님! 그자의 이름은 뭐라고 합니까!"

레티 님께서 검은 천을 세차게 왼쪽 가슴에 들이댔다. 그리고…… 조용히 이름을 고하셨다.

"──앨런. 인간족이지만, 늑대족 양자라고 한다."

『…………!!!』

연습장 안이 크게 술렁였다. 오열이 더더욱 늘어난다.

레티 님이 아름답게 미소를 지었다.

"과거에 우리는 『유성』을 바로 눈앞에서 잃었다. ……하지만 그런 일은 한 번이면 충분하다. ……충분하고말고! 『옛 서약』 아래에서 새로운 시대의 『유성』을, 미래를 위탁받은 우리가 구할 것이다!!! 착해 빠진 그 사람이라면…… 기뻐해 주리라 생각지 않느냐?"

연습장 안에 웃음 섞인 울음이 흘러넘쳤다.

레티 님이 표정을 다잡고 창을 높이 치켜들며 외쳤다.

"──왕도로!!! 그리고 동도로!!! 우리는 지금이야말로 『유성』과의 맹세를 이루리라!!!"

『왕도로!!! 그리고 동도로!!! 우리는…… 우리는, 이번에야말로 『유성』과의 맹세를 이루리라!!!』

땅을 뒤흔드는 커다란 화창이 울려 퍼졌고 어두운 밤을 찢었다.

어쩌면…… 혈하를 넘어 마왕군에까지 들렸을지도 모른다.

나는 연습장 옆 회랑 근처에 제이드 그리폰을 착륙시켰다. 커다란 화창은 여전히 멎을 줄을 몰랐다.

그리폰의 목을 다정히 쓰다듬고 있는데 뒤에서 지팡이를 짚는 소리가 났다.

돌아보자, 그곳에는.

"학교장님!"

"카렌 양. 동도에서 용케…… 용케 혼자……!"

왕립 학교 학교장 『대마도』 로드 경께선 도중에 입을 다물지 못하셨다.

──한동안 침묵한 뒤, 천천히 전황을 말씀하셨다.

"린스터는 후국 연합을 압도, 하워드도 유스틴 제국군을 괴멸시켰네. 이미 양 공작가는 왕도로 군을 출발시켰어. 스텔라 양과 펠리시아 양도 이름을 드높였다는군."

"! 스텔라와 펠리시아가……."

나는 절친들의 얼굴을 떠올렸다. 그 두 사람이다. 온 힘을 다해 노력했음이 틀림없다.

아무튼── 두 사람과 어서 만나고 싶다. 만나서 얘기하고 싶다!

학교장님이 진지한 표정으로 내게 이야기를 계속하셨다.

"──이제부터 카렌 양에겐 호위가 붙을 걸세. 애송이와 앙꼬 님도 납득했어."

"네?! 아, 아뇨, 전 그럴 입장이⋯⋯."

갑작스러운 제안에 놀라 당황했다. 그래 봤자 나는 일개 학생에 지나지 않기 때문이다.

"자네는 앨런의 여동생이야. 무엇보다—— 그녀들은 자네를 무슨 일이 있어도 호위하려 들 걸세."

앙꼬 씨가 날 귀여운 앞발로 때렸다. 학교장님은 왼손으로 회랑 안에 있는 젊은 마법사와 검사 몇 분을 가리키셨다.

종족은 제각각인 젊은 남녀에 모두 오빠가 평소에 입고 있는 마법사 같은 차림새였다.

——맨 앞에 있는 검은 마녀 모자를 쓰고 스태프를 든 체구가 작은 소녀와 시선이 교차했다. 날 향해 깊숙이 고개를 숙인다. 눈동자에 보이는 것은 진심에서 우러나온 감사와 분노. 학교장님이 입을 여셨다.

"교수의 연구실에 소속 중인 자들일세. 자네를 반드시 호위하겠다며 말을 들어먹질 않더구먼."

"! 그러면, 오빠의⋯⋯."

"후배들일세. 다들 그를 무척이나 따르고 있지. 목숨을 거는 것도 주저하지 않을 정도로 말이야."

왼쪽 어깨에 오른 검은 고양이가 한 번 울었다. 정말인 모양이다. 슬슬 환희가 찾아들고 있었다.

저도 모르게 단검의 검집을 쓰다듬고 있는데 대형 첨탑 최상층부에서 녹색 빛이 뿜어져 나왔다. 발광 신호?

잠시 뒤—— 지평선 너머에서 핏빛이 몇 번 반짝이다 사라졌다. 학교장님의 재미있어하는 목소리.

"홍…… 그 녀석들도 뭘 좀 아는구먼……."

"저기…… 조금 전 발광 신호로 나눈 대화는……."

내가 다 묻기도 전에 레티 님의 전의로 가득 찬 생기 넘치는 외침이 귓가를 때렸다.

"카렌! 가자! 왕도에 도착할 때까지 내 곁을 떠나지 말거라!"

"앗, 네, 넷! 학교장님, 나중에 다시 알려주세요."

나는 서둘러 대답하고 학교장님께 고개를 숙인 뒤 시원스레 걸어가는 레티 님의 뒤를 쫓았다.

제이드 그리폰과 왼쪽 어깨의 앙꼬 씨가 즐거운 듯이 울었다.

*

이날, 루브펠러와 마왕군이 나눈 발광 신호의 내용을 학교장님이 내게 알려주신 것은 며칠 뒤── 왕도로 행군을 개시한 뒤였다.

발광 신호의 내용은 즉.

『우리는 지금부터 『유성』과의 서약을 이루러 간다. ──공격하고 싶다면 마음대로 하도록.』

『그것은 쾌사다. 나중에 상세한 내용을 반드시 알리도록. ──무사히 서약을 완수하길.』

——루브펠러는 움직이지만 마왕군은 움직이지 않겠다.

이로써 후환은 대부분 사라졌다.

북방의 하워드. 남방의 린스터. 그리고 서방의 루브펠러.

세 공작가에 의한 일대 반격이 시작되려 하고 있었다.

오빠, 기다려 주세요! 이번에는 제가, 우리가 당신을 반드시 구해내겠어요!

후기

넉 달 만에 드리는 인사입니다. 오랜만에 뵙습니다. 나나노 리쿠입니다.

……주, 죽는 줄 알았습니다. 모두 스케줄 관리에 주의합시다.

본작은 인터넷 소설 사이트 『카쿠요무』에서 연재 중인 것에, 항상 그러했듯이 90% 정도 가필한 것입니다……. 가필이 맞습니다(주먹을 불끈 쥐며).

내용에 관하여.

제6권에서 남방을 썼으니, 북방을 안 쓸 순 없지…… 하여 표지는 늠름한 스텔라 님이 되었습니다. 어린 소녀 사이에서 고민했지만요.

이번 권에서 비상한 능력을 보여준 아이들은 아직 모든 실력을 보인 것이 아닙니다. 앨런이 있다면 더더욱 높은 능력을 보여주죠.

그의 두려움은 한마디로 정리됩니다. 『전체 향상』.

있는 그대로 말하자면…… 모두가 칭찬받고자 열심히 노력한다는 것이죠.

그나저나 스텔라 님이 성장하셨죠. 제3권을 적고 있던 당시에는 이렇게까지 앞으로 나서게 될 줄은 몰랐습니다. 이, 이게 각성 늑대 성녀님의 힘…….

다음은 뭘 입혀볼까요? 지금 당장은 동물 귀(이하 검열 완료).

6권에서 날뛴 남방 공주님은 그가 없으면 저런 법이죠. 담담히 베고 불태운 뒤 틀어박혀 계속 기도합니다. ……이 애를 8권에선 어떻게든 해야겠어요.

리네, 같이 열심히 하자(그녀는 작중 얼마 안 되는 작가 편입니다).

다음 권에서 어찌 될지…… 기대해 주시기를 바랍니다.

자, 그럼 선전입니다.

잔뜩 고민하게 만든 『변경 도시의 육성자』 제2권이 다음 달 발매됩니다(※작업 중입죠).

이번 권도 『공녀』와 함께 읽으면 재미있을 겁니다!

신세를 진 분들께 감사 인사를.

담당 편집자님, 무척 신세를 지고 민폐를 끼쳤습니다. 다음 권도 잘 부탁드리겠습니다.

cura 선생님, 스텔라 님이 늠름해요! 이번 권 일러스트도 완벽합니다!

여기까지 읽어 주신 모든 독자분께 온 힘을 다해 감사 인사를 전하며.

　또 만나 뵙게 되길 기대하고 있겠습니다. 다음 권은 제2부 완결. 모든 장이 클라이맥스입니다!

나나노 리쿠

공녀 전하의 가정교사 7 인도하는 성녀와 북방 결전

2025년 02월 20일 제1판 인쇄
2025년 03월 05일 제1판 발행

지음 나나노 리쿠
일러스트 cura

제작 · 편집 노블엔진 편집부

발행 데이즈엔터(주)
등록번호 제 2023-000035호
주소 07551 서울특별시 강서구 양천로 570 NH서울타워 19층
대표전화 02-2013-5665

ISBN 979-11-380-5697-7
ISBN 979-11-6524-024-0 (세트)

KOJO DENKA NO KATEI KYOSHI Vol.7 SENDO NO SEIJO TO HOPPO KESSEN
ⒸRiku Nanano,cura 2020
First published in Japan in 2020 by KADOKAWA CORPORATION, Tokyo.
Korean translation rights arranged with KADOKAWA CORPORATION, Tokyo.

구매 시 파손된 도서는 구매처에서 교환하실 수 있습니다.
기타 불편사항, 문의사항이 있으신 독자님께서는 노블엔진 홈페이지
[http://novelengine.com] 에서 Q&A 게시판을 이용해 주시기 바랍니다.